ALFRED CAPUS

THÉATRE COMPLET

III

Mariage Bourgeois • • • •

La Petite Fonctionnaire

Les Deux Écoles • • • •

ARThÈME **FAYARD**
ÉDITEUR ᵹ ᵹ ᵹ ᵹ ᵹ
18-20, Rue du Saint-Gothard
PARIS ᵹ ᵹ ᵹ ᵹ ᵹ ᵹ

ALFRED CAPUS

—

THÉATRE COMPLET

————

THÉATRE COMPLET

d'Alfred CAPUS

VOLUMES PARUS

I. — Brignol et sa Fille. — Rosine. — Les Maris
de Léontine.

II. — Petites Folles. — La Bourse ou la Vie. —
La Veine.

III. — Mariage Bourgeois. — La Petite Fonctionnaire. — Les Deux Écoles.

SOUS PRESSE

IV. — La Châtelaine. — L'Adversaire. — Notre
Jeunesse.

ALFRED CAPUS

THÉATRE COMPLET

III

Mariage Bourgeois
La Petite Fonctionnaire
Les Deux Écoles

PARIS
ARTHÈME FAYARD, ÉDITEUR
Rue du Saint-Gothard, 18-20

Il a été tiré à part :

CINQ EXEMPLAIRES NUMÉROTÉS SUR PAPIER DU JAPON
ET
VINGT EXEMPLAIRES NUMÉROTÉS SUR PAPIER
DE HOLLANDE.

MARIAGE BOURGEOIS

COMÉDIE EN QUATRE ACTES

Représentée pour la première fois, à Paris, sur le théâtre
du Gymnase, le 5 mars 1898.

PERSONNAGES

PIÉGOY, 50 ans. . . . . MM. Numès.
JACQUES TASSELIN, 45 ans . . . . . Lérand.
GUSTAVE TASSELIN, 55 ans . . . . Nertann.
EDMOND TASSELIN, 30 ans . . . . . Maury.
MAURICE, 30 ans. . . . . Gauthier.
DE LISSAC, 35 ans. . . . . Numa.
GORGET, 60 ans . . . . Boisselot.
RAMEL. . . . . Delorme.

MADELEINE TASSELIN, 20 ans . . . M⁰⁰ Léonie Yahne.
SUZANNE TILIER, 20 ans . . . . Duluc.
HENRIETTE, 19 ans . . . . Jeanne Laurent.
HORTENSE, 36 ans. . . . . Andrée Mégard.
MADAME TASSELIN, 45 ans. . . . . Samary.
MADAME DE LESTRO, 30 ans. . . . Bray.
Une Femme de Chambre . . . . Berdely.
Un Valet de Chambre . . . . M. Ricquier.

MARIAGE BOURGEOIS

ACTE PREMIER

Un coin du parc, au Casino de Carville.

SCÈNE PREMIÈRE

PIÉGOY, Le Domestique, puis DE LISSAC.

(Au lever du rideau, un garçon de café sert Piégoy sur une petite table, à droite.)

LE DOMESTIQUE.

Il paraît que la partie a été superbe, hier soir, au casino?

PIÉGOY.

Il paraît.

LE DOMESTIQUE, *à voix basse.*

Est-ce vrai que madame de Lestro et madame Tasselin ont perdu dix...?

PIÉGOY, *l'interrompant brutalement.*

Qu'est-ce que c'est que ces questions-là?

LE DOMESTIQUE.

Oh! pardon...

(Il sort.)

DE LISSAC, *entrant par le fond, très empressé.*

Bonjour, Piégoy.

PIÉGOY.

Bonjour, mon petit Lissac.

DE LISSAC.

Ah! j'en ai perdu de l'argent, hier, dans votre casino!

PIÉGOY.

Non.

DE LISSAC.

Comment! je n'ai pas perdu?

PIÉGOY.

Vous avez joué deux coups de cinq francs dans toute la soirée. Vous avez gagné l'un et perdu l'autre.

DE LISSAC.

Je vous assure...

PIÉGOY, *avec indulgence.*

J'étais là, mon cher, je n'ai pas quitté la salle de jeu.

DE LISSAC, *changeant la conversation.*

Mademoiselle Gabrielle va bien, aujourd'hui?

PIÉGOY.

A merveille.

DE LISSAC.

Est-ce que j'aurai le plaisir de l'apercevoir, tout à l'heure, sur la plage?

PIÉGOY.

Certainement.

DE LISSAC.

Elle est joliment fine et distinguée, votre fille!

PIÉGOY.

Merci, Lissac.

DE LISSAC.

Vous ne songeriez pas à la marier, par hasard?

PIÉGOY.

Au contraire, j'y songe.

DE LISSAC.

Avez-vous quelqu'un en vue?

PIÉGOY.

Non. Et vous?

DE LISSAC.

Je connais un garçon de très bonne famille, jeune, — trente et un ans, — qui aime mademoiselle Gabrielle et qui vous demandera probablement sa main un de ces jours.

PIÉGOY.

Qui ça?

DE LISSAC.

Moi.

PIÉGOY, riant.

Figurez-vous, mon cher, que dans le temps, avant de vous connaître, j'avais songé à vous comme gendre.

DE LISSAC.

Et depuis que vous me connaissez?

PIÉGOY.

J'ai renoncé à cette idée saugrenue.

DE LISSAC.

En quoi, saugrenue? Je suis d'une des plus vieilles familles du Poitou.

PIÉGOY.

Moi, je suis d'une des plus vieilles familles de Montmartre.

DE LISSAC.

Est-ce parce que je n'ai qu'une petite fortune?

PIÉGOY.

Si vous n'aviez qu'une petite fortune, ça me serait bien égal et je vous aurais peut-être donné ma fille; mais vous n'avez pas de fortune du tout.

DE LISSAC.

Et de quoi est-ce que je vis, alors?

PIÉGOY.

Du moment que je ne vous donne pas ma fille, ça ne me regarde pas.

DE LISSAC.

Ah ! ça... Piégoy !...

PIÉGOY.

N'insistez pas, il n'y a personne.

DE LISSAC.

Comment se fait-il qu'un homme aussi moderne que vous s'en rapporte, pour juger quelqu'un, à des potins et à des histoires de brigands ?

PIÉGOY.

C'est que j'ai eu l'occasion de les vérifier par moi-même. J'ai connu la grande Lucienne, mon cher.

DE LISSAC.

Eh bien ?

PIÉGOY.

Et Lucienne m'a montré des lettres de vous qui prouvent que vous ne lui deviez pas seulement de la reconnaissance...

DE LISSAC.

Vous tombez mal, mon vieux Piégoy. Mes relations avec Lucienne ont duré trois ans. Elle n'avait à ce moment-là aucune situation, et je me rappelle que chaque fois que j'avais seulement vingt francs, je les lui donnais.

PIÉGOY.

Oui, mais chaque fois que vous en aviez besoin de cent, vous les lui empruntiez... D'ailleurs, avec moi, mon petit, ce n'est pas la peine de vous défendre. Je suis directeur de casino et j'ai eu des... commencements aussi difficiles que vous. C'est pourquoi je suis maintenant très indulgent pour les petites canailleries d'autrui.

DE LISSAC.

Et même pour les vôtres.

PIÉGOY.

Vous me plaisez, Lissac, ma parole ! *(Prenant son portefeuille.)* Tenez, voilà les vingt-cinq louis que vous cherchez à m'emprunter depuis un quart d'heure.

DE LISSAC, *interloqué.*

Moi ?

PIÉGOY.

Avouez-le.

DE LISSAC.

Ma foi...

(Il prend le billet.)

PIÉGOY.

Mon petit, je peux me tromper sur le caractère des gens ou sur leur esprit; mais, au bout de trois minutes d'entretien avec lui, je sais si un homme a besoin d'argent. Voyez-vous, tous les hommes qui cherchent de l'argent, que ce soit cent mille francs ou cent sous, ont les mêmes gestes et le même regard.

DE LISSAC.

Merci, Piégoy... Je vous rendrai ça le...

PIÉGOY, *l'arrêtant.*

Pas de gasconnade, mon petit.

SCÈNE II

LES MÊMES, EDMOND, *puis* RAMEL ET HENRIETTE.

EDMOND, *apparaissant, une cigarette à la bouche, par la gauche.*

Mon cher monsieur Piégoy, mon oncle vous prie de vouloir bien l'attendre encore un instant. Il a quelque chose à vous dire.

PIÉGOY.

Je suis à vos ordres, mon cher maître. Toute votre famille est en bonne santé? Votre père? Madame votre mère? Mademoiselle Madeleine?

EDMOND.

Tout le monde va bien.

PIÉGOY.

Ces dames me permettront-elles de leur offrir une loge pour ce soir. Nous avons mademoiselle Mitza, de l'Opéra.

EDMOND.

Elles seront enchantées... Je vous remercie, monsieur Piégoy.

PIÉGOY.

A tantôt, mon cher maître.

(Sort Edmond.)

DE LISSAC.

On dit qu'il épouse la petite Ramel. Est-ce vrai?

PIÉGOY.

On le dit. Et savez-vous ce qu'il ferait, maître Edmond Tasselin, jeune avocat du plus brillant avenir, neveu de monsieur Tasselin, un des plus solides banquiers de Paris, et fils de monsieur Tasselin, chef de bureau à l'Instruction publique, en épousant mademoiselle Henriette Ramel?

DE LISSAC.

Non.

PIÉGOY.

Il ferait une bêtise.

DE LISSAC.

Il ferait mieux d'épouser mademoiselle Gabrielle Piégoy?

PIÉGOY.

Oui, mon petit, cent fois mieux et à tous les points de vue.

DE LISSAC.

Ah! ah! Serait-ce l'époux que vous destinez à
otre charmante fille? Vous me navrez, Piégoy.

PIÉGOY.

Tâchez de quitter ces airs narquois quand vous
arlez de ma fille, n'est-ce pas? au moins tant
ue vous n'aurez pas dépensé mes vingt-cinq
ouis.

DE LISSAC.

Dites donc, sérieusement, je vous avertis que
le mariage est presque fait.

PIÉGOY.

Presque...

(Apparaissent Ramel et sa fille.)

DE LISSAC.

Voici monsieur Ramel, justement.

PIÉGOY.

En effet.

(Il se retourne et s'incline légèrement.)

RAMEL.

Bonjour, Lissac.

*(Ramel n'enlève pas son chapeau, et, en voyant Piégoy,
disparaît avec sa fille, mais en saluant de Lissac.)*

DE LISSAC.

Eh! il paraît plutôt froid avec vous.

PIÉGOY.

Ce qu'il y a de plus drôle, c'est que c'est un de
mes électeurs au Conseil municipal... Il me méprise, il m'appelle tenancier de tripot, il ne me
salue pas dans la rue; mais il vote pour moi.
C'est tout ce que je peux lui demander.

(Entre Jacques Tasselin.)

DE LISSAC.

Je vous laisse.

(Il sort.)

SCÈNE III

PIÉGOY, JACQUES TASSELIN.

JACQUES.

J'ai un renseignement à vous demander, Piégoy.

PIÉGOY.

A vos ordres, monsieur Tasselin.

JACQUES.

Combien ma femme a-t-elle perdu, hier, au baccara ?

PIÉGOY.

Madame Tasselin devait avoir sur elle de cinq cents à mille francs environ ; elle m'a emprunté deux mille francs, qu'elle a également perdus.

JACQUES.

Je vais vous les rendre. Mais, à l'avenir, Piégoy, je vous prie instamment de ne plus prêter un sou à madame Tasselin.

PIÉGOY.

C'est entendu. D'ailleurs, quoique directeur de casino, j'aime mieux que les dames ne jouent pas, au cercle.

JACQUES.

La somme en elle-même est insignifiante ; mais ma femme se laisse abominablement gruger par toute cette société de ville d'eaux que nous fréquentons en été. Je suis sûr que madame de Lestro lui doit des sommes énormes. C'est une aventurière, n'est-ce pas, la comtesse de Lestro ?

PIÉGOY.

Une simple aventurière.

JACQUES.

Je vais mettre ordre à tout cela.

PIÉGOY.

Vous avez raison. Oh! le casino est très mal fréquenté, cette année, je ne me le dissimule pas. Nous sommes envahis par l'élément cosmopolite. Si je vois que ça continue, je prendrai les mesures les plus sévères, comme directeur d'abord, et ensuite comme conseiller municipal.

JACQUES.

Je vous assure que la plage finira par être abandonnée de tous les gens comme il faut.

PIÉGOY.

Je le sais bien. Mais, entre nous, il n'y a rien à faire. Nous sommes littéralement débordés. Heureusement que mon bail expire dans quatre ans, et je ne le renouvellerai certainement pas.

JACQUES.

Et qu'est-ce que vous ferez?

PIÉGOY.

Rien. Je vivrai de mes rentes.

JACQUES.

Au fait, vous êtes très riche.

PIÉGOY, *modeste.*

Heu!

JACQUES.

Vous êtes dans trois ou quatre affaires que je connais et qui sont des affaires d'or.

PIÉGOY.

J'ai un certain coup d'œil.

JACQUES, *réfléchissant.*

Dites-moi, Piégoy, je songe à quelque chose.

Voulez-vous mettre des fonds dans une affaire excellente?

PIÉGOY.

Avec vous, monsieur Tasselin... mais, comment donc!

JACQUES.

Où avais-je donc la tête quand je pensais à d'autres? Vous êtes tout à fait l'homme qu'il faut.

PIÉGOY.

Vous me flattez.

JACQUES.

Je n'ai pas le temps de vous en parler, en ce moment-ci. Voici ma femme et madame de Lestro, justement. Tâchons de nous retrouver ici dans une heure, nous aurons tout le loisir de causer.

PIÉGOY.

Vous pouvez compter sur moi.

(Madame Jacques Tasselin et madame de Lestro entrent par la droite.)

SCÈNE IV

Les Mêmes, HORTENSE, MADAME DE LESTRO.

HORTENSE.

Nous vous cherchions, madame de Lestro et moi.

PIÉGOY.

Mesdames, je suis votre humble serviteur.

MADAME DE LESTRO.

Bonjour, Piégoy.

(Elle lui serre la main.)

HORTENSE, *à Jacques.*

Nous voulions vous montrer la liste des invités que nous venons d'arrêter définitivement, sauf votre approbation, mon ami.

JACQUES.

Tout ce que vous faites est bien fait, ma chère. Voyons un peu cette liste... *(Il jette un coup d'œil.)* Parfait! parfait!

HORTENSE.

Nous enverrons une invitation à votre fille, mon cher monsieur Piégoy.

PIÉGOY.

Ah! madame, vous êtes mille fois bonne... C'est une invitation pour...?

HORTENSE.

Pour une grande soirée... nautique. Nous avons loué un yacht, en Angleterre...

MADAME DE LESTRO.

Ce sera éblouissant.

JACQUES.

Je m'en rapporte à vous.

PIÉGOY.

Mesdames...

MADAME DE LESTRO.

Je vous accompagne, Piégoy... J'ai un mot à vous dire. A tantôt, chère amie.

PIÉGOY, *à part.*

Elle m'accompagne... C'est cinquante louis qui tombent.

HORTENSE.

Je vous retrouverai aux petits chevaux.

(Piégoy sort avec madame de Lestro.)

2

SCÈNE V

JACQUES TASSELIN, HORTENSE.

HORTENSE.

Alors, mon ami, la liste vous convient comme cela ?

JACQUES.

Mais oui, mais oui.

HORTENSE.

Vous viendrez à notre fête, naturellement ?

JACQUES.

Ce serait avec plaisir. Mais il y a, je le crains, un détail qui m'en empêchera.

HORTENSE.

Ah ! lequel ?

JACQUES.

C'est qu'elle n'aura pas lieu.

HORTENSE, *étonnée.*

Je ne comprends pas, mon ami. Pourquoi n'aura-t-elle pas lieu ?

JACQUES, *sur le ton le plus aimable et le plus doux, toute cette scène.*

Parce que je vais vous prier très instamment, ma chère, de vouloir bien la décommander. Vous trouverez un prétexte quelconque pour vos invités : c'est l'enfance de l'art.

HORTENSE.

Et la raison de ce remue-ménage, vous allez bien me faire l'amitié de me la donner, j'espère ?

JACQUES.

Cela fait partie d'un ensemble de réformes que je veux introduire dans notre maison.

HORTENSE.

Voyons un peu.

JACQUES.

Par exemple, vous jouez d'une façon effrénée... Vous jouez au baccara, aux courses; vous jouez au poker chez vous, à la roulette et au trente et quarante en hiver, et vous perdez continuellement. Si vous gagniez, il n'y aurait que demi-mal. Mais les femmes ne gagnent au jeu que lorsqu'elles n'ont pas le sou.

HORTENSE.

Il faut bien que je m'amuse.

JACQUES.

Vous avez toutes les distractions, ma chère, que peut avoir une femme mariée...

HORTENSE.

Qu'est-ce que cela signifie?

JACQUES.

Je ne vous en reproche aucune, remarquez.

HORTENSE.

Il serait un peu tard. Je vous préviens que je ne changerai pas mon genre d'existence, à moins que vous ne me fournissiez de bonnes raisons.

JACQUES.

Quel plaisir pouvez-vous y trouver, voilà qui me dépasse.

HORTENSE.

Ce serait trop long à vous expliquer.

JACQUES.

J'ai le temps.

HORTENSE.

Une explication entre nous deux, mon ami? Où cela nous mènerait-il? Vous n'y pensez pas! Depuis huit ou dix ans peut-être, nous ne nous disons que des futilités. Vous me parlez de toilettes, de théâtre, d'expositions, comme si vous me rencontriez par hasard dans un dîner en ville. Je vous réponds sur le même ton. Nous ne sommes pas même des amis, nous sommes des voisins. Je me demande quelquefois pourquoi vous m'avez épousée : ce doit être dans un moment de distraction. Nous vivons en outre sous le régime, si répandu aujourd'hui, de la séparation de corps. Qu'avons-nous donc besoin de nous expliquer davantage, et surtout dans un casino? Vous voulez que je décommande une fête : je la décommanderai. Désirez-vous autre chose?

JACQUES.

Oui. Je voudrais bien aussi n'avoir plus autour de nous, pendant les mois d'été, toute cette société de grues et de chevaliers d'industrie.

HORTENSE.

Vous exagérez un peu.

JACQUES.

Enfin, rien que sur cette liste, il y a trois ou quatre femmes qui ne sont reçues nulle part, entre autres madame de Lestro et deux gentlemen qui ont notoirement triché au jeu.

HORTENSE.

Qui donc?

JACQUES. *montrant des noms avec son doigt sur la liste.*

Ceux-ci.

HORTENSE.

Ah bah!

JACQUES.

Nous engageons mon frère, ma belle-sœur et leurs enfants à passer les vacances dans notre villa. Supposez-vous que tous ces gens-là soient une fréquentation convenable pour Madeleine et pour la fiancée de mon neveu?

HORTENSE.

Vous n'avez pas tout à fait tort, mon ami, et nous aviserons. — Mais, à propos de votre neveu Edmond, est-ce que ce mariage ne vous étonne pas un tantinet?

JACQUES.

Du tout.

HORTENSE.

N'était-il pas question, l'an dernier, d'un autre mariage pour lui?

JACQUES.

Avec Suzanne Tilier, en effet. Mais, entre nous, il y a là-dessous un petit mystère que je n'ai pas eu la curiosité d'approfondir. Suzanne, à la mort de son père, qui était notre cousin éloigné, était venue habiter chez mon frère. Elle n'avait, je crois, aucune fortune. Il est possible qu'à un moment donné, il ait été question d'un mariage entre elle et Edmond. Bref, un beau jour, Suzanne a annoncé qu'elle avait trouvé une place d'institutrice dans une famille étrangère et elle a disparu.

HORTENSE.

Ce n'est pas très clair.

JACQUES.

Ce n'est pas très clair, en effet. Nous avons la manie de chercher à connaître les secrets d'un tas d'indifférents, nous ne parvenons même pas à savoir ceux de notre propre famille, des gens qui nous aiment et que nous aimons le plus. Mais là n'est pas la question. Vous aurez la complaisance de vous rappeler ce que je vous ai dit tout à l'heure.

HORTENSE.

Je vous le promets.

TASSELIN, *entrant avec madame Tasselin.*

Jacques, tu n'as pas vu monsieur Ramel et sa fille?

HORTENSE.

Je l'ai aperçu tout à l'heure. Il se promène dans l'allée avec monsieur de Lissac et ces messieurs.

(Elle sort.)

SCÈNE VI

TASSELIN, JACQUES, MADAME TASSELIN.

TASSELIN.

Enfin, voilà Edmond sur le point de se marier! Pourvu qu'il n'y ait pas au dernier moment quelque accroc qui dérange tout!

MADAME TASSELIN.

Quel accroc veux-tu qu'il y ait, mon ami? Ton inquiétude continuelle devient une vraie maladie, je t'assure. *(A Jacques.)* S'il ne me répète pas dix fois par jour, depuis un mois: « Pourvu que ce mariage se fasse, mon Dieu! »

JACQUES.

Il a toujours été comme ça.

TASSELIN.

Tu en parles à ton aise, mon cher Jacques, toi qui n'as pas d'enfants, dont la fortune et la situation grandissent sans cesse.

MADAME TASSELIN, *à Jacques*.

Ne dirait-on pas qu'il lui est arrivé dans la vie des catastrophes épouvantables? Mais, mon ami, rappelle-toi, il ne t'est jamais rien arrivé... Tu te portes bien, nous nous portons tous bien... Tu es chef de bureau au ministère, où tu n'as rien à faire du matin au soir.

TASSELIN.

Je t'en supplie... ne plaisante pas là-dessus.

MADAME TASSELIN.

Tu as deux mois par an de vacances, que nous passons au bord de la mer, et, aujourd'hui, ton fils fait un très joli mariage. Que peux-tu désirer de plus?

TASSELIN.

Et Madeleine, quand se mariera-t-elle, mon Dieu?

JACQUES.

Eh! rien ne presse... elle a dix-neuf ans.

TASSELIN.

Et demi.

MADAME TASSELIN.

Madeleine se mariera à son tour et elle se mariera bien, je te le promets. Mais, que diable, cesse de te tourmenter, aie un peu de bonne humeur et de confiance...

SCÈNE VII

LES MÊMES, RAMEL.

RAMEL, *il va serrer la main de Jacques, puis de Tasselin et de madame Tasselin.*

Je serais resté avec vous tout à l'heure, mais

vous étiez avec ce Piégoy que je fuis comme la peste.

JACQUES, *riant.*

C'est un gaillard très intelligent.

RAMEL.

On dit toujours d'un coquin qu'il est très intelligent, comme on dit toujours d'un honnête homme qu'il est un imbécile.

TASSELIN, *à Ramel.*

Votre fille est avec vous ?

RAMEL.

Elle bavarde avec la vôtre... Il faudra pourtant que nous fixions, un de ces jours, la date du mariage.

TASSELIN.

J'allais vous le proposer.

RAMEL.

Mon cher monsieur Tasselin, je suis heureux de vous le dire et de vous le redire. Ce mariage entre nos enfants me plaît beaucoup. Vous êtes un honnête homme, comme moi... nos deux familles sont irréprochables...

TASSELIN.

Je m'en flatte.

RAMEL.

Et nous nous sommes entendus tout de suite, parce que nous avons parlé nettement. J'ai horreur des hypocrisies qui accompagnent d'habitude nos mariages bourgeois. Il y a dans le mariage un côté affaire et il ne peut pas en être autrement. Pourquoi, alors, l'entourer de manœuvres sournoises, hypocrites, et chercher à se tromper les uns les autres? Je vous ai dit carrément : « Je donne deux cent mille francs de dot à ma fille.

Combien donnez-vous à votre garçon? — Cent mille francs seulement, m'avez-vous répondu. » Ça me suffisait, et nous avons échangé nos paroles.

TASSELIN.

Voilà.

RAMEL.

Argent comptant, cela va de soi?

TASSELIN, *désignant Jacques.*

Toute ma fortune est placée chez mon frère.

RAMEL, *très courtois, à Jacques.*

Elle ne risque rien: bonne maison. *(A madame Tasselin:)* Chère madame Tasselin, j'ai la conviction que je m'entendrai avec vous, comme avec votre mari.

MADAME TASSELIN.

Je n'en doute pas, monsieur Ramel.

RAMEL, *à Jacques.*

Les affaires, toujours brillantes?

JACQUES.

Nous ne nous plaignons pas.

(Entre Edmond.)

RAMEL.

Vous avez aperçu ma fille, jeune homme?

EDMOND.

Je n'ai pas eu ce plaisir.

RAMEL.

Ce sera pour tout à l'heure... *(Sortant avec Jacques Tasselin, qu'il prend par le bras.)* Quelle est votre opinion sur ce procès ridicule que m'intente la commune de Carville?...

SCÈNE VIII

EDMOND, TASSELIN, MADAME TASSELIN, *puis* MADELEINE.

EDMOND, *prenant son père par la main.*

Ecoute...

TASSELIN.

Il est arrivé un malheur?

EDMOND.

Au contraire.

TASSELIN.

Ah!

EDMOND.

Savez-vous ce que vient de me dire, à l'instant même, Gardet, mon camarade du quartier, élève de l'Ecole polytechnique, qui est ingénieur des ponts et chaussées dans le département, jolie fortune, grosse situation?

MADAME TASSELIN.

Eh bien?

EDMOND.

Il vient de me dire qu'il aime Madeleine...

TASSELIN.

Monsieur Gardet! Ça, c'est une chance!

EDMOND.

N'est-ce pas? Il n'y a pas à hésiter une seconde.

MADAME TASSELIN.

Tout cela est un peu rapide. *(A Edmond:)* Tu disposes de ta sœur, il me semble, avec une facilité...

TASSELIN.

Il a raison.

EDMOND.

Ne nous faisons pas d'illusions. Ce mariage est inespéré.

TASSELIN.

Certes, oui.

EDMOND.

Qui avons-nous en vue comme parti possible pour Madeleine? Personne. Je ne pense pas que vous ayez jamais songé sérieusement à Maurice...

MADAME TASSELIN.

Pourquoi pas?

TASSELIN.

Il est bien jeune, et puis il n'a aucune position. Dix-huit cents au ministère, où je l'ai fait entrer.

EDMOND.

Il n'est même plus au ministère.

TASSELIN.

Vernot? Depuis quand?

EDMOND.

Je te raconterai ça. Il s'est conduit comme un polisson et un nigaud qu'il est.

(Paraît Madeleine, une ombrelle à la main. En entendant la dernière phrase d'Edmond, elle fait un mouvement.)

TASSELIN, à Madeleine.

Ton frère me donne une grande satisfaction en se mariant, ma chère enfant. Il ne tient plus qu'à toi de me rassurer sur votre avenir à tous deux.

MADELEINE.

Comment cela?

EDMOND.

Tu as vu plusieurs fois monsieur Gardet,

Jules Gardet... Vous avez même déjeuné ensemble chez les Ramel...

MADELEINE.

Oui, je crois.

EDMOND.

C'est mon camarade de quartier latin. Il est
ancien élève de l'École polytechnique, d'où il est
sorti le second.

TASSELIN.

Presque le premier.

EDMOND.

Aujourd'hui, il est ingénieur des ponts et
chaussées dans ce département; il a donc une de
ces situations qui donnent à un homme de l'in-
fluence, de l'autorité et une véritable valeur
sociale.

TASSELIN.

Tout est là.

EDMOND.

J'ajoute que Gardet est assez riche de sa famille, et, si tu as causé avec lui, tu as dû t'apercevoir que c'est un garçon aimable, au courant
des choses et parfaitement élevé. *(A sa mère.)*
N'est-ce pas?

MADAME TASSELIN.

Evidemment.

EDMOND.

Eh bien! Madeleine, Gardet ressent pour toi la
plus vive inclination, et, si tu l'y autorises, il
viendra demander ta main aujourd'hui même.

TASSELIN.

Autorise-le, mon enfant, je t'en supplie.

MADELEINE.

Je t'accorde que monsieur Gardet est un
homme distingué; mais nous n'avons encore

échangé que les paroles les plus banales et je n'ai pas pensé à lui en tout dix secondes. Je ne peux pas, dans ces conditions-là, me faire à l'idée qu'il demandera ma main aujourd'hui.

EDMOND.

Il m'avait dit, au contraire, qu'à ce déjeuner, vous aviez causé ensemble sérieusement.

MADELEINE, *avec un sourire.*

Il l'a peut-être cru.

EDMOND, *un peu sec.*

Enfin, Gardet te déplaît? Faut-il le lui dire? Je veux bien, moi, n'en parlons plus.

TASSELIN.

Oh!

MADELEINE.

Monsieur Gardet ne me déplaît pas du tout, et j'apprendrais demain qu'il épouse une de mes amies que j'en serais enchantée pour elle... Mais, dès qu'il s'agit d'un mari pour moi, personnellement, tu me permettras d'être un peu plus attentive et un peu moins pressée.

TASSELIN.

Ce n'est pas un refus définitif, au moins, mon enfant?

EDMOND.

Bref, que dois-je répondre?

MADELEINE.

Tu es assez intime avec lui pour parler franchement. Répète-lui ce que j'ai dit... il n'y a rien que de très naturel et très convenable.

(*Elle s'éloigne un peu.*)

EDMOND, *à sa mère, à mi-voix*

Madeleine a une arrière-pensée.

MADELEINE, vivement.

Aucune, je t'assure, et tu as tort de dire cela.

MADAME TASSELIN, à Edmond.

Ta sœur te répond, au contraire, ce que la plupart des jeunes filles répondraient à sa place.

EDMOND.

Je ne pense pas.

TASSELIN.

Mon Dieu! mon Dieu! comme les choses les plus simples sont difficiles à arranger! Qu'as-tu contre ce mariage, Madeleine?

MADELEINE.

Je n'ai rien contre, mais je n'ai rien pour.

TASSELIN.

Alors?

EDMOND, à Madeleine.

Veux-tu rester encore quelques instants avec moi, Madeleine?

TASSELIN.

C'est cela.

MADELEINE.

Certainement.

(Elle revient en scène.)

TASSELIN, emmenant sa femme.

Il va la décider, n'est-ce pas?

MADAME TASSELIN.

Ce n'est pas impossible.

(Ils sortent.)

SCÈNE IX

EDMOND, MADELEINE.

EDMOND, *il la prend par le bras.*

Je n'ai pas insisté devant papa qui s'imagine, au
moindre obstacle, que tout est perdu. Mais, entre
nous, nous pouvons parler nettement. *(Saisissant les
mains de sa sœur.)* C'est l'unique souci de ton avenir
qui m'a guidé, ma petite Madeleine. Regarde les
mariages qui se font autour de nous : combien il
en a peu de jolis, de sympathiques, et, disons
e mot, de propres. Nous en connaissons d'odieux
que ni toi ni moi n'aurions certes voulu contracter, et c'est un hasard quand aucun des deux
époux n'a, dans sa fortune, dans sa famille ou
dans sa personne, une tare ou un ridicule.

MADELEINE.

J'en conviens.

EDMOND.

Si tu épousais Gardet, ce serait un mariage
irréprochable, un mariage comme le mien.

MADELEINE.

Mon cher Edmond, je serais flattée d'être une
exception parmi les jeunes filles de notre monde;
mais je t'avoue qu'il ne me suffirait pas, pour
épouser un homme, de n'avoir rien à lui reprocher. Je veux au moins pouvoir me figurer que
je serai heureuse. Qui me presse de m'en aller de
chez nous? J'ai dix-neuf ans, j'ai un bon caractère et je ne m'ennuie jamais. Pourquoi risquer
toute ma vie sur une chance? Ce doit être un
trop cruel remords de s'apercevoir un jour qu'on
s'est marié sans entraînement, sans goût, sans
illusions, avec un être grossier ou un imbécile.

EDMOND.

Gardet t'a laissé l'impression d'un imbécile?
Diable! tu n'es pas commode à contenter.

MADELEINE.

Je ne parle pas pour lui, je ne le connais pas.

EDMOND.

Moi, je le connais depuis quinze ans. C'est tout
simplement un des hommes les plus remar-
quables de notre génération. Je te le dis, tu peux
me croire.

MADELEINE.

Quand je le connaîtrai depuis aussi longtemps
que toi, je serai peut-être de ton avis.

EDMOND, *après un silence et avec un peu d'agacement.*

Tu as un travers, ma petite sœur, que tu par-
tages avec beaucoup de tes amies et de jeunes
filles d'à présent. Parce que vous avez reçu une
éducation plus complète qu'autrefois et qu'on
vous laisse plus de liberté, vous bavardez sur
tout un peu à tort et à travers. Je vous entends
donner votre opinion sur des questions que moi,
avocat, je n'aborderai qu'en hésitant, et vous
jugez les hommes avec une désinvolture étonnante. De tous les gens que nous fréquentons,
sache bien qu'il n'y a personne, — entends-tu? —
absolument personne qui puisse soutenir la comparaison avec Gardet, dont tu as l'air de te moquer. Maurice, par exemple, qui pourtant n'est
pas un sot, est un fort petit garçon à côté de lui.

MADELEINE.

Je ne veux pas te contrarier.

EDMOND.

Tu en doutes, n'est-ce pas?

MADELEINE.

Je n'ai pas d'opinion là-dessus.

EDMOND.

Maurice a un certain esprit facile et léger, et surtout des allures familières qui peuvent égarer un instant sur son compte, mais c'est un garçon qui ne fera que des sottises toute sa vie.

MADELEINE, avec un petit mouvement.

Qu'en sais-tu?

EDMOND.

Il vient, dans tous les cas, d'en faire une très grosse.

MADELEINE.

Laquelle?

EDMOND.

Il a donné sa démission d'employé au ministère, ou plutôt il s'est vu forcé de la donner.

MADELEINE.

Forcé de la donner? Pour quelle raison?

EDMOND.

Il était couvert de dettes, contractées Dieu sait dans quelles conditions; poursuivi par ses créanciers qui venaient lui faire des scènes continuelles à son bureau. Et le voilà sur le pavé.

MADELEINE.

Ah!

EDMOND, lui prenant la main et la regardant bien en face.

Ne résiste donc pas davantage, ma petite Madeleine; ne forme pas des projets qui t'entraîneraient je ne sais où, et épouse Gardet, c'est ce que tu as de mieux à faire.

MADELEINE, retirant sa main.

Je te remercie de ton conseil, mon cher Edmond. Je ne pense pas que je le suivrai, mais

3

enfin, on ne sait pas. En fait de mariage, il ne faut pas faire de pronostics. Ainsi, moi, l'année dernière, à cette époque, si on m'avait demandé avec qui tu te marierais un jour, j'aurais nommé Suzanne immédiatement. *(Geste d'Edmond.)* Il se trouve que ce n'est pas Suzanne, mais Henriette Ramel que tu épouses... Tu vois que, sur ces matières-là, on ne doit répondre de rien.

EDMOND, *brusquement.*

Qu'est-ce que tu veux dire?

MADELEINE.

Pas autre chose que ce que je dis.

EDMOND.

Explique-toi, n'est-ce pas? Je n'aime pas beaucoup ce genre d'allusions que j'ai remarqué déjà plusieurs fois. Prends garde, en voulant paraître trop clairvoyante, de commettre de lourdes erreurs ou même de véritables vilenies!...

MADELEINE.

N'ai-je pas le droit de m'intéresser à cette pauvre Suzanne qui a disparu depuis un an et que j'aimais comme une sœur.

EDMOND.

Elle n'a pas disparu, elle est partie.

MADELEINE.

Tu sais donc où elle est?

EDMOND.

On te l'a dit souvent. Elle est à New-York.

MADELEINE.

Non.

EDMOND.

Et où est-elle?

MADELEINE.

Je suis convaincue qu'elle est restée en France, et j'ai le pressentiment qu'elle est malheureuse.

EDMOND, *avec un rire forcé.*

Voilà un roman.

MADELEINE.

Et je suis convaincue aussi que si elle ne m'écrit pas, c'est que quelque chose l'en empêche ou que quelqu'un le lui défend.

EDMOND.

J'aime mieux, pour ton honneur, ne pas chercher à comprendre ce que cela signifie.

MADELEINE.

Mon honneur n'est pas en question là dedans. Il s'agit de Suzanne et non de moi. Tu m'engageais tout à l'heure à ne pas commettre de vilenies. Eh bien ! quand j'ai appris ton mariage, j'ai pensé à Suzanne tout d'un coup ; mille détails me sont revenus à la mémoire et j'ai deviné, par un instinct plus sûr que ton intelligence, que la vilenie, c'est peut-être toi qui la commettais.

EDMOND, *avec un accent de colère.*

Pense ce qu'il te plaira, mais je te prie de ne pas te mêler de mon mariage.

MADELEINE.

Ne t'es-tu pas mêlé du mien ? Tu as deviné que j'aimais Maurice et que j'étais aimée de lui. Pourquoi essayes-tu sans cesse de lui nuire et de le déconsidérer auprès de mes parents ?

EDMOND.

Il s'en charge bien tout seul.

MADELEINE.

Pourquoi leur présentes-tu un parti pour moi,

lorsque tu es sûr que c'est Maurice que je veux
épouser?

EDMOND.

Parce que je ne veux pas que tu commettes
une folie pareille, à laquelle nos parents ne con-
sentiront pas, je l'espère.

MADELEINE.

Maurice m'aime depuis plusieurs années; il est
ton camarade de collège, nous nous sommes
connus presque enfants. A moins qu'il ne change,
je serai sa femme. Tu as choisi ta fiancée, je peux
bien choisir mon mari.

(Entre Maurice.)

SCÈNE X

LES MÊMES, MAURICE.

MAURICE.

Cher ami... *(Il lui serre la main.)* Mademoiselle...

EDMOND.

Tiens! c'est toi, Maurice? Quand es-tu arrivé?

MAURICE.

J'arrive à l'instant. J'étais libre, je suis venu
passer une journée avec vous.

EDMOND.

Descendez-vous avec moi jusqu'à la plage?

MAURICE.

Je vais d'abord serrer la main de ton père...

EDMOND.

Alors, à tout à l'heure.

*(Madeleine se dirige vers la porte de gauche, comme
pour sortir. — Edmond sort par le fond. — Madeleine
a fait quelques pas, elle se retourne vers Maurice.)*

SCÈNE XI

MAURICE, MADELEINE.

MADELEINE.

Est-ce vrai ce que dit Edmond? Vous avez
donné votre démission?

MAURICE, *ton très gai.*

C'est très exact. Avant-hier, le chef de division
m'a fait appeler dans son cabinet. Il m'a regardé
avec un œil sévère et m'a dit : « Monsieur Vernot, un employé de ministère peut avoir des
dettes, et ce n'est pas la première fois que le fait
se produit; mais il y a des limites à tout.— Ai-je
dépassé cette limite, monsieur le chef de division? — De beaucoup, a-t-il répondu en fronçant
les sourcils. Huit mille francs d'oppositions !
Comment peut-on contracter huit mille francs de
dettes? Dans ces conditions-là, je suis obligé de
faire mon rapport. » Alors, comme il commençait
à m'agacer, je lui ai donné ma démission. M'en
voulez-vous, Madeleine?

MADELEINE.

Non, certes. Je suppose que vous avez réfléchi
et que vous n'avez pas cédé à un simple mouvement d'impatience. Je regrette seulement que
vous n'ayez pas consulté mon père...

MAURICE.

Je n'ai pas eu le temps.

MADELEINE.

Lui avez-vous écrit la résolution que vous avez
prise?

MAURICE.

Pas encore.

MADELEINE.

J'allais me décider à lui dire aujourd'hui que
nous nous aimions et le préparer à votre demande.
Je vous avoue que je n'ose plus.

MAURICE.

Attendons, si vous le jugez préférable. Je vous
aime et j'ai confiance en vous. Et vous, Madeleine, m'aimez-vous toujours?

MADELEINE, *lui tendant la main.*

Je vous aime et je serai votre femme, oui, Maurice. Mais, en ce qui vous concerne, il ne faut pas
que vous froissiez, par votre conduite, les habitudes, les idées, les préjugés même de ma famille. Mon père finirait par consentir à me marier
avec un homme sans fortune, jamais avec un
homme sans fortune et sans position. Vous auriez
dû songer à cela.

MAURICE.

J'ai été contraint de faire ce que j'ai fait, il n'y
a pas de ma faute. Je ne vous ai pas caché que
j'avais des dettes. J'ai dû abandonner mes études
de droit, parce que je me suis trouvé sans argent
à la mort de mon père, sur le pavé de Paris. J'ai
fait des dettes, j'ai fait des bêtises, j'ai fait ce que
j'ai pu. Maintenant, je gagne dix-huit cents francs
au ministère. C'est très gentil; mais, quand mes
créanciers viennent me relancer à mon bureau,
ce n'est pas avec cela que je peux les payer.

MADELEINE.

Je ne vous adresse aucun reproche, Maurice.
Seulement, essayons d'être un peu adroits, tous
les deux, il n'y a pas de mal à ça. Maman est
pour nous et mon père n'a aucune antipathie

contre vous, au contraire. C'est Edmond, je le
crains, qui nous gênera le plus.

MAURICE.

Il ne m'aime guère.

MADELEINE.

En effet, et il ne m'aime pas beaucoup, non
plus. C'est curieux, nous vivons côte à côte et il
n'a pas la moindre idée de mon caractère. Il me
croit une petite sotte qu'il gouvernera à sa fantaisie; jamais nous n'avons causé intimement; je
sens qu'il a pour moi une sorte de mépris affec-
tueux qui me choque et qui, à la première occasion où je contrarierais un de ses projets, deviendra peut-être de la haine.

MAURICE.

Nous en viendrons à bout tout de même. Ne
vous tourmentez pas parce que j'ai donné ma démission, voilà l'essentiel... Allez, je ne suis pas
une exception, parmi nos camarades d'école. Il
n'y en a pas un sur dix qui ait suivi la carrière
qu'il avait choisie. On nous a tous lancés dans
des professions encombrées, où, pour réussir, il
aurait fallu trente mille francs de rente. Nous
avons presque tous échoué, c'est bien naturel, et
aujourd'hui chacun se débrouille comme il peut.
Mes deux voisins de classe en rhétorique, qui
avaient commencé leurs études de médecine, ont
fondé un journal de sport. Melvin, — vous devez
vous rappeler Melvin, — qui était toujours le
premier en mathématiques et qui a failli entrer
à l'Ecole centrale, eh bien! il est croupier à
Monte-Carlo; et Brunel, qui était notaire, a vendu
son étude il y a six mois et il dirige aujourd'hui
un café-concert à Limoges. Vous voyez que ce
qui m'arrive n'a rien d'anormal ni d'imprévu, et

il serait étrange qu'on ne puisse plus gagner sa
vie qu'en étant avocat, médecin ou fonctionnaire.
— J'expliquerai tout cela à monsieur Tasselin.

MADELEINE.

Arrangez-vous surtout de façon à ne pas le
fâcher quand il vous fera des reproches, car il
vous fera des reproches. Dès que le terrain sera
préparé, je vous ferai signe.

MAURICE.

Nous serons mari et femme, n'est-ce pas, Madeleine? Vous le jurez?

MADELEINE, *lui tendant la main.*

Je le jure.

SCÈNE XII

LES MÊMES, PIÉGOY, *puis* JACQUES TASSELIN.

PIÉGOY.

Tous mes hommages, mademoiselle... Compliments, monsieur Vernot...

MADELEINE.

Mademoiselle Gabrielle se porte bien?

PIÉGOY.

A merveille, je vous remercie.

MADELEINE.

Vous lui ferez bien des amitiés de ma part.

PIÉGOY.

Et vous, monsieur Vernot, vous êtes ici pour
quelque temps?

MAURICE.

Deux jours à peine.

PIÉGOY.

On vous verra ce soir au casino?

MAURICE.

Peut-être.

(Entre Jacques Tasselin.)

JACQUES.

Ah! Piégoy!... vous êtes exact.

PIÉGOY.

Je n'ai jamais été en retard de ma vie.

JACQUES *serre la main de Vernot.*

Vous dinez avec nous, n'est-ce pas?

MAURICE.

Avec plaisir.

MADELEINE, *à Jacques Tasselin.*

Où est père?

JACQUES.

Je viens de l'apercevoir sur la terrasse.

MADELEINE, *à Maurice.*

Venez, alors.

(Elle sort avec Maurice.)

SCÈNE XIII

PIÉGOY, JACQUES TASSELIN.

PIÉGOY, *se retournant.*

Voilà ce qu'on peut appeler une jeune fille charmante.

JACQUES, *distrait.*

Charmante!

PIÉGOY.

Vous me croirez, monsieur Tasselin... Il n'y a au monde que les jeunes filles qui soient capables de m'intimider... Vous ne comprenez pas ce sentiment?

JACQUES.

Très bien.

PIÉGOY.

Ah! vous pouvez dire que vous avez une famille comme il n'en reste pas beaucoup... Savez-vous que votre neveu est un garçon du plus grand mérite?

JACQUES.

Il est très instruit... un peu sec.

PIÉGOY.

Il ne se laissera pas mettre dedans facilement. Je l'observe quelquefois, au casino, autour des tables de baccara. Il ne joue jamais, il a le mépris des joueurs, — comme moi!... Le jour où cet homme-là aurait une grosse somme d'argent à sa disposition, il arriverait à tout, à tout, vous m'entendez? Tandis qu'il épouse mademoiselle Ramel, qui a une dot insignifiante.

JACQUES.

Vous trouvez?... Deux cent mille francs!

PIÉGOY.

Qu'est-ce que c'est que ça pour un gaillard qui veut faire son chemin et ne pas moisir en route? Il faudrait un million de dot à votre neveu et le double en espérances! Voilà mon opinion!

JACQUES.

Ce doit être aussi la sienne.

PIÉGOY.

Enfin! ça le regarde... Je vous écoute, monsieur Tasselin.

JACQUES.

Asseyez-vous donc, mon cher Piégoy.

PIÉGOY, *s'asseyant.*

Vous ne vous imaginez pas comme je suis content de faire une affaire avec vous.

JACQUES.

Je cherchais ce matin à qui je la proposerais... Votre nom m'est venu tout d'un coup... « Piégoy, parbleu ! me suis-je dit, Piégoy fera ça en un tour de main ! »

(Il lui frappe sur l'épaule.)

PIÉGOY.

Tout à votre disposition. Je ne suis pas seulement content que vous ayez songé à moi, monsieur Tasselin, je suis honoré. Parbleu ! des affaires louches, on en trouve tant qu'on veut ; j'en ai assez, ça m'écœure maintenant. Mais des affaires intéressantes, avec un homme tel que vous, c'est ce que je cherche depuis longtemps.

JACQUES.

Je crois que nous allons nous entendre.

PIÉGOY.

Ce que j'admire surtout en vous, monsieur Tasselin, c'est que vous soyez parvenu à constituer une fortune comme la vôtre, tout en gardant la réputation d'un honnête homme. C'est merveilleux. Je ne sais comment vous vous y êtes pris.

JACQUES.

Mais, vous aussi, Piégoy, vous avez une bonne réputation dans votre partie. Allez, il y a la même proportion de coquins et d'honnêtes gens dans tous les métiers.

PIÉGOY, *s'inclinant.*

Vous me rendez confus... Et alors, de quoi s'agit-il ?

JACQUES.

Avez-vous de l'argent liquide, Piégoy?

PIÉGOY.

La plus grande partie de mon argent est sous ma main, à ma disposition.

JACQUES.

Immédiatement?

PIÉGOY

Immédiatement.

JACQUES.

Vous pourriez donc disposer d'une somme importante d'ici à quelques jours?

PIÉGOY.

Mais d'ici à ce soir.

JACQUES.

C'est qu'il n'est pas question de quelques billets de mille francs.

PIÉGOY.

Dites-moi le chiffre.

JACQUES.

Deux... trois cent mille francs... peut-être quatre...

PIÉGOY, *calme.*

J'ai ça. Voyons l'affaire?

JACQUES, *très rond, très bon enfant.*

Quand je vous parlais tout à l'heure d'une affaire, mon cher Piégoy, je m'exprimais mal... Il ne s'agit pas d'une affaire plutôt que d'une autre: il s'agit d'un ensemble d'affaires.

PIÉGOY.

Ah!

JACQUES.

Industrielles, commerciales, en même temps que financières.

PIÉGOY.

Une société à fonder?

JACQUES.

Non, une grande maison qui se dispose à lancer plusieurs entreprises considérables et qui voudrait y intéresser des capitalistes sérieux et énergiques.

PIÉGOY.

Quelle est cette maison?

JACQUES.

La mienne.

PIÉGOY, *étonné*.

La vôtre! Et les entreprises auxquelles vous faites allusion, qu'est-ce que c'est?

JACQUES.

Elles sont de diverses natures.

PIÉGOY.

Mais, encore...

JACQUES.

Elles comprennent tous les genres d'affaires qui aboutissent dans une maison de banque comme la mienne. A la rentrée, par exemple, nous avons une émission... Vous savez ce que c'est qu'une émission?

PIÉGOY.

Parfaitement.

JACQUES.

Notre but serait d'attirer les capitaux français dans nos colonies... Avez-vous quelque notion de nos affaires coloniales, Piégoy?

PIÉGOY.

Je les connais comme ma poche, nos affaires coloniales. Elles ne valent rien.

JACQUES.

Quelle erreur! C'est l'avenir, au contraire.

PIÉGOY, *observant Jacques.* — *Après un silence.*

Dites-moi, monsieur Tasselin, quatre cent mille francs, ce sera assez pour tout ça?

JACQUES, *avec un mouvement de joie.*

Ce sera suffisant... Vous me les verserez dans le plus bref délai, n'est-ce pas? Et je vous réponds que voilà un capital qui fructifiera chez moi.

(Il lui tape sur l'épaule.)

PIÉGOY, *l'observant toujours.*

Je n'en doute pas et je vous crois très malin, très fort. Seulement...

JACQUES.

Seulement?

PIÉGOY.

Seulement, moi non plus, je ne suis pas une bête. Tasselin, tout le monde vous croit très riche, et moi-même, je le croyais, il y a un instant.

JACQUES.

Eh bien?

PIÉGOY.

Tasselin, vous êtes dans de mauvaises affaires!

JACQUES.

Mais...

PIÉGOY.

Tasselin, vous avez besoin d'argent!

JACQUES.

On a toujours besoin d'argent.

PIÉGOY.

Il y a besoin et besoin. Un homme comme vous ne demande une pareille somme à un homme comme moi, que lorsqu'il ne peut plus faire autrement.

JACQUES.

Ah çà! mon cher, me croyez-vous ruiné, par

asard? Gardez vos fonds, Piégoy, et bien le
onjour.

(Il fait quelques pas.)

PIÉGOY.

Tasselin, vous avez le plus grand tort d'essayer
de m'entortiller, au lieu de me dire carrément :
« Piégoy, j'ai besoin d'argent. Voulez-vous m'en
prêter? » Voilà comment j'aime qu'on me parle.

JACQUES, *revenant vers Piégoy, vivement.*

Eh bien! oui... j'ai besoin d'argent.

PIÉGOY, *devenant tout à coup très familier.*

Asseyez-vous donc, mon petit, nous allons causer. *(Jacques s'assied, énervé.)* Tout le monde croit
votre situation excellente. C'est un point capital.
On n'est jamais perdu dans les affaires, quand on a
une réputation d'honorabilité. Je ne vous demande pas de détails sur vos opérations. Il y a un
fait : elles n'ont pas été heureuses.

JACQUES.

Non, depuis un an surtout.

PIÉGOY.

Eh bien! vous avez eu raison de vous adresser
à moi, Tasselin. Je peux vous sauver et je ne
demande pas mieux que de le faire, vous m'entendez. J'ai beaucoup d'amitié pour vous. Mais, il
y a des conditions.

JACQUES.

Dites quelle espèce?

PIÉGOY.

Oh! pas des conditions de garantie. Je m'en
moque des garanties, dans une certaine mesure,
naturellement. Bref, de ce côté-là, je ne serai pas
difficile. Les conditions dont je parle sont des
conditions morales, pour ainsi dire :

JACQUES.

Je ne saisis pas très bien. Expliquez-vous donc franchement, à votre tour.

PIÉGOY.

Voici. J'ai une fille, Tasselin; elle est très gentille, très bien élevée, plutôt jolie...

JACQUES.

Charmante!

PIÉGOY.

Et elle aura un million de dot, une vraie dot d'Amérique.

JACQUES.

Diable!

PIÉGOY.

Or, elle n'a été encore demandée en mariage que par des coquins, des aventuriers, ou des nobles ruinés, qui n'ont même plus le moyen de se payer le voyage d'ici à Chicago. Je ne veux de ça comme gendre sous aucun prétexte, et Gabrielle n'épousera jamais, avec mon consentement du moins, qu'un homme sérieux et propre. Elle a justement de l'inclination pour un garçon qui est tout à fait dans cette note-là.

JACQUES.

Qui, sans indiscrétion?

PIÉGOY.

Votre neveu.

JACQUES.

Edmond?

PIÉGOY.

Lui-même... Depuis qu'elle soupçonne son mariage avec mademoiselle Ramel, elle a les yeux rouges. Ça me navre, sans que j'en aie l'air... Morbleu!

JACQUES.

Mais, mon pauvre ami, la demande est faite, le mariage est très avancé...

PIÉGOY.

Votre neveu se marie-t-il par amour? Non, n'est-ce pas? Ce n'est pas non plus un mariage d'argent, puisque mademoiselle Ramel a deux cent mille francs de dot, une misère. C'est un mariage où il y a un peu de tout cela. Votre neveu épouse cette jeune fille parce qu'elle s'est trouvée là au moment où il avait envie de se marier. Ils n'en mourraient ni l'un ni l'autre si le mariage se rompait.

JACQUES.

Oui, mais il n'y a aucune raison pour ça.

PIÉGOY.

Il y a toujours des raisons pour ça.

JACQUES.

Dites-m'en une.

PIÉGOY, *lentement.*

Croyez-vous que monsieur Ramel donnerait sa fille à un monsieur qui aurait, je ne dis pas seulement une maîtresse, mais un enfant de cette maîtresse?

JACQUES.

Que me racontez-vous là?... Edmond?...

PIÉGOY.

Monsieur Edmond Tasselin a séduit cette jeune fille qui était ici l'année dernière, mademoiselle Suzanne Tilier, et il lui a fait un enfant. Quand elle est partie de chez votre frère en prétextant un voyage, elle était enceinte de quatre mois. Elle a accouché dans un petit logement que son amant lui a loué rue Cardinet, aux Batignolles. Vous pouvez vous en assurer par vous-même à votre retour à Paris. Maintenant, dans quelles conditions se séparent-ils? je l'ignore. Bref, il me semble qu'il y a quelque chose à faire avec tout ça.

4

JACQUES.

Il y a sûrement quelque chose à faire. Vous êtes certain de vos renseignements?

PIÉGOY.

Je les ai pris moi-même. Donc, arrangez-vous, débrouillez-vous, combinez ce que vous voudrez. Jamais la rupture d'un mariage ne s'est présentée sous de meilleurs auspices.

JACQUES.

D'autant plus que je n'aurai vraiment aucun remords. Mademoiselle Ramel est une petite dinde, tandis que votre fille est charmante.

PIÉGOY.

Elle est charmante, elle est vivante, elle est vigoureuse. Elle fera un très beau couple avec votre neveu. Et puis, la bourgeoisie a besoin de se mettre de temps en temps du sang de bohème et de peuple dans les veines.

JACQUES.

Fort bien raisonné.

PIÉGOY.

Je vous parlais d'une condition morale : la voilà. Dès que le mariage sera défait, je me charge du reste. Edmond Tasselin rencontrera ma fille chez vous, et ce serait bien le diable si à nous deux... Convenu?

JACQUES, *lui serrant la main.*

Convenu.

PIÉGOY, *apercevant Tasselin qui entre.*

Chut! Voici le père du jeune homme... *(A Tasselin :)* Mes compliments, monsieur Tasselin... Il n'est bruit que de l'heureux mariage de votre fils.

TASSELIN.

Je l'espère, en effet.

PIÈGOY.

J'en suis enchanté. Ces événements-là sont la meilleure réclame pour une ville d'eaux. Au revoir, messieurs.

(Il sort.)

SCÈNE XIV

TASSELIN, JACQUES TASSELIN.

TASSELIN.

C'est à propos de ce mariage que je voulais te dire un mot. Je donne cent mille francs à Edmond. Si Madeleine se marie avec Gardet, je lui donnerai aussi cent mille francs. Cela fait deux cent mille que je serai obligé de prendre, sur les trois cents que tu as à moi.

JACQUES.

Trois cent dix mille, à peu près.

TASSELIN.

Toute ma fortune, conservée, agrandie par toi, mon cher Jacques. Je la tiens de notre père, je la rends à mes enfants.

JACQUES.

Ce sont aussi les miens et je ne l'oublierai pas.

TASSELIN.

Alors, je puis passer à ta caisse dans un mois?

JACQUES.

Avant, si tu veux.

TASSELIN.

Non, dans un mois, ce sera suffisant. Nous accompagnes-tu?

JACQUES.

Non, je préfère rentrer à la maison. J'ai mal à la tête.

ACTE II

Un petit salon élégamment arrangé chez Suzanne Tilier.

SCÈNE PREMIÈRE

EDMOND, La Femme de Chambre, *puis* SUZANNE.

EDMOND, *il vient d'entrer au lever du rideau et il dépose son chapeau sur un meuble.*

Depuis combien de temps Madame est-elle sortie?

LA FEMME DE CHAMBRE.

Depuis une heure, au moins.

EDMOND.

Avec le petit?

LA FEMME DE CHAMBRE.

Avec le petit et la nourrice.

EDMOND, *s'asseyant.*

Ah! c'est vrai... il y a une nouvelle nourrice.

LA FEMME DE CHAMBRE.

Elle est arrivée cette semaine.

EDMOND.

Madame en est-elle contente?

LA FEMME DE CHAMBRE.

Elle en paraît très contente, oui, Monsieur.

EDMOND, *en temps.*

Personne n'est venu en mon absence?

LA FEMME DE CHAMBRE.

Personne... j'ai beau chercher... non, pas une seule visite.

EDMOND.

Ah!

LA FEMME DE CHAMBRE, *écoutant.*

Voici Madame.

(Elle s'avance vers la porte. — Entre Suzanne. La femme de chambre sort.)

SCÈNE II

EDMOND, SUZANNE.

SUZANNE, *apercevant Edmond et sautant à son cou.*

C'est toi! Ah! je ne t'attendais pas aujourd'hui. Comment ne m'as-tu pas prévenue?

EDMOND.

Je ne suis à Paris que de ce matin. Tu n'as pas été souffrante? Je te trouve un peu pâlie.

SUZANNE.

Non. Je vais bien. J'étais inquiète seulement quand tes lettres étaient en retard. Tu ne m'as écrit que deux fois pendant ce mois-ci.

EDMOND.

J'ai eu toutes sortes d'occupations... D'abord, je ne suis pas resté le mois entier chez mon oncle, comme je le croyais. Il m'a fallu faire un voyage en Bretagne, pour affaires... J'ai perdu un procès que je comptais gagner.

SUZANNE.

Est-ce grave?

EDMOND.

Ce n'est jamais très grave de perdre un procès. Ce qui l'est davantage, c'est l'ensemble de ma situation, qui ne se dessine pas très bien.

SUZANNE.

En quel sens?... Si tu es gêné d'argent, tu aurais grand tort de me le cacher. Tu as dépensé beaucoup trop pour mon installation. Nous payons un loyer beaucoup trop cher aussi... Qu'ai-je besoin d'un salon? Une chambre, une salle à manger, cela me suffirait largement.

EDMOND.

Je veux que tu te trouves bien chez toi.

SUZANNE.

Je déménagerai, ce sera plus raisonnable.

EDMOND.

Qu'est-ce que trois ou quatre cents francs par an de plus ou de moins? Si je n'avais pas d'autres soucis...

SUZANNE.

Lesquels? Dis, parle... Qu'y a-t-il?

EDMOND, hésitant.

Rappelle-toi bien... Tu n'as jamais rencontré dans la rue, par hasard, une figure de connaissance? Tu n'as pas été vue?

SUZANNE.

Jamais... Je sors si peu. D'ailleurs, il n'y a aucune raison pour que quelqu'un de la famille vienne dans ce quartier... Est-ce qu'on a des soupçons?

EDMOND.

Je le crains.

SUZANNE.

On parle de moi quelquefois, dis?

EDMOND.

Oui, quelquefois.

SUZANNE.

Tes parents doivent être surpris que je ne leur écrive pas?

EDMOND.

Ils commencent à l'être, en effet.

SUZANNE.

Madeleine, surtout. Je le lui avais tant promis, quand je suis partie. *(Presque à mi-voix.)* Ma petite Madeleine, je ne la reverrai peut-être plus!...

EDMOND, *allant vers elle et la regardant, puis avec une légère brusquerie.*

Tu n'as jamais correspondu avec elle?

SUZANNE, *s'éloignant.*

Oh! que me dis-tu?... Comment une pareille pensée peut-elle te venir?... J'écrirais à ta sœur en cachette, moi!

EDMOND, *avec un certain soupçon.*

Ce ne serait pas un crime.

SUZANNE.

Ce serait de ma part une véritable trahison. Sache que je me considérerais comme la dernière des filles si je te faisais le plus petit mensonge, à toi! Ah! c'est bien assez d'avoir menti à ta famille, de l'avoir trompée après tous les services qu'elle m'avait rendus, après l'hospitalité qu'elle m'avait donnée quand je suis restée seule! Quelle faute j'ai commise! Quelle action odieuse, et que mon amour pour toi n'excuse pas! Il aurait mieux valu avouer tout, quitte à être chassée, jetée à la porte, comme je le méritais.

EDMOND.

Ç'eût été de la folie!

SUZANNE.

Non, c'eût été plus noble et plus digne que cette histoire louche que nous avons combinée... Va, va, ne crains rien, en aucune circonstance, la famille n'entendra parler de moi. Oh! l'idée que ta mère, que Madeleine, pourraient apprendre ce que j'ai fait, quelle honte! En y pensant, j'ai la fièvre.

EDMOND.

Pourtant, il faut t'y attendre.

SUZANNE.

Chaque fois que je sors, je regarde autour de moi comme une voleuse.

EDMOND.

Il est fatal qu'on finisse par te rencontrer.

SUZANNE, *réfléchissant.*

Si je quittais Paris? Si tu m'envoyais quelque part, en province, pas trop loin, de façon que tu puisses venir me voir souvent?

EDMOND, *avec un mouvement de joie, vite réprimé, mais qui n'échappe pas à Suzanne.*

Tiens! C'est une bonne idée!

SUZANNE, *frappée du ton d'Edmond.*

Ah!... *(Lentement.)* Oui, c'est une bonne idée.

EDMOND.

Mais, à faire cela, il faudrait le faire le plus tôt possible.

SUZANNE, *le regard sur lui.*

Tout de suite, si tu veux.

EDMOND.

Ma foi, c'est probablement ce qu'il y aurait de plus pratique et de... *(Il la regarde à son tour.)* Qu'as-tu donc?

SUZANNE, *après un silence, elle va près de lui et lui serre le bras.*

Edmond ?

EDMOND.

Eh bien ?

SUZANNE, *d'une voix changée.*

Qu'y a-t-il? Qu'est-ce qui se passe?

EDMOND, *un peu troublé.*

Mais rien...

SUZANNE.

Si, il se passe quelque chose, je viens de le sentir brusquement.

EDMOND.

Quel enfantillage! Je ne m'occupe que de ta situation et de...

SUZANNE, *l'interrompant.*

Ne cherche pas à te rattraper. Je t'aime trop, je te connais trop; le moindre de tes gestes, de tes regards, retentit en moi et m'éveille. Dis-moi ce que tu as à me dire, ce que tu es venu pour me dire.

EDMOND, *riant avec affectation.*

Mais, ma pauvre Suzanne...

SUZANNE, *avec force.*

Trop tard, Edmond, je t'assure qu'il est trop tard... *(Elle le prend par le bras.)* Viens, causons tranquillement, tu vois comme je suis calme... *(Elle le fait s'asseoir et se penche vers lui.)* Je t'écoute.

EDMOND.

Mais il n'y a rien, absolument rien, je te le répète.

SUZANNE.

Je t'en supplie, ne souris pas. Traite-moi sérieusement, gravement. Une jeune fille de vingt-deux ans, élevée comme je l'ai été et qui se donne à un homme de ton âge, sait ce qu'elle risque.

Elle sait que son amant ne l'épousera jamais, car il n'avait qu'à demander sa main et il ne l'a pas fait. Je n'ai pas d'illusions de ce côté, tu vois... Ma faute, j'en suis responsable autant que toi, et quand il le faudra, j'en porterai la peine avec courage... Ne crains donc rien et parle!

EDMOND, *se levant.*

Je ne peux vraiment pas inventer une histoire pour te rassurer.

SUZANNE, *avec une fébrilité croissante.*

Edmond, Edmond... J'ai tout livré de moi, sans exiger aucun engagement, aucune promesse. Mais je te demande, en échange, de la franchise et de la loyauté. J'y ai droit, tu ne peux pas me les refuser. *(Sur un geste d'Edmond.)* Veux-tu que je te montre combien je suis préparée à tout? Eh bien! j'ai deviné depuis longtemps que tu ne m'aimes plus... Ne proteste pas, c'est inutile. Tu as cessé de m'aimer le jour où j'ai compliqué ton existence. Oh! je n'oublierai jamais ton regard quand je t'ai appris... tu te rappelles? Nous étions seuls dans le salon, près du piano; ta mère et Madeleine étaient encore dans la salle à manger. Je me suis penchée vers toi et je t'ai dit à voix basse, en tremblant: « Je suis enceinte. » Tu es devenu très pâle et tu m'as serré le bras si fort que j'ai failli crier. C'était fini, tu me détestais.

EDMOND, *haussant légèrement les épaules.*

Si je t'avais détesté, je ne me serais pas conduit comme je l'ai fait.

SUZANNE.

Tu m'as loué un appartement, tu m'as donné de l'argent, mais je n'ai plus été pour toi qu'une femme entretenue. Mon amour, la franchise et la passion avec lesquelles je m'étais livrée, tout cela n'a plus compté. Et depuis la naissance du petit, depuis six mois, tu ne songes qu'à me fuir; tu inventes mille prétextes pour ne pas venir ici... Tu vois qu'il ne te reste pas grand'chose à m'apprendre... *(Elle se rapproche d'Edmond et doucement:)* Tu ne veux plus de moi? Je te gêne?... Écoute, Edmond, si tu ne me dis pas à l'instant même ce que tu veux faire, tu es un lâche! Aie pitié de moi, je t'en conjure; profite de l'exaltation où je suis, tu me feras moins souffrir! C'est cela, n'est-ce pas! Tu ne veux plus de moi?... *(Un silence, puis brusquement:)* Tu te maries?... Ah! j'ai compris... Oui, n'est-ce pas? C'est ton mariage que tu venais m'annoncer!... *(Elle le saisit par l'épaule et lui fait tourner le visage de son côté.)* Oh! c'est vrai! c'est vrai! tu te maries!...

(Elle va s'asseoir lourdement sur un fauteuil.)

EDMOND, *la suivant et la prenant entre ses bras.*

Ce qui est vrai, Suzanne, c'est que, quoiqu'il arrive, tu n'auras jamais à t'inquiéter ni de ton sort, ni de celui de ton enfant, de notre enfant. Cela, je te le jure.

SUZANNE, *se levant.*

Oh! comme tu me connais peu, de ne pas oser me dire la vérité en face, au lieu de te la laisser arracher mot par mot. Me prends-tu pour une petite ouvrière qui se suicidera parce que son amant l'abandonne? Je suis, Dieu merci, d'une autre race, et la souffrance ne m'effraye pas. Tu peux donc parler hardiment, nettement, comme si tu traitais une affaire dans ton cabinet.

EDMOND.

Oui, tu as raison. Expliquons-nous avec la plus grande franchise. Eh bien! je suis obligé de prendre une décision immédiate, parce que je n'ai plus d'argent! Comme avocat, je ne gagne presque rien encore; chaque mois, j'en suis réduit à emprunter pour te donner ce qu'il faut ici. Dans un an, je serai criblé de dettes, ma position en deviendra plus difficile, et que ferons-nous alors? Que deviendras-tu? Iras-tu avouer la vérité à mon père? Il te faudra choisir entre la gêne la plus rude et le scandale. Nous sommes dans une de ces situations qui, en se prolongeant, aboutissent fatalement à un désastre. Je t'épouserais demain que j'aurai contre moi toute ma famille; bientôt, ce serait la détresse. La loi de l'argent est inexorable. Tout lui est soumis, même l'amour. Or, de l'argent, je n'ai pas aujourd'hui d'autre moyen de m'en procurer que le mariage: je me marie! J'assurerai ton avenir, celui du petit, le plus largement que je pourrai; tant que je vivrai, je serai ton ami et tu pourras compter sur moi... Regarde-moi, Suzanne, je ne mens pas.

SUZANNE.

Que tu mentes ou non, peu m'importe à présent. Tout le mal que tu pouvais me faire est fait; tu ne m'en feras jamais davantage. Agis comme il te plaira, tu es libre, je ne te gênerai en rien... Tu prétends que tu n'abandonneras pas ton fils... c'est possible. Ce qui est plus sûr, c'est que moi, je ne l'abandonnerai pas!

EDMOND.

Je voudrais surtout, Suzanne, que tu ne doutasses pas de ma tendresse et de mon dévouement.

SUZANNE.

Ah! non, Edmond, n'essaie pas de me consoler par des paroles banales qui doivent servir à tous les hommes. Tu te maries, — voilà le fait. Tu désires, pour l'acquit de ta conscience, être rassuré sur mon avenir... Je t'engage en outre ma parole que si ton mariage se défait, ce ne sera pas par ma faute. Tout est donc parfaitement arrangé. Maintenant, je t'en prie, laisse-moi seule, je suis fatiguée.

(Au moment où Edmond se dispose à sortir, entre la bonne avec une carte.)

LA BONNE, *remettant la carte.*

Ce monsieur est là.

SUZANNE, *lisant la carte et faisant un petit mouvement de surprise, puis tendant la carte à Edmond.*

Tiens !

EDMOND, *regardant.*

Mon oncle !... *(Très agité.)* Mon oncle ici !... *(A Suzanne :)* Voilà ce que je craignais... Je vais le recevoir ; c'est encore ce qu'il y a de plus prudent. *(Elle sort par la droite. — Edmond à la bonne :)* Priez ce monsieur d'entrer.

(Edmond reste seul une seconde. — Jacques Tasselin entre immédiatement.)

SCÈNE III

EDMOND, JACQUES TASSELIN.

JACQUES.

Ah ! ah ! C'est toi ?

EDMOND.

Je ne vous cache pas, mon oncle, que je suis stupéfait de vous voir ici, et même un peu plus que stupéfait.

JACQUES.

Tu ne m'attendais pas, avoue-le.

EDMOND.

J'espère que vous allez m'expliquer...

JACQUES.

Pourquoi je viens?

EDMOND.

Oui, et aussi comment vous avez su que vous pouviez me rencontrer dans cette maison.

JACQUES.

Ça, ça n'est pas intéressant pour toi... un simple hasard... une lettre anonyme...

EDMOND.

Vous avez cette lettre anonyme?

JACQUES.

Je l'ai brûlée.

EDMOND.

Ah! Et pourquoi ne pas me l'avoir montrée quand vous l'ayez reçue?

JACQUES.

Je ne voulais pas t'inquiéter et je tenais d'abord à m'assurer si ce que contenait cette lettre était exact.

EDMOND.

C'est faux.

JACQUES, souriant.

Tu ne sais pas ce qu'il y a.

EDMOND.

Voyons, qu'y a-t-il?

JACQUES.

Que tu es l'amant de Suzanne Tilier et que tu as un enfant d'elle.

EDMOND.

J'ai, en effet, une maîtresse; mais ce n'est pas Suzanne Tilier.

JACQUES.

Pas de cachotteries avec moi, mon cher Edmond, je t'en prie... Il vaut mieux que je sois au courant, ne serait-ce que pour détourner les

soupçons de ton père, si, par hasard, une dénon-
ciation se produisait de ce côté.

EDMOND.

Vous avez raison.

JACQUES.

Alors, c'est vrai?

EDMOND.

C'est vrai.

JACQUES.

Je ne te ferai pas de morale, mon cher ami.
(Geste d'Edmond.) Car, avant de créer une situation
pareille, tu as dû te rendre compte des conséquences et des responsabilités qu'elle entraîne.

EDMOND.

J'assurerai, en me mariant, la position de
Suzanne et de l'enfant.

JACQUES.

Oui. Mais as-tu songé que cela pourrait être
justement un obstacle à ce mariage?

EDMOND.

Suzanne ne dira rien, j'en suis sûr.

JACQUES.

Elle, c'est possible, mais ton futur beau-père,
crois-tu qu'il ne se permettra pas quelques petites
observations?

EDMOND.

Il faudrait qu'il sût...

JACQUES.

Eh! mon pauvre ami, il saura! T'imagines-tu
que celui ou ceux qui m'ont averti, moi, ne
l'avertiront pas, lui? Il est évident que quelqu'un
a intérêt à rompre ton mariage.

EDMOND.

Je voudrais bien savoir quel est le gredin qui
se mêle de mes affaires!

JACQUES.

Il faut toujours s'attendre à ce que quelqu'un se mêle de vos affaires.

EDMOND, *réfléchissant*.

Serait-ce pour cela que monsieur Ramel a quitté Carville avant nous?

JACQUES.

Méfie-toi.

EDMOND.

Je vais faire partir Suzanne en province, avec le petit, en manière de précaution.

JACQUES.

Tu feras bien.

EDMOND.

Vous ne l'avez pas vu, monsieur Ramel, depuis la lettre?

JACQUES.

Non, mais agis comme s'il savait tout.

EDMOND.

Cela m'expliquerait certains détails, deux ou trois mots qu'il m'a dits, une attitude embarrassée, la dernière fois que je l'ai vu.

JACQUES.

Bah! que le diable l'emporte!... S'il n'est pas content, on se passera de lui.

EDMOND.

Vous ne supposez pas que j'épouserai sa fille sans son consentement?

JACQUES.

Non, mais tu en épouseras une autre.

EDMOND.

Comme vous y allez!

JACQUES.

Ah ça! entre nous, est-ce que tu trouves ce mariage si avantageux?

EDMOND.

Mais oui.

JACQUES.

Cent cinquante mille francs de dot.

EDMOND.

Deux cents!

JACQUES.

Peuh!

EDMOND, *riant.*

Vous avez mieux?

JACQUES.

Je ne vois pas tout de suite... mais il me semble qu'en regardant autour de nous... Mademoiselle Bérot... Je cite au hasard.

EDMOND.

Elle est fiancée.

JACQUES.

Mademoiselle Méran...

EDMOND.

Elle est mariée depuis un mois, mademoiselle Méran; vous n'avez pas la main heureuse.

JACQUES.

Et bien d'autres... Mademoiselle Piégoy...

EDMOND.

Mademoiselle Piégoy?

JACQUES.

Je me suis laissé dire qu'elle avait un million de dot.

EDMOND, *riant.*

Sans compter le nom de son père... le vieux nom des Piégoy...

5

JACQUES.

Les femmes se marient précisément pour changer de nom.

EDMOND.

Merci bien. Mais on n'épouse les filles de ces gens-là que quand on ne peut pas faire autrement.

JACQUES, *naïvement.*

Alors, vraiment, Piégoy!... Notre conseiller municipal...?

EDMOND.

Il est très gentil, mais c'est un individu absolument déconsidéré, taré...

JACQUES.

Es-tu certain?

EDMOND.

Il a passé deux fois en correctionnelle.

JACQUES.

Il a été acquitté les deux fois.

EDMOND.

Deux acquittements valent une condamnation.

JACQUES.

Ce que je t'en dis!... Je me moque de Piégoy, tu penses bien. Mais j'avoue qu'il ne me déplait pas.

EDMOND.

Parbleu! à moi non plus... Il est pittoresque, il a de la verve.

JACQUES.

Et trois ou quatre millions de fortune.

EDMOND.

Tant que ça!

JACQUES.

Au moins... C'est un homme qui fera un jour quelque chose; il a de l'avenir.

EDMOND.

Il a surtout un passé.

JACQUES.

Bah! il a mal commencé sa vie, il la finira peut-être très honnêtement... Et, en matière d'honnêteté, c'est comme en matière de jeu : qu'importe qu'on perde en commençant, pourvu qu'on se rattrape à la fin!

EDMOND, riant.

Vous aviez raison de dire tout à l'heure que vous ne me faisiez pas de morale... *(A la bonne qui est entrée sur ces derniers mots, bas :)* Dites à Madame que je vais revenir...

(Il sort avec Jacques Tasselin.)

SCÈNE IV

La Bonne, SUZANNE, *puis* SUZANNE, *seule.*

LA BONNE, allant à la porte de l'alcôre.

Madame...

SUZANNE, entrant.

Ils sont partis?

LA BONNE.

Monsieur a dit qu'il allait revenir.

SUZANNE.

Bien. *(Sort la bonne. — Suzanne va s'asseoir sur un fauteuil.)* Allons, soyons courageuse! Qu'est-ce que je vais faire? Qu'est-ce que je vais devenir? Ça, par exemple, je serais curieuse de le savoir... *(Se tournant vers l'alcôre.)* Pauvre petit! Je lui raconterai tout ça quand je serai vieille, et ça lui sera peut-être bien égal.

(Revient la bonne.)

SCÈNE V

SUZANNE, LA BONNE.

LA BONNE.

C'est un monsieur qui désire voir Madame.

SUZANNE.

Qui?

LA BONNE.

Monsieur Ramel... Il dit que Madame le connaît.

SUZANNE, *cherchant.*

Ramel... Oh! mais c'est le père d'Henriette!... Que me veut-il? *(A la bonne:)* Introduisez ce monsieur. *(Sort la bonne.)* Henriette! C'est peut-être elle qu'il épouse...

(Entre Ramel.)

SCÈNE VI

RAMEL, SUZANNE.

RAMEL, *s'avançant et s'inclinant.*

Excusez-moi, mademoiselle... Je commence par vous promettre sur l'honneur que ma démarche auprès de vous n'est connue de qui que ce soit. Les raisons qui vous ont forcée de revenir à Paris ou à ne pas le quitter ont dû être graves. Il ne m'appartient pas de les discuter.

SUZANNE.

Je vous remercie en tous cas de votre discrétion, monsieur, et je vous écoute.

(Elle fait signe à monsieur Ramel de s'asseoir.)

RAMEL, *s'asseyant.*

Voici d'abord, — et je vous dois cette explication, — de quelle façon un peu bizarre j'ai été mis au courant de votre situation. Je me trouvais au casino de Carville, dans la salle de bal, avec ma fille et quelques personnes, entre autres mademoiselle Madeleine Tasselin, qui était votre amie aussi, je crois?

SUZANNE.

Oui, monsieur. Après?

RAMEL.

Je donnais justement le bras à Madeleine, et nous passions devant un groupe de trois messieurs dont l'un prononçait mon nom. Je les regardai instinctivement; je ne les connaissais pas. Je n'attachai pas d'importance à cet incident; mais, quelques minutes après, dans le tournoiement des invités et des danseurs, les trois mêmes messieurs se retrouvaient auprès de moi, et, très distinctement, prononcèrent mon nom encore une fois. Je prêtai l'oreille, et ce bout de conversation m'arriva: « Sait-il la liaison d'Edmond Tasselin et de Suzanne Tilier? — Comment! fit un autre, Suzanne Tilier n'est pas en Amérique? — Elle est si peu en Amérique, reprit le premier, que je l'ai rencontrée cet hiver rue Cardinet, sortant de la maison qui est au coin de la rue Legendre. »

SUZANNE.

C'est bizarre, en effet.

RAMEL.

Je m'éloignai, craignant que Madeleine, qui était à deux pas de moi, ne finisse par entendre; je la reconduisis auprès de ses parents et je réfléchis. Ce n'était certainement pas le pur hasard

qui avait placé à mon côté ces messieurs que je
ne connaissais pas. Ils parlaient évidemment
pour moi... On n'avait pas osé m'envoyer une
lettre anonyme, ce qui est un moyen dont on se
méfie toujours; on m'avait fait assister à une
conversation anonyme, ce qui est beaucoup plus
adroit...

SUZANNE.

Je regrette vivement ce malentendu, monsieur.
Les renseignements que l'on vous a donné d'une
façon aussi singulière ne sont pas seulement
malveillants, ils sont faux.

RAMEL.

Faux?

SUZANNE.

Faux, de tous points.

RAMEL, *soupçonneux.*

Pourtant, — excusez-moi d'insister, — je sais
qu'Edmond vient souvent vous voir.

SUZANNE.

Je ne le cache pas. Monsieur Edmond Tasselin
a, je crois, de l'amitié pour moi; je me suis con-
fiée à lui en diverses occasions, et, tout à l'heure
encore, il est venu me voir pour m'annoncer son
mariage.

RAMEL.

Il est fiancé avec ma fille, en effet.

SUZANNE.

Je suis bien désolée d'avoir, à mon insu, failli
le compromettre. Ce sont ses visites ici qui ont
amené une confusion que je déplore, car elle
aurait pu nuire à ce mariage.

RAMEL.

Cela l'aurait rompu tout à fait. Si ce que j'ai
entendu avait été vrai, jamais ma fille n'épouse-

rait monsieur Edmond Tasselin. J'ai sur certaines
matières des principes avec lesquels nulle considération ne me fera transiger.

SUZANNE.

Heureusement, cette erreur ne pouvait être de
longue durée... *(Riant.)* Moi, la maîtresse de monsieur Edmond!... Il faudra que je lui dise ça,
quand je le verrai... Ah! ah! *(Elle continue à rire
d'un rire qui devient peu à peu nerveux.)* Nous en rirons
ensemble.

RAMEL, *prenant congé.*

Voulez-vous me permettre, mademoiselle, de
vous serrer la main. Et, encore une fois, je vous
supplie de m'excuser; mais, quand on entend
affirmer une chose avec tant d'assurance...

SUZANNE.

Adieu, monsieur.

RAMEL.

Adieu, mademoiselle.

(Il sort.)

SCÈNE VII

EDMOND, SUZANNE.

EDMOND.

C'est monsieur Ramel, n'est-ce pas? Je l'ai
aperçu qui descendait d'un fiacre. Alors, je suis
remonté. Qu'est-ce qu'il t'a dit? Il sait tout?

SUZANNE.

Oui. On lui a raconté, je ne sais qui, que tu
étais mon amant... Il est venu me demander si
c'était vrai.

EDMOND.

Ah!

SUZANNE.

Mais, rassure-toi. Je lui ai répondu que c'était faux... Et il est parti convaincu qu'on t'avait calomnié... Il ne te refusera pas sa fille pour si peu.

EDMOND.

Tu t'es conduite, Suzanne, avec une générosité qui fait de moi ton obligé pour la vie.

SUZANNE.

Tu es content, c'est l'essentiel.

EDMOND.

Quoi qu'il arrive, j'aurai toujours pour toi l'affection la plus tendre.

SUZANNE, *sans répondre.*

Que t'a dit ton oncle ?

EDMOND.

Rien de grave.

SUZANNE.

Tant mieux.

EDMOND.

A propos, la nourrice est rentrée.

SUZANNE.

Ah !

(*Elle va à la porte de droite. Edmond la suit. Quand ils ont disparu tous les deux, la porte de gauche s'ouvre. La bonne entre et introduit Madeleine.*)

SCÈNE VIII

EDMOND, MADELEINE.

EDMOND.

Toi ? Que viens-tu faire ici ?

MADELEINE.

Je viens voir Suzanne.

EDMOND, *brusquement.*

Suzanne n'habite pas Paris.

MADELEINE.

Pardon, je sais qu'elle y est.

EDMOND.

Comment le sais-tu?

MADELEINE.

Je l'ai appris par des gens qui le disaient devant moi, il y a quelques jours.

EDMOND.

Je n'en crois rien.

MADELEINE.

Cela est pourtant.

EDMOND.

Quel mensonge as-tu raconté chez nous pour pouvoir venir toute seule dans cette maison? *(Silence de Madeleine.)* Tu te rends coupable d'un véritable espionnage. De quel droit te mêles-tu de mes affaires?

MADELEINE.

Je ne m'en mêle pas. C'est l'affection seule que j'ai pour Suzanne qui m'a fait accourir ici, lorsqu'un hasard m'en a appris son adresse. Tu te mariais; j'ai deviné sa désolation, la solitude affreuse où elle allait rester, j'ai senti qu'elle avait peut-être besoin d'une amie. Voilà pourquoi je suis venue, pas pour autre chose.

EDMOND.

Et qui te dit que Suzanne veuille te revoir?

MADELEINE.

J'en suis sûre.

EDMOND.

Comment ne sens-tu pas, au contraire, que tu t'exposes à la blesser cruellement?

MADELEINE.

En quoi? Quand nous aurons causé cinq minutes, elle comprendra que je l'aime toujours et qu'elle peut avoir confiance en moi!

EDMOND.

C'est inouï de ne pas te rendre compte que tu mettrais Suzanne dans la position la plus pénible et la plus humiliante!...

MADELEINE.

Je me charge de ne pas l'humilier. Dis-lui seulement que je suis là et que je désire la voir. Si elle refuse, je ne ferai plus aucune tentative, et, sois tranquille, votre secret ne courra pas les rues avec moi. Mais je veux, avant de m'en aller, lui faire savoir que je suis à côté d'elle et qu'elle n'a qu'à ouvrir une porte pour m'embrasser.

EDMOND, *d'une voix moins dure.*

C'est impossible, Madeleine, je te l'assure. Un de ces jours, je t'expliquerai tout cela; mais, sois bien convaincue que ta présence ne peut être d'aucune utilité à personne, au contraire.

MADELEINE.

Je t'avertis, Edmond, que si tu m'empêches aujourd'hui de voir Suzanne, je reviendrai jusqu'à ce que je la rencontre.

EDMOND.

Non, ma petite Madeleine, tu ne reviendras pas, du moins, je l'espère; car je vais te prier, entends-moi bien, te prier de t'en tenir là! Voyons, sois raisonnable et va-t'en. Réfléchis à ce que cette démarche a de grave et d'anormal pour une jeune fille de ton âge.

MADELEINE.

J'ai réfléchi avant de la faire... Je me suis bien

interrogée sur les conséquences qu'elle pouvait avoir et sur les véritables sentiments qui me l'inspiraient.

EDMOND.

Je crains un peu pour toi que ce ne soit tout simplement la curiosité, le goût du romanesque et de l'imprévu...

MADELEINE.

Tu te trompes... Tu me juges mal, tu m'as toujours jugée très mal... Mais, que m'importe? Je suis rassurée par ma conscience. Maman m'a appris, — et je lui en garde une reconnaissance ardente, — à ne pas me conduire uniquement d'après les habitudes et les préjugés courants; à ne pas m'en rapporter, sans réserve, à l'opinion d'autrui, et à tenir compte surtout de la mienne.

EDMOND.

T'a-t-elle conseillé aussi de faire des visites clandestines? de mentir à ton père et à ta mère?

MADELEINE.

Qui te dit que je leur mentirai?

EDMOND.

Apprends, Madeleine, que si tu commettais la moindre indiscrétion, tu me ferais une injure mortelle. *(Changeant de ton et prenant les mains de Madeleine.)* Est-il possible, ma petite Madeleine, qu'un frère et une sœur se parlent comme nous le faisons! Nous sommes donc ennemis?

MADELEINE.

Non, certes, mon cher Edmond! Ah! si tu essayais de me montrer un peu de confiance, un peu de considération, je ne serais pas longue à t'aimer profondément! Je souffre beaucoup, je te jure, de nous sentir si loin l'un de l'autre... Un seul mot de toi nous rapprocherait à jamais.

EDMOND.

Je t'aime bien, ma petite sœur, n'en doute pas...

MADELEINE.

Voici une occasion où nos deux cœurs pourraient se réunir. Au lieu de vouloir que je m'en aille, Edmond, va-t'en toi-même. Laisse-moi seule avec Suzanne et aie confiance en moi... Je suis capable, crois-le bien, de garder ton secret, même pour nos parents.

EDMOND, *réfléchissant.*

Non, petite sœur, et cette fois-ci non, et très définitivement non... Je prends mon chapeau et je t'accompagne; nous allons sortir ensemble...

MADELEINE, *tristement.*

Tant pis!

EDMOND.

Et tu renonces, j'aime à le croire, à cette idée de revenir?

MADELEINE.

Non.

EDMOND.

Tu reviendras?

MADELEINE.

Oui.

EDMOND, *avec colère.*

Mais, ma parole, il y a là un manque de pudeur qui est vraiment scandaleux!

MADELEINE.

T'es-tu bien préoccupé de ma pudeur, lorsque, pendant des mois, tu as fait la cour à Suzanne, à mon côté, sous mes yeux? Elle en rougissait elle-même et n'osait plus me parler de toi... Tu la poursuivais partout; je t'ai vu l'embrasser malgré elle, lui prendre la main... Qui sait ce que tu lui disais à l'oreille, si près de moi que j'étais obligée de reculer pour ne pas entendre? Ah! tu te

souciais bien de ma pudeur, à ces moments-là!
Et un beau jour, quand j'étais bien convaincue
que vous alliez vous marier, Suzanne m'annonce
en sanglotant qu'elle part pour l'Amérique! Et,
un an après, tu en épouses une autre! Et tu ne
veux pas que j'aie compris quelque chose, si peu
que ce soit?... Ah! non, véritablement, tu en demandes trop aux jeunes filles!

EDMOND, *très pâle.*

En voilà assez; je n'ai pas besoin de tes leçons
et de tes observations .. je connais mon devoir et
ce que mon honneur me commande de faire.

MADELEINE.

Le devoir, l'honneur!... des mots à qui on fait
dire tout ce qu'on veut, comme aux perroquets!

EDMOND, *il a mis son cr.. eau sur la tête et conduisant
Madeleine à la porte.*

Sortons!

MADELEINE.

Vas-tu me chasser?

EDMOND.

Je veux que tu sortes, entends-tu; je suis ici
chez moi!

MADELEINE, *appelant.*

Suzanne!

EDMOND.

Ah ça! veux-tu te taire!

(Il l'entraîne à la porte, par le bras. — Entre Suzanne.)

SCÈNE IX

EDMOND, MADELEINE, SUZANNE.

SUZANNE, *entrant et apercevant Madeleine.*

Toi! Madeleine!

MADELEINE, *allant se jeter dans ses bras.*

Suzanne! ma chère Suzanne! *(Se retournant vers son frère.)* Tu vois qu'il n'y a pas de mal.

EDMOND, *avec menace.*

Nous verrons bien!

(Il sort rapidement.)

SCÈNE X

MADELEINE, SUZANNE.

SUZANNE.

Est-ce possible? Toi ici?

MADELEINE.

Par exemple, j'ai eu de la peine. Il a fallu le hasard... Ah! tu te caches bien! C'est vrai que tu ne voulais plus me voir?

SUZANNE.

Je ne voulais plus te voir, je ne voulais plus voir personne.

(Elle a une crise de larmes et va s'asseoir sur le canapé.)

MADELEINE, *la prenant entre ses bras.*

Ne pleure plus... Nous nous sommes retrouvées, c'est l'important, n'est-ce pas? Ne cache pas ta figure, regarde-moi.

SUZANNE, *la figure dans les mains.*

Oh! je n'ose pas... Qu'est-ce que tu penses?

MADELEINE.

J'ai pensé que tu devais être malheureuse, ma pauvre Suzanne, voilà tout. Ce n'est pas à moi à juger ta conduite... Va, tu peux tout me dire, et je ne suis pas une petite hypocrite à qui l'on a appris à faire l'ignorante et qui baisse les yeux au moindre mot.

SUZANNE, *se tournant vers elle.*

Que de fois j'ai été sur le point de t'écrire !

MADELEINE.

Voilà ce que tu aurais dû faire ! C'est ce qui m'étonnait le plus, de ne pas recevoir de lettres de toi...

SUZANNE.

Edmond me l'avait défendu avec tant de force, tant d'insistance !

MADELEINE.

Ça ne m'étonne pas.

SUZANNE.

Qu'as-tu dit à ta mère, quand tu es sortie ?

MADELEINE.

J'avais de la musique à acheter ; seulement... dame ! en rentrant tout à l'heure, je serai bien obligée de faire un mensonge ; ça, c'est le plus grave... Enfin ! J'ai pris un fiacre près de chez nous et j'ai dit au cocher : « Rue Cardinet, au coin de la rue Legendre. » C'est l'adresse que j'avais surprise à Carville dans la salle de bal, entendant des gens qui parlaient de toi.

SUZANNE.

Ah ! oui...

MADELEINE.

Je songeais en route : « Pourvu que Suzanne soit là sous son nom !... » Sans ça, il m'aurait fallu faire un tas de recherches... Je t'ai trouvée tout de suite... Quelle chance !

SUZANNE.

Je suis bien heureuse aussi de t'avoir revue, avant de nous quitter tout à fait.

MADELEINE.

Comment! nous quitter...?

SUZANNE.

Je vais partir...

MADELEINE.

Mais, pas du tout! Voilà une idée... je ne veux pas que tu partes...

SUZANNE.

Il le faut pourtant...

MADELEINE.

Jamais, tu m'entends... Ça, par exemple!

SUZANNE.

Edmond se marie; il vaut mieux que je disparaisse.

MADELEINE.

Tu sais qui il épouse?

SUZANNE.

Oui.

MADELEINE.

Cette petite niaise d'Henriette... Henriette Ramel, tu te la rappelles... On ne peut pas dire qu'elle soit laide, mais elle est purement insignifiante. Ah! on ne s'amusera pas beaucoup dans ce ménage-là, et ça m'étonnerait si on m'y voyait souvent! — Au lieu de prendre une fille intelligente, courageuse et belle comme toi! Il n'aime pas Henriette; il l'épouse pour sa dot, pour des questions de relations, d'argent... C'est honteux... mais c'est encore plus bête.

SUZANNE.

Il est libre : je ne le gênerai en rien, je le lui ai promis.

MADELEINE.

Va, tu as raison. Laissons-le faire. — Puis,

voici à quoi je pense... Dès qu'il sera marié et qu'on ne pourra plus t'accuser de vouloir te venger de lui, j'avouerai tout à ma mère... c'est ce qu'il y a de plus simple... Elle est si bonne, elle a tant d'indulgence et de raison... Elle te pardonnera, et nous trouverons une combinaison pour ne plus nous quitter.

SUZANNE.

Ce serait trop beau, ma pauvre Madeleine; mais c'est, hélas! aussi impossible que de supprimer le passé... Et quoique j'aime ta mère de tout mon cœur, j'aimerais mieux mourir de faim que de paraître devant elle.

MADELEINE.

Elle viendrait te voir elle-même, si elle apprenait que tu es ici.

SUZANNE.

Oh! quand je songe à mon départ de chez toi, à la honteuse comédie qu'Edmond m'a forcée à jouer!...

MADELEINE.

Ce n'est pas de ta faute.

SUZANNE.

Non, je ne pourrai jamais oublier cela... Mes bagages tout préparés comme pour un voyage lointain, ta mère et toi qui m'avez accompagnée jusqu'à la gare... mon départ pour le Havre... la dépêche que je vous ai envoyée de là-bas... que de lâchetés! que de mensonges! Puis, mon retour à Paris. Et alors les inquiétudes et les soupçons qui ont commencé... Non! non! vois-tu, c'est bien fini! Je ne veux plus même en parler... *(Changeant de ton.)* Et toi, Madeleine, tu ne me racontes rien de ta vie?... Maurice?...

6

MADELEINE.

Maurice! Je ne l'ai pas vu depuis deux mois...
Personne ne sait ce qu'il devient.

SUZANNE.

Où est-il?

MADELEINE.

A Paris, probablement. Il a perdu sa place au
ministère. Il doit chercher de l'argent, se dé-
battre. Je veux être sa femme et je ne sais pas s'il
y a de quoi manger...

SUZANNE.

Est-ce que ta famille s'oppose?...

MADELEINE.

Que Maurice revienne seulement, je me charge
bien d'obtenir le consentement de mon père. Nous
sommes encore quelques jeunes filles qui ne cher-
chons pas uniquement l'argent dans le mariage.

SUZANNE.

Alors, toi non plus, tu n'es pas heureuse?

MADELEINE.

Non, et tu vois que si j'essaye de te consoler,
il faudra que tu me consoles aussi; à présent,
c'est assez de larmes, examinons bien la situation
et soyons pratiques. Nous disons que tu vas rester
toute seule.

SUZANNE.

Toute seule, avec le petit.

MADELEINE, *étonnée.*

Quel petit?

SUZANNE, *souriant.*

Mais, l'enfant.

MADELEINE.

L'enfant?... Quel enfant?

SUZANNE.

Le mien.

MADELEINE, *avec un cri.*

Tu as un enfant?

SUZANNE.

Comment, tu ne le savais pas?

MADELEINE.

Mais non... Je savais bien que tu étais... l'amie d'Edmond; que tu partais... avec lui... mais l'enfant!... Comment aurais-je deviné que tu avais un enfant? Ah! que tu es gentille! Je t'aime encore plus! — Est-ce une fille ou un garçon?

SUZANNE.

Un garçon.

MADELEINE.

Il est ici? montre-le-moi vite.

SUZANNE.

La nourrice vient de le coucher... *(Elle désigne la porte du fond.)* Il doit dormir.

MADELEINE.

Je ne le réveillerai pas, je te le promets. Je voudrais seulement le voir. Un enfant de toi et de mon frère! Mais je suis sa tante, après tout, à ce monsieur.

SUZANNE, *allant au fond.*

Chut! *(Elle ouvre la porte du fond. On aperçoit le berceau.)* Regarde!

MADELEINE, *s'approchant sur la pointe des pieds.*

Voyons... Oh! qu'il est beau!... Il te ressemble bien plus qu'à Edmond. *(Elle se penche sur le berceau, embrasse le petit et revient en scène en disant:)* Je ne l'ai pas réveillé.

SUZANNE.

Fermons la porte, maintenant.

(Elle referme la porte de l'alcôve.)

MADELEINE.

Comment s'appelle-t-il ?

SUZANNE.

Pierre.

MADELEINE.

Est-il baptisé ?

SUZANNE.

Pas encore.

MADELEINE.

Nous le baptiserons, je serai sa marraine.
(Prenant la main de Suzanne et avec une lenteur décidée.)
Ecoute-moi, Suzanne, Edmond criera tant qu'il
voudra, je ne te laisserai pas partir. Ce petit a
une famille, la nôtre : il ne faut pas l'en séparer.
Comment m'y prendrai-je ? Je l'ignore. Mais je
réussirai... Qui nous donnerait de l'espérance, si
ce n'était pas un bel enfant comme ça ?

SUZANNE.

Oh ! Madeleine... chère, chère Madeleine !...
Mon amie !...

MADELEINE, *gravement.*

Je ne suis pas ton amie, je suis ta sœur.

ACTE III

Chez Jacques Tasselin.

Grand bureau, meublé, en partie, avec des meubles de salon, donnant sur une galerie. — Galerie séparée du bureau par une porte roulante. — A droite, en rotonde, une petite porte, à peine visible; grande porte d'entrée, au fond. — Contre la porte, un petit téléphone d'appartement. Grand bureau Empire, à droite.

Au lever du rideau, on n'aperçoit pas la galerie.

SCÈNE PREMIÈRE

MAURICE, GORGET.

(Au lever du rideau, Gorget, vieil employé, type avec lunettes, plume derrière l'oreille, arrange sur le bureau Empire des lettres et des papiers, tout en causant avec Maurice.)

GORGET.

Monsieur Tasselin vous a donné rendez-vous, mon cher monsieur Vernot?

MAURICE, *col de la redingote cachant la chemise. Air besogneux.*

A trois heures.

GORGET.

Vous êtes sûr que c'est pour aujourd'hui?

MAURICE.

Parfaitement sûr. Monsieur Tasselin a même donné l'ordre de m'introduire dans son cabinet.

GORGET.

Attendez-le, alors. *(Le regardant.)* Et les affaires, mon cher monsieur Maurice, comment vont-elles, les affaires ?

MAURICE.

Mal.

GORGET.

Ah ! ah !... En effet, je me suis laissé dire que vous aviez quitté le ministère.

MAURICE.

C'est vrai.

GORGET.

Et où êtes-vous, maintenant ?

MAURICE.

Nulle part.

GORGET.

Vous cherchez une place ?

MAURICE.

Oui, mon pauvre Gorget, je cherche une place... Il n'y a rien de libre ici ?

GORGET.

Je ne vois pas... Nous aurions plutôt trop d'employés. Et puis, vous ne connaissez pas la banque ?

MAURICE.

J'apprendrai.

GORGET, *hochant la tête.*

Heu !... Et, en attendant, j'ai comme un soupçon que vous n'avez pas le sou.

MAURICE.

Vous l'avez dit.

GORGET, *paternel.*

A votre âge, ce n'est pas grave...

MAURICE.

C'est grave à tous les âges.

GORGET, *à son oreille et d'un air sentencieux.*

Il vaut mieux n'avoir pas d'argent que d'en
avoir trop.

MAURICE, *souriant.*

Pourtant, à l'heure des repas...

GORGET, *même jeu.*

Il vaut mieux ne pas dîner que de dîner deux
fois... Voilà quarante ans que je suis employé,
tantôt chez un banquier, tantôt chez un autre.
J'ai vécu toute ma vie au milieu de gens qui jon-
glaient avec des millions. Eh bien! j'ai remarqué
une chose : quand on a trop d'argent, c'est comme
quand on a trop de sang. Il se produit un phénomène analogue à celui de l'apoplexie... *(La
petite porte de droite s'ouvre. — Entre Jacques, un peu nerveux, visiblement.)* Voici monsieur Tasselin.

JACQUES, *à Maurice.*

Ah! c'est vous, mon ami?... Un instant, vous
permettez...

(Il lit les lettres que lui tend Gorget.)

GORGET, *bas, à Maurice.*

Si c'est pour lui emprunter de l'argent, ne
vous gênez pas devant moi.

JACQUES, *après avoir déchiré nerveusement deux ou trois lettres.*

Gorget?

GORGET.

Patron?

JACQUES.

Piégoy n'est pas encore venu?

GORGET.

Non, patron.

JACQUES, *même jeu.*

A-t-on passé chez lui?

GORGET.

Oui, il était sorti.

JACQUES.

Ah !

(Sonnette du téléphone.)

GORGET, *s'avançant vers le téléphone.*

Attendez...

JACQUES.

C'est le caissier qui m'appelle... *(Il va au petit téléphone d'appartement.)* Allô!... C'est vous?... Bon! Aujourd'hui?... Je sais bien que c'est aujour- d'hui... Combien déjà? Je ne me rappelle pas exactement... Quarante et un mille... Je vais vous envoyer la somme... Est-ce tout ce qu'il y a à payer? Bon! *(Il ferme le téléphone. — Se tournant vers Maurice.)* Dites-moi, mon cher ami, je suis terri- blement occupé pour le quart d'heure ; nous n'aurons jamais le temps de causer...

MAURICE.

Je reviendrai un autre jour, monsieur Tasselin ; je ne veux pas vous déranger.

JACQUES.

Mais non... revenez simplement dans une heure ou une heure et demie... à la fermeture du bureau.

MAURICE.

Comme vous voudrez.

JACQUES.

A tout à l'heure donc, mon ami ; à tout à l'heure.

(Il le recondnit jusqu'à la porte du fond.)

SCÈNE II

JACQUES, GORGET.

JACQUES.

Tu es allé à la Bourse?

GORGET.

J'en arrive.

JACQUES.

Sait-on quelque chose?

GORGET

Vaguement.

JACQUES.

Qu'est-ce que tu as entendu?

GORGET.

Des bruits... Nertany disait au milieu d'un groupe: « Je crois que Tasselin est fichu! »

JACQUES.

Ce fripon!

GORGET.

Enfin, où en sommes-nous?

JACQUES, *avec un soupir.*

Ah! mon vieux Gorget!...

GORGET.

Vous savez bien que vous pouvez tout me dire, à moi... Voilà presque vingt ans que je suis avec vous... Etes-vous fichu, oui ou non?

JACQUES.

Pas encore. Voici la situation exacte. Depuis trois jours, j'ai remboursé sans sourciller trois cent quatre-vingt mille francs. Cela a redonné une certaine confiance. Quand on a vu que je remboursais à caisse ouverte, il y a eu un arrêt. Aujourd'hui, je n'ai qu'un seul paiement à faire : quarante et un mille francs. *(Touchant un portefeuille.* Si on vient les chercher, ils sont là.

GORGET.

Bien.

JACQUES.

Mais, après cela, je suis épuisé... plus rien... que des affaires dont quelques-unes sont excellentes, mais pour lesquelles il me faut du temps, de la tranquillité...

GORGET.

Et de l'argent.

JACQUES.

Donc, pas d'illusion. Si je ne trouve pas cinq ou six cent mille francs aujourd'hui ou demain, c'est le saut... la fin. Heureusement, les cinq ou six cent mille francs, je crois que je les tiens.

GORGET.

Ah !

JACQUES.

Tu connais Piégoy ?

GORGET.

L'homme des cercles ?

JACQUES.

Oui.

GORGET.

Je le connais un peu... Il vous a promis ?...

JACQUES.

Sous certaines conditions qui vont se réaliser... C'est ma dernière ressource ; si elle me manque, il ne me reste plus qu'à me faire sauter la cervelle.

GORGET.

C'est gai. *(Hésitant.)* Est-ce que la fortune de votre frère est compromise dans cet... accident?

JACQUES, *portant la main à son front, d'une voix sourde.*

Eh! oui... et c'est cela qui m'affole, qui me torture le plus! Trois cent mille francs! Dans le suprême effort que j'ai fait l'autre jour, je les ai trouvés, ces trois cent mille francs, je les ai eus à un moment donné dans mon portefeuille. J'avais envie d'aller les lui rendre. Mais c'était renoncer à la lutte, m'abandonner sans rémission, perdre tout espoir de me refaire...

GORGET.

C'eût été de la démence! Ce pauvre monsieur Tasselin! Il serait plutôt amusant à voir, s'il assistait à notre conversation.

JACQUES, *sévèrement.*

Tâche de ne pas dire des sottises, je te jure.

GORGET.

Si on ne peut plus plaisanter...

JACQUES.

Pas là-dessus.

GORGET.

Bon! bon! D'ailleurs, puisque nous avons Piégoy... *(Tirant un étui de sa poche.)* Vous permettez que j'allume une cigarette?

JACQUES.

Va.

GORGET.

En voulez-vous une?

JACQUES.

Merci. En être arrivé là, moi!

GORGET, à mi-voix

C'était inévitable...

JACQUES, haussant les épaules avec colère.

Inévitable!... C'est-à-dire que j'ai été victime depuis six mois de fatalités inouïes et dont il n'y a pas d'exemple.

GORGET.

En quelques années, vous aviez gagné cinq millions... C'était trop de chance. Or, qu'est-ce que la chance? C'est un vol inconscient. Il est donc assez juste qu'elle soit punie un jour comme le vol.

JACQUES.

Tu as des théories stupides.

GORGET.

Elles sont le résultat d'une expérience financière de plus de trente ans. Tout homme est capable d'absorber une quantité d'argent déterminée. Lorsqu'il la dépasse, il est étouffé infailliblement. Vous n'étiez pas capable de supporter cinq millions, voilà ce que cela prouve... Moi, si j'avais plus de trois cents francs par mois à dépenser, je serais perdu.

JACQUES.

Imbécile! Tes conseils, heureusement, sont meilleurs que tes théories.

GORGET.

Et c'est aujourd'hui qu'il doit vous donner sa réponse, Piégoy?

JACQUES, tirant sa montre.

J'ai rendez-vous ici avec lui dans une demi-heure.

(Entre un domestique par le fond.)

LE DOMESTIQUE.

Madame fait demander si l'on peut ouvrir la porte de la galerie, comme tous les jeudis.

(Il désigne la baie de gauche.)

JACQUES.

Pas encore, dans un instant.

LE DOMESTIQUE.

Madame fait demander aussi si elle ne dérangerait pas Monsieur en venant lui parler.

JACQUES.

Du tout. Qu'elle vienne.

(Le domestique sort.)

GORGET.

Je vous laisse, alors, patron.

JACQUES.

Va faire un tour dans les bureaux; et puis, tiens... réponds à ces lettres.

(Il lui remet deux ou trois papiers. Hortense entre par le fond, pendant que Gorget sort par la petite porte de droite.)

SCÈNE III

JACQUES, HORTENSE.

HORTENSE.

Je ne vous dérange pas, mon ami?

JACQUES.

D'autant moins, ma chère, que j'ai aussi quelque chose à vous dire. Je vous écoute.

HORTENSE.

Non, commencez vous-même.

JACQUES.

Après vous.

HORTENSE.

Vous devez vous douter un peu de ce que j'ai à vous dire ?

JACQUES.

Vous n'avez plus d'argent ?

HORTENSE.

Pas l'ombre. Vous avez l'habitude de me donner, au commencement de chaque hiver, un petit supplément de fonds.

JACQUES.

Mais nous sommes au mois d'octobre. L'hiver n'est pas commencé.

HORTENSE.

Il l'est pour moi.

JACQUES.

Ah ! Et de combien avez-vous besoin ?

HORTENSE.

Vingt mille, à peu près.

JACQUES, avec un haut-le-corps.

Vous dites ?

HORTENSE.

Vingt mille, en chiffres ronds ; mais, en réalité, dix-neuf mille huit cents et quelques francs me suffiraient.

JACQUES.

Vous êtes folle ! Pardon, ma chère, mille pardons... Mais je croyais qu'il s'agissait de deux ou trois billets de mille. Comment, avec votre budget, avez-vous pu faire vingt mille francs de dettes en moins d'un an ?

HORTENSE.

Que voulez-vous que je fasse ?

JACQUES.

No plaisantez pas. Il n'y a pas de quoi, je vous assure.

HORTENSE.

J'ai eu, à diverses reprises, des dettes beaucoup plus fortes et vous ne m'en avez pas tant dit.

JACQUES, à mi-voix.

Autrefois n'est pas aujourd'hui.

HORTENSE.

Quelle différence voyez-vous? Expliquez-la-moi; je ne demande pas mieux qu'à me laisser convaincre. (S'asseyant.) Que se passe-t-il?

JACQUES, hésitant.

Rien... Oh! rien...

HORTENSE.

Ah!

JACQUES.

Rien de grave, enfin.

HORTENSE.

Vous êtes toujours content de vos affaires?

JACQUES.

Mais toujours.

HORTENSE.

Comme par le passé?

JACQUES.

Comme par le passé. N'ayez aucune inquiétude.

HORTENSE.

A propos de quoi en aurais-je? Vous ne m'avez jamais rien confié, même de nos intérêts communs. Vous seriez ruiné un de ces jours, — c'est une simple supposition, — je suis convaincue que j'apprendrais cet événement par le concierge.

JACQUES.

Rassurez-vous sur ce point.

HORTENSE.

Alors, tout va bien?

JACQUES.

A merveille.

HORTENSE.

Je ne demande pas mieux, remarquez. — Et mon argent?

JACQUES.

Vous l'aurez.

HORTENSE.

Quand?

JACQUES.

Un de ces jours... Et si je me suis permis, ma chère, de vous faire quelques observations, c'est que, dans les situations même les plus brillantes, vingt mille francs de plus ou de moins représentent quelque chose.

HORTENSE.

Il n'y a rien de tel que de s'entendre, mon ami, et d'avoir confiance l'un dans l'autre. Je vous promets à l'avenir de faire attention. A votre tour... Je vous écoute.

JACQUES.

Ah!... Eh bien! ma chère, j'attends monsieur Piégoy cet après-midi, dans un instant.

HORTENSE.

Monsieur Piégoy, le directeur du casino de Carville?

JACQUES.

En personne... Et il me serait agréable que vous l'invitiez à dîner demain ou après-demain, ainsi que mademoiselle Gabrielle, sa fille.

HORTENSE.

Bon.

JACQUES.

Cela ne vous ennuie pas?

HORTENSE.

Du tout!

JACQUES.

Vous êtes étonnée?

HORTENSE.

En aucune façon. Monsieur Piégoy est un homme charmant; c'est notre voisin de campagne, sa fille est fort distinguée, il est bien naturel que nous dinions ensemble.

JACQUES.

Il n'y a pas d'autre raison.

HORTENSE.

Cela saute aux yeux. Nous ne serons que nous quatre à ce diner?

JACQUES.

Nous quatre... A moins que je n'invite aussi Edmond.

HORTENSE.

Votre neveu?

JACQUES.

Oui.

HORTENSE, *flegmatiquement.*

Invitez-le donc... Désirez-vous que je lui écrive?

JACQUES.

Je m'en charge...

UN DOMESTIQUE, annonçant.

Monsieur Piégoy.

JACQUES.

Faites entrer. (*Le domestique sort. — A Hortense :*) Je n'ai pas besoin de vous prier de faire cela le plus gracieusement du monde.

HORTENSE.

C'est toujours comme ça que j'invite.

(*Entre Piégoy.*)

7

SCÈNE IV

Les Mêmes, PIÉGOY.

PIÉGOY, à *Hortense*.

Tous mes hommages, madame... Bonjour, Tasselin...

HORTENSE.

J'allais justement vous écrire, monsieur Piégoy.

PIÉGOY.

A moi, madame?

HORTENSE.

Voulez-vous me faire l'amitié de venir dîner un de ces jours à la maison, avec mademoiselle Gabrielle?

PIÉGOY, *regardant Jacques*.

Un de ces jours?

HORTENSE.

Demain, par exemple, si vous étiez libre.

JACQUES.

Tout à fait dans l'intimité, mon cher Piégoy; il n'y aura que mon neveu Edmond et nous.

PIÉGOY, à *Hortense*.

Mais, madame, avec le plus grand plaisir.

HORTENSE, *lui tendant la main*.

Alors, nous comptons sur vous?

PIÉGOY.

Trop flatté, madame.

HORTENSE.

Au revoir, monsieur Piégoy.

PIÉGOY.

A demain, madame.

SCÈNE V

JACQUES, PIÉGOY.

PIÉGOY.

Il y a donc du nouveau?

JACQUES.

Oui, tout va à merveille. Je suis allé hier chez mademoiselle Tilier. Vous étiez bien informé, Piégoy.

PIÉGOY.

N'est-ce pas?... Et vous avez vu mademoiselle Tilier?

JACQUES.

Non, mais j'ai rencontré mon neveu.

PIÉGOY.

Chez elle?

JACQUES.

Parfaitement.

PIÉGOY.

Ah! ah!... Il a été étonné?

JACQUES.

Assez...

PIÉGOY.

Comment avez-vous expliqué votre démarche?

JACQUES.

Par l'intérêt que je lui porte, — qui, d'ailleurs, est très réel, — par le désir d'éviter, si c'est possible, un scandale à la veille de son mariage.

PIÉGOY.

Et ensuite?

JACQUES.

Ensuite, je lui ai appris que son futur beau-père était, aussi bien que moi, au courant de sa situation.

PIÉGOY.

Il a dû bondir ?

JACQUES.

C'est un garçon qui ne bondit pas pour si peu... Bref, je lui ai démontré que, dans ces conditions, son mariage avec mademoiselle Ramel était fort compromis.

PIÉGOY.

Qu'est-ce qu'il disait ?

JACQUES.

Il réfléchissait... Alors, par la marche naturelle de la conversation, j'ai été amené à lui parler de vous.

PIÉGOY.

Bon !

JACQUES.

Et j'ai constaté avec joie qu'il avait la plus grande estime pour votre intelligence, mon cher Piégoy.

(Il lui tape sur l'épaule.)

PIÉGOY.

Ne nous attendrissons pas, Tasselin.

JACQUES.

Le voyant en si bonnes dispositions, je l'ai invité à dîner avec vous et votre fille. Il a accepté, nous sommes sortis ensemble. Mais, ce n'est pas tout. Figurez-vous qu'en tournant la rue Cardinet, nous avons aperçu monsieur Ramel...

PIÉGOY.

Qui se rendait chez mademoiselle Tilier ?

JACQUES.

Vous l'avez dit. Edmond est remonté aussitôt chez Suzanne, et moi, je suis parti. A-t-il vu

monsieur Ramel? l'a-t-il évité? Je l'ignore. Ce
qu'il y a de certain, aujourd'hui, c'est que monsieur Ramel ne passera pas outre, comme on pouvait le craindre un instant. Et du caractère que
je lui connais, jamais il ne consentira au mariage...

PIÉGOY.

C'est probable.

JACQUES.

C'est certain; d'autant mieux qu'Edmond n'est
pas entraîné vers la jeune fille par une de ces
passions qui brisent tous les obstacles.

PIÉGOY.

Tasselin, vous avez manœuvré admirablement,
et surtout très vite.

JACQUES, *changeant de ton.*

C'est que je suis pressé.

PIÉGOY, *riant.*

En effet, je n'y pensais plus... Ça croule un
peu, ici?

JACQUES.

Oh! crouler n'est pas le mot.

PIÉGOY.

Si, c'est le mot. Vous êtes très bas! Mais, ne
craignez rien, ce n'est pas cela qui m'empêche de
vous rendre service, au contraire. J'aime les cas
désespérés, et c'est une grande satisfaction pour
moi de me dire: « Voilà un homme d'une honorabilité parfaite, estimé de tout le monde, beaucoup plus estimé et beaucoup plus honorable que
moi. Eh bien! sans moi, cet homme ferait le
plongeon... Il serait ruiné, déconsidéré, traîné
devant les tribunaux. C'est moi, Piégoy, qui le
sauve, non seulement de la ruine, mais du
déshonneur! »

JACQUES, *lui tendant la main.*

Vous me sauvez la vie !

PIÉGOY.

Je le sais.

JACQUES, *à voix basse.*

Quand aurai-je de l'argent ?

PIÉGOY, *en dessous avec intention.*

L'argent ?... Je vous donnerai ça vers la fin du mois.

JACQUES, *avec un geste de désespoir.*

La fin du mois !

PIÉGOY, *riant.*

Là ! Là !... N'ayez pas peur !... Vous l'aurez tout de suite, l'argent. Je voulais vérifier un détail.

JACQUES.

Je me livre à vous entièrement. Il me le faut demain matin, au plus tard.

PIÉGOY.

Vous aurez trois cent mille aujourd'hui même, le temps de passer chez moi, et le reste demain. Quand je me suis décidé à quelque chose, j'exécute immédiatement. J'apporterai une forme de reçu que j'ai rédigé et la liste des garanties plus ou moins solides que vous pouvez me fournir... A tout à l'heure, mon vieux Tasselin... Ne me reconduisez pas.

(Il sort.)

SCÈNE VI

JACQUES, *seul, puis* LE DOMESTIQUE.

JACQUES, *seul.*

Il me semble que je sors d'un cauchemar... Sauvé ! C'est à ne pas croire ! Je suis sauvé ! *(Il pousse un large soupir.)* Ouf! *(Il s'assied une seconde sur un fauteuil en s'essuyant le front avec son mouchoir. Puis, il se lève et va appuyer sur un bouton électrique. — Entre le domestique.)* Est-ce que Madame a déjà du monde?

LE DOMESTIQUE.

Monsieur Tasselin, monsieur Edmond et mademoiselle Madeleine viennent d'arriver.

JACQUES.

Ah! tant mieux, je vais les voir.

(Le domestique tire la porte. On aperçoit la galerie en enfilade. Pendant ce temps, Jacques fait quelques pas, l'air changé, la figure rayonnante. Quand la galerie est ouverte, Jacques aperçoit Edmond et Tasselin, va à leur rencontre avec empressement.)

SCÈNE VII

JACQUES, TASSELIN, EDMOND.

JACQUES, à son frère.

Ah! mon cher Gustave, mon bon Gustave, que je suis content de te voir! *(A Edmond:)* Bonjour, Edmond. Quoi de nouveau, au Palais? *(Geste d'Edmond.)* Entrez donc! Madeleine est avec vous?

TASSELIN.

Elle est avec sa tante.

JACQUES.

J'irai l'embrasser tout à l'heure. *(A son frère, lu prenant la main:)* Et toi, qu'as-tu? Tu parais souffrant...

EDMOND.

Il se fait une bile affreuse pour des bêtises.

TASSELIN.

Je suis horriblement préoccupé, tu sais bie

pourquoi? Monsieur Ramel devait nous donner une réponse définitive, il y a quinze jours... Je n'ai aucune nouvelle de lui. Est-il seulement revenu à Paris? Je l'ignore. Je commence à croire que ce mariage ne se fera pas; ce qui serait un vrai désastre.

JACQUES.

Allons donc! Edmond se mariera comme il voudra... Si ce n'est pas avec mademoiselle Ramel, ce sera avec une autre.

TASSELIN.

Madeleine m'inquiète beaucoup de son côté. (A Edmond:) Pourquoi s'obstine-t-elle à refuser Gardet? T'en doutes-tu?

EDMOND.

Ma mère et toi, vous avez laissé Madeleine se former un caractère trop indépendant. Il suffit qu'on lui donne un conseil, une indication, pour qu'elle ne les suive pas.

TASSELIN, se désolant.

Ah! j'ai les plus fâcheux pressentiments!

JACQUES.

C'est vrai, ma parole, que tu te forges des ennuis à plaisir. Morbleu! dans la vie tout s'arrange! On ne s'imagine pas avec quelle facilité tout s'arrange.

TASSELIN.

Enfin, nous verrons bien... A propos, cet argent que je t'ai demandé...

JACQUES.

Eh bien?

TASSELIN.

Eh bien! du moment que le mariage d'Edmond est reculé, je n'en ai pas besoin tout de suite. Je le prendrai plus tard.

JACQUES.

Quand tu voudras! Combien m'as-tu demandé déjà, je ne me rappelle plus.

TASSELIN.

Cent mille francs, ou cent vingt mille, tout au plus.

JACQUES.

Veux-tu davantage?

TASSELIN.

Non... à moins que Madeleine ne se décide... auquel cas il me faudra retirer également le montant de sa dot.

JACQUES.

A ton aise... Tu n'as qu'un signe à faire. *(Regardant sa montre.)* Ah! diable, il faut que je parle à Gorget qui est au bureau. Je vous laisse un instant... *(Bas à Edmond en passant près de lui, pendant que Tasselin s'est assis sur un fauteuil:)* Tu vois... ton père ni ta mère ne savent rien... Tu dînes demain à la maison avec Piégoy, n'oublie pas.

(Il sort.)

SCÈNE VIII

EDMOND, TASSELIN.

EDMOND, *il s'approche du fauteuil sur lequel Tasselin est assis et le touche du doigt avec intention.*

A ta place, je le retirerais.

TASSELIN.

Quoi?

EDMOND.

L'argent.

TASSELIN.

Et pour quelle raison, mon Dieu?

EDMOND.

Pour le placer ailleurs.

TASSELIN.

Je ne comprends pas.

EDMOND

Toute ta fortune est chez mon oncle?

TASSELIN.

A peu de chose près.

EDMOND, *avec insistance.*

Eh bien! puisqu'il t'offre de la retirer de chez lui et puisque tu as un prétexte pour le faire, fais-le.

TASSELIN, *se levant brusquement.*

Explique-toi, au nom du ciel.

EDMOND.

Il court des bruits fâcheux sur la situation financière de la maison.

TASSELIN.

Allons donc! C'est une calomnie! C'est une infamie!

EDMOND.

N'importe. Reprends ton argent, et le plus tôt possible. Tu ne t'en repentiras pas.

TASSELIN.

J'ai dans mon frère une confiance illimitée. C'est le plus honnête homme du monde. Il est incapable de faire tort d'un sou à personne et surtout à moi. — Et qu'est-ce qu'on dit?

EDMOND.

On dit qu'il est dans de mauvaises affaires.

TASSELIN.

S'il était dans de mauvaises affaires, je le saurais.

EDMOND, *froidement.*

Je t'ai prévenu. Le reste te regarde.

TASSELIN.

Des infamies, je le répète, de véritables infamies ! Jacques n'est pas un spéculateur. Il ne joue pas à la Bourse !... Comment aurait-il perdu une fortune énorme, honnêtement, loyalement gagnée ?

EDMOND.

Je ne sais rien. Je te fais part des bruits qui courent, voilà tout.

TASSELIN.

Tant pis pour ceux qui les font courir... *(Un temps.)* Vraiment ? tu me conseilles de retirer mon argent ?

EDMOND.

Oui.

TASSELIN, *avec agitation.*

Il faut que j'aie un entretien avec Jacques. Je verrai bien de quoi il retourne.

EDMOND.

C'est le plus sage.

TASSELIN.

Ah ! il ne nous manquerait plus que ça ! Ton mariage démoli, celui de ta sœur renvoyé Dieu sait quand ! Mon pauvre enfant, je suis navré !

EDMOND.

N'exagère pas. Et d'abord, je ne considère pas du tout mon mariage comme raté.

TASSELIN.

Pourquoi alors monsieur Ramel ne nous donne-t-il plus signe de vie ?... *(Apercevant Ramel qui arrive par la galerie.)* Eh ! c'est lui !...

SCÈNE IX

Les Mêmes, RAMEL.

RAMEL.

Je sors de chez vous, cher monsieur... On m'a dit que vous étiez chez votre belle-sœur; je me suis rappelé que c'était son jour...

(Il serre la main d'Edmond.)

TASSELIN.

Enchanté, tout à fait enchanté, cher monsieur... Et vous êtes à Paris depuis peu de temps, je suppose?

RAMEL.

Depuis hier seulement, hier matin. Je suis resté à Carville jusqu'à l'ouverture de la chasse. Je suis un vieux chasseur, moi, et j'ai demandé à ma fille un petit supplément de patience... *(Allant à Tasselin.)* Maintenant, il faut nous occuper de marier ces enfants... *(Mouvement d'Edmond.)* J'espère, jeune homme, que vous commencez à trouver le temps long.

EDMOND.

Ma foi, je ne vous le cache pas.

TASSELIN.

Mon cher monsieur Ramel, vous me comblez de joie!

(Il lui serre la main vigoureusement.)

RAMEL.

Nous allons fixer la date. Voulez-vous dans un mois jour par jour?

TASSELIN.

Je le crois bien! Avez-vous eu la bonne idée d'emmener votre fille?

RAMEL.

Elle est avec votre belle-sœur et son amie Madeleine.

TASSELIN.

Je vais l'embrasser.

(Il avance vers la galerie, disparaît un instant et revient avec madame Tasselin, Hortense, Madeleine, Henriette. Pendant cet intervalle, Ramel dit à Edmond :)

RAMEL, bas.

J'ai vu hier mademoiselle Tilier... Excusez-moi, mon ami, de vous avoir donné cette marque de défiance, mais la chose avait trop d'importance pour moi. *(Geste d'Edmond.)* Mademoiselle Tilier m'a rassuré complètement, et elle peut être tranquille, je lui garderai son secret. Elle me fait d'ailleurs l'effet d'une personne qui a conservé, malgré sa faute, de la tenue, et même une certaine honnêteté.

SCÈNE X

Les Mêmes, MADAME TASSELIN, HORTENSE, MADELEINE, HENRIETTE.

TASSELIN, à Henriette.

Voici votre père, chère enfant.

MADAME TASSELIN, s'avançant vers Ramel.

Je suis heureuse, cher monsieur Ramel, trè heureuse, croyez-le bien.

HENRIETTE, qui donne le bras à Madeleine.

Nous voilà belles-sœurs, Madeleine... Cett fois-ci, c'est entendu.

MADELEINE.

Tant mieux !

RAMEL, à *Hortense.*

Verrons-nous votre mari, cet après-midi, chère madame?

HORTENSE.

Oh ! certainement... il ne va pas tarder.

RAMEL.

J'aurais un petit renseignement financier à lui demander.

HORTENSE.

Vous arrivez de Carville, cher monsieur?

RAMEL.

Directement. A propos de Carville, vous savez, Tasselin, que mon procès avec la commune est arrangé... la commune se désiste.

TASSELIN.

Tant mieux !

RAMEL.

Et, pour être juste, je dois avouer que c'est grâce à l'éloquence de notre nouveau conseiller municipal, de Piégoy.

TASSELIN.

Ah bah !

RAMEL.

Mais oui... Je commence à revenir de mes préventions contre lui... Sérieusement, il a parlé l'autre jour avec un véritable bon sens. A la prochaine occasion, je le remercierai.

(*Madeleine et Edmond doivent se trouver à ce moment près l'un de l'autre. Ramel est à côté de Tasselin et Henriette a un peu remonté.*)

EDMOND, bas à *Madeleine.*

Je voudrais te parler.

MADELEINE, *même jeu.*

Qu'y a-t-il ?

EDMOND, *tout ce dialogue très vivement.*

Notre situation vis-à-vis l'un de l'autre est des plus pénibles. Elle ne peut se prolonger. Que comptes-tu faire?

MADELEINE.

En quel sens?

EDMOND.

Tu peux, d'un mot, rompre mon mariage... Je ne veux pas rester sous cette menace et je te prie de me dire tes intentions.

MADELEINE.

Marie-toi. Tu ne rencontreras pas d'obstacles, ni de mon côté, ni du côté de Suzanne.

EDMOND.

Je désire un engagement formel, de ta part, que tu ne révéleras rien à nos parents.

MADELEINE.

Je regrette, mais je ne peux pas m'engager à cela.

EDMOND.

Tu veux donc me nuire? Tu es donc mon ennemie?

MADELEINE.

Non, Edmond. Je ne veux pas plus te nuire que Suzanne ne veut se venger: elle est trop généreuse et trop fière pour cela.

EDMOND.

Qui me le prouve?

MADELEINE.

Elle te l'a prouvé hier, il me semble. Quant à moi, ce que je te jure, c'est que ton ménage ne sera jamais troublé par ma faute. Que t'importe donc ce que je ferai plus tard? Va, marie-toi en toute sécurité et agis, à partir d'aujourd'hui, comme si tu n'avais jamais connu Suzanne, comme si tu n'avais pas d'enfant.

(Elle s'éloigne.)

HORTENSE.

Une tasse de thé, monsieur Ramel?

RAMEL.

Mais certainement.

HORTENSE.

Priez mon mari de venir nous rejoindre dans la galerie... Venez-vous m'aider à servir, ma chère Henriette?

HENRIETTE.

Oui, madame...

(Hortense et Henriette, suivies de Ramel, puis de monsieur et madame Tasselin et d'Edmond, rentrent dans la galerie. Madeleine reste la dernière; mais elle est encore visible de la scène, au moment où le domestique, ouvrant la porte du fond, introduit Maurice.)

LE DOMESTIQUE, *à Maurice.*

Monsieur vous prie de l'attendre ici.

MAURICE, *entrant.*

Vous lui avez fait passer ma carte?

LE DOMESTIQUE.

Oui, monsieur.

(Il sort. — Au son de la voix de Maurice, Madeleine s'est retournée brusquement et revient en scène.)

SCÈNE XI

MAURICE, MADELEINE.

MADELEINE.

Vous, Maurice!

MAURICE, *très embarrassé.*

Madeleine... oui... c'est moi...

MADELEINE.

Pourquoi ne vous voit-on plus? Vous n'êtes pourtant pas brouillé avec mon père? Quelle raison avez-vous de ne plus venir à la maison?

MAURICE.

Ah! Madeleine, je souffre beaucoup de ne pas vous voir.

MADELEINE.

Qui vous en empêche? Si vous avez des ennuis, il est étrange que vous n'osiez pas vous confier à moi. Ne vous ai-je pas juré d'être votre femme?

MAURICE.

Bientôt, j'espère, Madeleine, je serai en position d'aller trouver monsieur Tasselin... et de...
(Il a une attitude gênée et fait un petit mouvement vers la porte.)

MADELEINE, *se rapprochant de lui.*

Oh! mon Dieu!... je m'aperçois bien que vous n'avez pas une belle redingote, Maurice... ni des bottines vernies... Ce n'est pas la peine d'avoir honte pour cela.

MAURICE.

Madeleine!

MADELEINE, *riant.*

On ne peut pas changer de redingote tous les jours... *(Sérieuse.)* Venez demander ma main à mon père, Maurice. Edmond ne fera plus aucune opposition, je vous le garantis. Quant à mon père, je m'en charge. Eh! croyez-vous que je me sois jamais interrogée sur les chances que nous avions d'être riches ou pauvres? Vous n'avez pas d'argent; vous prendrez celui que j'ai et vous tâcherez de bien vous en servir. Pour le reste, rapportons-nous-en au hasard et à notre étoile.

MAURICE.

Je vous aime tant, ma chère Madeleine, tant!

8

MADELEINE.

Racontez-moi un peu tout ce que vous avez fait depuis tout ce temps-là?

MAURICE.

J'ai cherché une place. *(Reprenant peu à peu le ton gai du premier acte.)* On ne s'imagine pas ce que c'est que de chercher une place dans Paris!...

MADELEINE.

Une place de quoi cherchiez-vous?

MAURICE.

Si je l'avais su, j'aurais été moins embarrassé. Ce que j'ai attendu d'heures dans des anti- chambres, c'est fantastique!

MADELEINE.

Vous n'avez pas pu vous procurer des lettres de recommandation?

MAURICE.

Quand on a des lettres de recommandation, on vous fait encore attendre plus longtemps. J'ai été employé deux jours dans une maison de soieries, à la comptabilité... le troisième jour, j'ai fait une erreur de chiffres et on m'a mis à la porte... J'ai raté une place de deux cents francs par mois chez un commissionnaire en fruits, à la Halle... J'ai même envoyé des articles dans des journaux...

MADELEINE

Ils ont paru?

MAURICE.

Non.

MADELEINE.

Tout cela s'arrangera, Maurice, et je vous por- terai bonheur. Sans compter que j'ai besoin de vous parler, car j'ai un secret à vous confier.

MAURICE.

Un secret?

MADELEINE.

Un gros. — A bientôt, n'est-ce pas?

(Elle lui tend la main. Maurice la pose sur ses lèvres. — Entre Piégoy.)

SCÈNE XII

Les Mêmes, PIÉGOY.

PIÉGOY.

Mes respects, mademoiselle.

MADELEINE

Bonjour, monsieur.

(Elle sort par la galerie.)

PIÉGOY, à Maurice.

Et vous, jeune homme, qu'est-ce que vous devenez?

MAURICE.

Pas grand'chose.

PIÉGOY, l'examinant.

Hum!... je le vois bien... *(Touchant le bout de son vêtement.)* Je connais ces cols, j'en ai eu... *(Il tire son portefeuille.)* ...Billet de vingt-cinq louis?

MAURICE.

Oh! monsieur Piégoy!...

PIÉGOY.

Prenez donc... Ne vous gênez pas.

MAURICE.

Je ne sais comment vous remercier.

PIÉGOY.

Bagatelles... Et venez me voir... je vous donnerai un tuyau. Au revoir.

(Il lui serre la main. — Maurice sort par le fond, pendant que Hamel arrive par la galerie.)

SCÈNE XIII

PIÉGOY, RAMEL.

RAMEL.

Ah! Ma foi, monsieur Piégoy, je ne suis pas
fâché de vous rencontrer.

PIÉGOY.

Et moi, monsieur Ramel, j'en suis honoré.

RAMEL.

Vous m'avez évité bien des ennuis avec votre
satané Conseil municipal.

PIÉGOY.

Ce n'était que justice et vous étiez dans votre
droit.

RAMEL.

N'importe, je vous en remercie.

PIÉGOY.

De mon côté, monsieur Ramel, j'ai appris,
— oh! tout à fait par hasard, — que vous votiez
pour moi... Permettez-moi également de vous
remercier.

RAMEL.

Il m'est arrivé à diverses reprises, — je suis
très franc, — de m'exprimer sur votre compte
avec une certaine partialité... Je le regrette aujourd'hui.

PIÉGOY.

Vous ne me connaissiez pas.

RAMEL.

Il est vrai...

PIÉGOY.

Et vous aviez une méfiance bien naturelle.
Vous êtes un bourgeois; moi, j'exerce une de ces
professions qui ne sont ni classées, ni étiquetées,
une de ces professions qui sont en train de se
former aujourd'hui, les autres ne suffisant plus,
et qui seront bientôt aussi régulières que le nota-
riat ou la magistrature...

RAMEL, *poliment.*

C'est possible... Vous êtes très intelligent.

PIÉGOY.

J'ai surtout une vertu, la plus grande vertu
sociale : l'activité.

RAMEL.

Monsieur Piégoy, je serai heureux de faire un
jour plus ample connaissance avec vous. Nous
sommes voisins de campagne à Carville, nous
nous reverrons...

PIÉGOY, *s'inclinant.*

Mille fois aimable, monsieur Ramel...

RAMEL, *à part.*

Il est parfait. *(Haut.)* Où demeurez-vous à Paris ?

PIÉGOY.

Voici ma carte...
        (Il la lui remet.)

RAMEL.

Je vous enverrai le mois prochain une invitation pour le mariage de ma fille.

PIÉGOY.

Comment ! mademoiselle Ramel se marie ?
J'ignorais. Mes félicitations...

RAMEL.

Ma fille épouse monsieur Edmond Tasselin, que
vous connaissez. Au revoir, monsieur Piégoy.

SCÈNE XIV

PIÉGOY, seul, puis JACQUES TASSELIN.

PIÉGOY, faisant un geste de fureur.

Ah! il épouse mademoiselle Ramel. Mais on se moque de moi, ici!

(Il boutonne sa redingote avec violence, comme pour garer so· argent. — Entre Jacques Tasselin, par la petite porte de droite.)

JACQUES, empresse.

On m'a dit que vous étiez arrivé, cher ami...

PIÉGOY, ricanant.

Oui.

JACQUES.

Vous avez apporté...?

PIÉGOY, toujours ricanant.

L'argent? Il est dans mon portefeuille...

JACQUES.

Tout va bien... (Il va à l'entrée de la galerie et tire la porte, puis revient vers Piégoy qui le regarde faire, les bras croisés.) Maintenant, nous sommes seuls.

PIÉGOY, frappant de son geste familier Jacques sur l'épaule.

Regardez-moi en face, mon petit, et écoutez ce que je vais vous dire... J'ai là dans mon portefeuille un chèque de trois cent mille francs; mais, jamais, vous entendez, au grand jamais, vous n'en verrez un traître sou!

JACQUES, balbutiant.

Qu'est-ce que vous dites?

PIÉGOY.

Vous avez été roulé, Tasselin, ou bien vous avez

essayé de me rouler. Votre neveu épouse mademoiselle Ramel dans un mois...

JACQUES.

Vous vous trompez! Je vous affirme que vous
vous trompez!

PIÉGOY.

Allons donc! Je viens d'être invité à la noce.
Dans ces conditions-là, mon petit, j'ai l'honneur
de vous tirer ma révérence.

(Il s'éloigne.)

JACQUES, *le retenant par le bras.*

Il y a un malentendu, Piégoy... je vous certifie
qu'il y a un malentendu... Quand monsieur Ramel saura la vérité...

PIÉGOY.

Monsieur Ramel sait la vérité... puisqu'il est
allé hier chez la jeune personne. Votre neveu a dû
lui raconter des histoires et le retourner comme
un gant... Ce qu'il a dit, je m'en moque. Il n'y
a qu'une chose qui m'intéresse : le mariage est
décidé, et ma fille va pleurer comme une bête.

JACQUES.

Je suis sûr de le rompre, ce mariage, d'ici à
un mois!

PIÉGOY.

Vous ne romprez rien du tout. Nous sommes
battus, il n'y a qu'à s'incliner. Bonsoir!

JACQUES, *suppliant.*

Piégoy!

PIÉGOY, *se retournant.*

Ah çà! vous ne pensez pas que je mettais une
pareille somme dans votre maison, uniquement
pour le plaisir de vous obliger? Nous faisions
une affaire, l'affaire a raté : chacun tire son
épingle.

JACQUES.

Votre argent n'est pas perdu, vous le savez bien.

PIÉGOY.

Il serait archi-perdu si j'avais la bêtise de vous le donner. Vous êtes claqué, mon petit; je connais votre situation aussi bien que vous.

JACQUES, *allant frapper sur un cartonnier.*

J'ai là dix affaires qui valent de l'or!

PIÉGOY.

Des blagues!

JACQUES.

Mon crédit sur la place de Paris...

PIÉGOY.

Des blagues!

JACQUES, *perdant la tête.*

J'ai la dot de ma femme... Je vendrai...

PIÉGOY.

Des blagues! des blagues!

JACQUES.

Piégoy, voulez-vous que je me jette à vos genoux? Il me faut cet argent... il me le faut... Vous êtes un brave homme, Piégoy, moi aussi... je me referai avec vous, je le sens et je vous aurai une reconnaissance éternelle...

(Il lui prend la main.)

PIÉGOY, *faiblement.*

N'essayez pas de m'entortiller.

JACQUES.

Vous m'aurez sauvé la vie, mon ami... Ce serait affreux de me refuser cet argent... J'y comptais... j'y comptais absolument... Ce serait affreux...

PIÉGOY, *prêt à céder.*

Bah! vous vous en tirerez sans moi!

JACQUES.

Non! j'ai tout épuisé... Il ne me reste que vous... La fortune même de mon frère, de mon pauvre frère, est engloutie. Trois cent mille francs...

PIÉGOY, *levant la tête.*

Vous avez perdu la fortune de monsieur Tasselin?

JACQUES.

Toute... une fatalité effroyable.

PIÉGOY, *changeant brusquement de ton.*

Mais alors, monsieur Tasselin est ruiné?

JACQUES.

Oui!

PIÉGOY.

Alors, votre neveu n'aura pas de dot?

JACQUES.

Si vous ne venez pas à mon secours...

PIÉGOY.

Mais, sacrebleu, non, je ne viendrai pas à votre secours! Jamais monsieur Ramel ne donnera sa fille à quelqu'un qui n'a pas le sou!

JACQUES, *atterré.*

Piégoy, vous feriez un calcul pareil!

PIÉGOY.

Il est tout naturel, mon calcul, il est moral!

JACQUES.

Vous entreriez dans une famille à la faveur d'un pareil désastre... Moi... perdu, déshonoré!...

PIÉGOY.

Vous n'êtes que l'oncle d'Edmond; mon oncle à moi en a fait bien d'autres... Bonsoir, Tasselin!

JACQUES, *se jetant presque à ses pieds.*

Je vous en supplie, je vous en conjure...

PIÉGOY, *très net, très brutal.*

Assez! Nous sommes des gens d'affaires, de chiffres... pas de balivernes... Et puis, vous me la baillez belle! Vous me parlez de votre famille, et c'est vous qui l'avez ruinée avec une inconscience, avec un cynisme inouïs! Vous avez volé votre frère, il n'y a pas d'autre mot! Volé! Eh bien, moi, Piégoy, qui ne suis qu'un tenancier de tripot, moi qui ne suis pas un bourgeois comme vous, je n'aurais jamais commis une saleté pareille!... Adieu, mon petit!

(Il sort.)

SCÈNE XV

JACQUES TASSELIN, *seul,* puis GORGET.

(Jacques Tasselin passe sa main sur son front, en trem-blant, hésite une seconde, puis se précipite vers son bureau, ouvre un tiroir, prend un revolver, vérifie s'il y a des cartouches et le dirige vers lui. — La petite porte de droite s'ouvre. Paraît Gorget.)

GORGET.

Qu'est-ce qui se passe?

(Il court à lui et lui enlève le revolver de la main.)

JACQUES.

Laisse-moi me tuer.

GORGET.

Tout à l'heure... Alors, Piégoy?... Rien à faire?

JACQUES.

Qu'à me faire sauter. *(Se laissant tomber sur un fauteuil.)* Ah! mon pauvre Gorget, quand tu me prédisais toutes sortes de catastrophes, tu ne t'attendais pas à celle-là!

GORGET.

On peut prévoir que l'orage va éclater; on ne peut pas dire où la foudre tombera.

JACQUES, *se levant.*

Allons, donne que j'en finisse!

GORGET, *enfermant le revolver dans le tiroir.*

Ça n'arrangerait rien de vous faire sauter la cervelle... C'est démodé... ça ne se fait plus. Le véritable revolver du financier... *(Il va prendre une brochure qui est sur le bureau.)* le voici! ·

JACQUES.

Qu'est-ce que c'est?...

GORGET.

C'est l'Indicateur des chemins de fer. Le train du Nord part à six heures cinquante-cinq. Allez-vous-en, patron, et bon voyage!

JACQUES.

Moi, fuir comme un vulgaire filou! Ah! non... Survivre à cette honte, au scandale, au déshonneur, jamais!

GORGET.

Que vous surviviez au déshonneur ou que le déshonneur vous survive, c'est la même chose.

JACQUES.

La mort lave tout.

GORGET.

Et ne nettoye rien... Vous avez englouti votre fortune, celle de votre famille; il faut les refaire

toutes les deux... Que diable ! vous avez quarante-
quatre ans, vous vous portez bien... Prenez les
quelques billets de mille qui vous restent, et en
route pour l'Australie !... C'est là qu'on va, maintenant !

JACQUES.

Tu es fou !

GORGET.

Est-ce que cela ne vous donne pas du courage
de vous dire : « Un jour, bientôt, peut-être, je
pourrai restituer à mon frère cette fortune que
j'ai perdue, et il me pardonnera ? »

JACQUES.

Mon pauvre Gustave !...

GORGET.

Vous ne seriez pas le premier qui vous seriez
refait là-bas... J'étais chez Massard, il y a bien
longtemps... il voulait se faire sauter la tête
comme vous... Je lui ai donné le même conseil
que je vous donne... Aujourd'hui, il est revenu,
il a liquidé sa situation et il jouit de la considération générale... Et Borzen !... et Morin !... et
bien d'autres... Morin est à Melbourne... il a
quinze mille têtes de bétail... Si vous le voyez,
vous lui direz bien des choses de ma part...

JACQUES.

Mais, malheureux, quand même je serais assez
lâche pour m'enfuir, avec quoi ? J'ai tout donné,
il ne me reste pas cinq cents francs.

GORGET.

Les quarante et un mille que vous aviez tout à
l'heure.

JACQUES.

Je les ai donnés au caissier.

GORGET.

Est-on venu les prendre?

JACQUES.

Je n'en sais rien... je vais voir.
(Il se précipite au téléphone.)

GORGET.

Non, moi... c'est plus prudent... *(Il prend l'appareil.)* Allô! Est-on venu toucher les quarante et un mille?... Non... Non? Très bien.

JACQUES.

On n'a pas touché?...

GORGET.

Allô! Apportez l'argent immédiatement... Si on se présente, vous enverrez ici...: Oui... de la part de monsieur Tasselin... Dépêchez-vous... *(Il dépose l'appareil.)* Le train est à six heures cinquante-cinq... il en est quatre et demie... le temps de brûler quelques papiers...

JACQUES, *machinalement.*

Ceux-ci... tiens!

(Le caissier apparaît par la petite porte, remet des billets à Tasselin qui les serre dans son portefeuille. Le caissier s'en va.)

GORGET.

Dans cinq ans, vous aurez un million.

JACQUES, *les larmes aux yeux.*

Mon vieux Gorget, tu verras mon frère demain, tu lui expliqueras... Tu diras à ma femme... n'importe quoi...

GORGET.

Soyez tranquille.

JACQUES.

Que je te paie ton mois, au moins...

(Il donne des billets à Gorget.)

GORGET.

Ce n'est pas de refus. D'ailleurs, je me retire des affaires, moi aussi... Je vais aller vivre à la campagne. *(Gorget jette des papiers au feu. — Jacques Tasselin, très pâle, met d'autres papiers dans sa poche, va ouvrir une armoire. Désordre çà et là, — les papiers flambent.)* Ah! je vais vous chercher votre pardessus... et un chapeau de voyage.

(Il sort un instant par la droite. — Jacques Tasselin consulte fébrilement l'Indicateur. — Gorget entre avec un pardessus sous le bras et un chapeau à la main. Il aide Jacques à passer le pardessus. Au moment où il a passé la manche, on frappe à la porte du fond.)

SCÈNE XVI

Les Mêmes, TASSELIN.

TASSELIN.

C'est moi, mon cher Jacques.

JACQUES.

Mon frère!

GORGET.

Il faut lui ouvrir.

TASSELIN.

Est-ce que je te dérange?

JACQUES, *d'une voix étranglée.*

Non... non... J'allais...

TASSELIN.

Tu sortais?

JACQUES.

Oui, je suis obligé de sortir pour un... instant. Je te reverrai demain... ou tout à l'heure.

TASSELIN.

Je n'ai qu'un mot à te dire...

JACQUES.

Ah!... Je t'écoute... Tu peux parler devant Gorget.

TASSELIN.

C'est au sujet de ces cent mille francs que je t'ai demandés... Le mariage d'Edmond est fixé, on va signer le contrat.

JACQUES.

Quand te faut-il l'argent?

TASSELIN.

Le plus tôt possible. Tu m'as offert tantôt de me le donner... si tu peux, ça me fera plaisir.

GORGET, *regardant l'heure.*

La caisse doit être fermée... Je vais voir... (*Il appuie sur le bouton du téléphone.*) Allô! Ah! bon!... (*Il replace l'appareil. — A Jacques Tasselin :*) Le caissier vient de partir... il est plus de cinq heures.

JACQUES, *à son frère.*

A demain, alors, mon bon Gustave, à la première heure.

GORGET.

A partir de dix heures du matin.

TASSELIN, *hésitant.*

Tu ne peux pas me donner cette somme aujourd'hui?

JACQUES.

Oh! je te la donnerais bien s'il te la fallait à toute force; mais je suppose que tu n'es pas à un jour près, n'est-ce pas?

TASSELIN, *avec effort.*

Ne m'en veux pas d'insister, Jacques. Mais, j'ai quelque chose sur le cœur, j'ai besoin de te le dire.

JACQUES, *affectant la gaieté.*

Quoi donc, mon Dieu ?

TASSELIN.

Des bruits circulent sur ta maison... J'ai entendu parler... cet après-midi, par diverses personnes, de grandes pertes que tu aurais faites...

JACQUES.

C'est de la malveillance, courante dans les affaires.

GORGET.

Peuh !

(Il allume une cigarette et s'assied sur le fauteuil qui est en face du bureau, mettant des papiers en ordre, tranquillement, durant toute la scène.)

TASSELIN.

Oh ! je n'ai pas cru à ces racontars... Mais tu sais combien je suis inquiet, impressionnable, timide et hésitant dans la vie... Ce n'est pas de ma faute. Alors, je te supplie de me rassurer.

JACQUES.

Comment ?

TASSELIN.

Fournis-moi une preuve, — cela doit t'être facile, — une preuve, n'importe laquelle, que ces bruits ne reposent sur rien... que ta situation n'est pas menacée... Je te demande encore une fois pardon de cette insistance, mais je n'y puis plus tenir... le moindre soupçon là-dessus m'est horriblement douloureux.

JACQUES.

Eh ! quelle preuve veux-tu ? Je suis là... tout marche chez moi comme à l'ordinaire. Mes opérations suivent leur cours normal.

TASSELIN, *appuyant.*

Donne-moi mes cent mille francs ce soir, mon cher Jacques.

JACQUES.

Je vais te donner un chèque... Où est mon carnet de chèques, Gorget?

GORGET, cherchant.

Le carnet de chèques... où l'avez-vous mis?

TASSELIN, *il regarde tout autour de lui, pendant que Gorget ouvre un tiroir; son œil s'arrête un instant sur la cheminée, où flambent encore des papiers; il remarque le désordre des papiers, le cartonnier ouvert. Sa main rencontre l'indicateur des chemins de fer. Il le lit machinalement à la page entr'ouverte, puis il passe sa main sur son front et s'avance vers son frère, et, d'une voix sourde:*

Il y a quelque chose, Jacques... Dis-moi la vérité.

JACQUES.

Mais tu rêves... il n'y a rien, moins que rien... Je vais te signer un chèque que tu iras toucher demain.

TASSELIN, *la voix plus assurée.*

Non. Une maison comme la tienne a cent mille francs dans sa caisse, en billets ou au moins en valeurs. Tu as la clef de cette caisse; je suis ton frère, tu possèdes toute ma fortune et j'ai le droit de ne pas être traité comme le premier client venu qu'on renvoie parce que les bureaux sont fermés. *(Jacques, à bout de force, très pâle et comme prêt à s'évanouir, les jambes tremblantes, se laisse tomber sur une chaise. Son frère s'approche de lui, l'examine une seconde, puis porte ses deux mains à sa tête, et d'une voix rauque:)* Qu'as-tu? Parle! Tu es ruiné? Parle donc, malheureux!

JACQUES, défaillant.

Pardonne-moi! pardonne-moi!

TASSELIN.

Tu as tout perdu? Ta fortune! La mienne!

JACQUES, se levant péniblement.

Mon cher Gustave, je te jure...

9

TASSELIN *lui saute à la gorge.*

Misérable! Scélérat!

GORGET, *intervenant.*

Monsieur Tasselin!

TASSELIN, *fou de colère.*

Alors, c'est vrai? Tu m'as dévalisé! Tu m'as volé! Bandit! Bandit! Bandit!

(Il se rue sur lui.)

JACQUES, *suffoque*

Ah! tu m'étouffes!

TASSELIN, *le lâchant.*

Est-ce que je deviens fou! C'est toi, toi, mon frère, qui as fait cela! Quelle honte!

JACQUES.

Une fatalité effroyable...

TASSELIN.

C'est la réponse de tous les fripons! Combien de victimes vas-tu faire, sans compter ta propre famille, voleur! voleur! *(Montrant l'Indicateur.)* Et tu t'en allais. Tu levais le pied comme un banquier véreux, avec de l'argent dans ta poche! Eh bien, non, tu ne partiras pas, c'est moi qui te le jure! Tu subiras la peine de ton infamie!

JACQUES, *jetant son chapeau sur une chaise.*

Ah! oui, tiens, j'aime mieux cela! Je suis à bout de forces. Le voici, l'argent que j'emportais... *(Il prend son portefeuille et le pose sur le bureau.)* Il y a quelques billets de mille francs... Je les gardais pour essayer de me refaire, mais je n'y tiens plus... Prends, prends tout...

TASSELIN, *dont la colère tombe tout à coup.*

Eh! malheureux, crois-tu que c'est ma fortune

seulement que je regrette, que je pleure! C'est l'affection fraternelle que je te portais, c'est notre nom que nous avions jusqu'ici conservé sans souillures! C'est toute notre famille détruite par ton crime! le déshonneur qui s'y introduit pour la première fois!... Et ma pauvre Madeleine qui n'est plus aujourd'hui qu'une fille sans dot, sans avenir! La situation d'Edmond compromise!...

JACQUES.

Que veux-tu que je fasse?... Parle... j'obéirai...

TASSELIN.

Le sais-je?... Le sais-je?... Oh! quel désastre!...

JACQUES.

Prends toujours l'argent qui est là... *(Avec fermeté.)* Moi, il ne me faut plus rien.

TASSELIN.

Je ne veux pas que tu meures. Ta mort ne serait qu'une catastrophe de plus... Fais ce que tu allais faire quand je suis entré. Va-t'en!

JACQUES.

Non. *(Lui tendant le portefeuille.)* Prends, te dis-je, prends!

TASSELIN.

Que m'importent à présent quelques billets de banque? Il vaut mieux que tu vives et que tu ne sois pas traîné devant les tribunaux. Va-t'en! Va-t'en!

GORGET, *tirant sa montre.*

Il est l'heure.

TASSELIN, *indiquant la porte à son frère.*

Allons! Fuis! Demain, il sera peut-être tro tard.

JACQUES, *marchant péniblement.*

Pardonne-moi, mon pauvre frère!... *(Silence de Tasselin.)* Pardonne-moi, je t'en conjure. Si tu savais ce que j'ai souffert quand j'ai tout vu crouler autour de moi... Et je souffrais surtout en pensant à toi, à vous tous, à notre famille... Adieu!... Je ne te reverrai peut-être plus jamais, mon ami... Je serai seul, tout seul, bien loin de vous...

TASSELIN, *ému.*

Adieu, Jacques.

(Les deux frères s'avancent timidement l'un vers l'autre et s'embrassent en sanglotant.)

GORGET.

Adieu, patron!

JACQUES, *lui serrant la main.*

Adieu!

(Il met son pardessus, son chapeau, prend son porte-feuille et sort, sans se retourner, par la petite porte de droite.)

TASSELIN, *quand Jacques est parti.*

Ah! Gorget, j'ai vieilli de dix ans en une heure!

GORGET, *à part.*

Il a vieilli de trois cent mille francs!

ACTE IV

Chez Tasselin. Un petit salon.

SCÈNE PREMIÈRE

TASSELIN, MADAME TASSELIN, MADELEINE.

TASSELIN, *sur un canapé, l'air découragé.*

Non, je ne crois pas que jamais autant de catastrophes, autant de malheurs, soient tombés à la fois sur un homme.

MADAME TASSELIN.

Console-toi, mon ami, voyons...

TASSELIN.

Et voilà le dernier coup ! Edmond a une liaison pareille, un enfant... C'est la fin de tout !

MADAME TASSELIN.

C'est une situation grave, j'en conviens. Mais il vaut mieux que nous la connaissions. Et quoique Madeleine ait eu le plus grand tort de faire à mon insu une aussi délicate démarche, le sentiment qui l'y a poussé n'est pas blâmable; au contraire, il est noble. *(A Madeleine.)* En tout cas, tu auras pris là, mon enfant, une forte

leçon, quelque chose comme une leçon d'existence. Ce sont les meilleures.

MADELEINE.

Je n'avais plus le courage d'inventer des mensonges chaque fois que j'allais voir Suzanne. J'ai
dit à Edmond que je vous mettrais au courant,
qu'il m'était impossible de ne pas le faire.

TASSELIN.

Comment allons-nous sortir de là?

MADELEINE.

Vous m'avez promis de ne pas faire de reproches
à mon frère.

TASSELIN.

A quoi cela nous mènerait-il?

MADELEINE.

Surtout avec Edmond. Quoi qu'on lui dise, en
voilà un qui n'agira qu'à sa tête!...

TASSELIN, à sa femme.

Tu as revu Suzanne?

MADAME TASSELIN.

Oui.

TASSELIN, à mi-voix.

Pauvre fille!

MADAME TASSELIN.

Et je lui ai pardonné, parce que, malgré sa faute
qui a été immense, elle s'est montrée désinté-
ressée et vaillante, parce qu'il n'y a eu chez elle
aucun calcul et qu'elle a véritablement souffert.

TASSELIN, après un temps.

Et cet enfant, comment est-il?

MADELEINE.

Si gentil, si doux! Peut-on n'être pas fier d'être
le père d'un pareil enfant?

TASSELIN.

Edmond s'est créé là des responsabilités qui m'épouvantent, et maintenant que nous sommes ruinés...

MADELEINE, l'interrompant.

Suzanne ne demande rien et ne demandera jamais rien. Elle adore son fils et elle l'élèvera bien toute seule, en travaillant. D'ailleurs, il a six mois, ce petit; à cet âge, on n'a pas besoin de père, une mère suffit. Il faut seulement que vous me donniez la permission de continuer à le revoir.

TASSELIN.

Eh! mes enfants, croyez-vous que si nous étions riches, c'est moi qui empêcherais Edmond de faire son devoir et même d'épouser Suzanne?

MADELEINE, riant.

Ah! ah! Edmond épouser une fille pauvre!... Je n'ai pas de craintes pour lui de ce côté-là...

MADAME TASSELIN.

Ne juge pas ton frère trop sévèrement, mo enfant.

MADELEINE.

Pour ce que ça le touche!... Est-ce qu'on l'aper cevra aujourd'hui, monsieur mon frère?

TASSELIN.

Je l'attends. Il travaille en ce moment du mati au soir pour tâcher de débrouiller les affaires d Jacques, que ce malheureux a laissées Dieu sai dans quel état.

MADAME TASSELIN.

Tu n'as pas reçu d'autres nouvelles de lui?

TASSELIN.

Que sa lettre d'avant-hier. Il part d'Anvers, i doit être parti.

MADAME TASSELIN.

Et où va-t-il?

TASSELIN.

En Australie. Une fois arrivé là-bas, il m'écrira encore.

MADELEINE.

Que devient ma tante dans tout cela?

TASSELIN.

Je crois qu'une partie, une bien faible partie de sa dot, reste intacte. Quel désastre irréparable pour toute la famille!

MADAME TASSELIN.

Irréparable, non!

MADELEINE.

Certes!

TASSELIN.

Ah! mes enfants, que vous me faites de la peine avec vos illusions!... Irréparable, — vous m'entendez? — irréparable! Je ne parle pas seulement pour moi, dont la carrière est arrêtée net : je serai toute ma vie chef de bureau.

MADAME TASSELIN.

Comment! ta carrière est compromise parce que ton frère t'a emporté ton argent?

TASSELIN.

On voit que tu ne connais pas les bureaux. Elle l'est presque autant que si c'était moi qui eusse emporté l'argent de mon frère.

MADAME TASSELIN.

Nous vivrons avec tes appointements, et plus tard avec ta retraite.

TASSELIN.

Quant à ma décoration, il n'y faut plus penser,

naturellement. On ne décore jamais un homme qui vient de perdre trois cent mille francs.

MADELEINE *va prendre, en riant, une fleur et la passe à la boutonnière de Tasselin.*

Mets toujours ça, en attendant.

TASSELIN.

N'affecte pas la gaieté, ma chère enfant, tu ne me consoleras pas.

MADELEINE.

Mais, je n'affecte rien, je te prie de le croire ; je ne suis pas désolée du tout.

TASSELIN.

Tu n'es pas désolée ?

MADELEINE.

Pas le moins du monde.

TASSELIN, *à sa femme.*

Et toi ?

MADAME TASSELIN.

Moi, non plus.

TASSELIN.

L'avenir ne vous épouvante pas, toutes les deux ?

MADAME TASSELIN.

Du tout.

MADELEINE.

Il est très brillant, l'avenir. Voilà mon opinion.

TASSELIN.

Pauvre enfant !... Tu n'as pas l'air de te douter que ton frère ni toi, vous n'avez plus un sou de dot ?

MADELEINE.

Nous ne sommes pas les seuls.

TASSELIN.

Une fortune qui venait de mon père, qui la tenait de son père, à lui !... Nous l'avions tous religieusement respectée... Il me semble que j'ai commis un sacrilège en la perdant. *(A Madeleine :)* Que vas-tu faire? Que va faire Edmond?

MADAME TASSELIN.

As-tu revu monsieur Ramel?

TASSELIN.

Je n'ai pas à le revoir. Dans la dernière entrevue que nous avons eue ensemble, le projet de mariage a été rompu d'un commun accord et sans rémission possible. Je n'ai pas songé à résister une seconde. Monsieur Ramel donnait sa fille à un homme dans telles et telles conditions. Brusquement les conditions changent du tout au tout, l'engagement ne tient plus. Il fallait s'y attendre.

MADELEINE.

En ce qui me concerne, je n'ai jamais trouvé le mariage très heureux pour Edmond.

TASSELIN.

Oh !

MADELEINE.

Henriette Ramel est une petite niaise.

TASSELIN, *levant les bras au ciel.*

Oh !

MADAME TASSELIN.

Ma foi, je ne suis pas loin de partager cet avis.

TASSELIN.

Je ne veux pas discuter. Je n'ai pas ma tête à moi.

MADELEINE, *s'approchant de son père.*

Il va falloir pourtant que tu rassembles tes idées.

TASSELIN, *relevant le front, déjà inquiet.*

Qu'y a-t-il, mon Dieu?

MADELEINE.

Tu ne t'occupes que du mariage d'Edmond. Eh bien, et le mien ?

TASSELIN.

Comment, le tien ! Et avec qui ?

MADELEINE, *doucement.*

Avec Maurice.

TASSELIN.

Avec Maurice !

MADELEINE.

Nous avons toujours dû nous marier ensemble, tu dois te le rappeler. N'est-ce pas, maman ?

MADAME TASSELIN.

C'est exact.

TASSELIN.

Mais, malheureuse enfant, tu ne sais donc pas que Maurice n'a plus aucune position, aucune fortune ? Que...

MADELEINE, à *son père.*

Ne parle pas si haut, le voici.

(Entre Maurice.)

SCÈNE II

Les Mêmes, MAURICE.

MAURICE, à *madame Tasselin.*

Madame... *(A Tasselin :)* Comment vous portez-vous, aujourd'hui, monsieur Tasselin ?

TASSELIN.

Assez bien, mon ami, je vous remercie.

MAURICE.

Je viens faire auprès de vous une démarche...

TASSELIN.

Eh! je sais, mon cher ami... En principe, je ne demande pas mieux... Et, autrefois, je n'étais pas opposé à ce mariage, vous le savez, mes enfants. Mais il s'est passé, depuis, des événements tels que je suis obligé, à mon grand regret...

(Il s'arrête.)

MAURICE.

Ce sont ces événements, au contraire, monsieur Tasselin, qui m'ont enlevé toute hésitation.

TASSELIN.

Eh! que deviendrez-vous, si j'avais la faiblesse de consentir? Madeleine, sans dot... vous, sans situation...

MAURICE.

Pardon...

TASSELIN.

Vous avez une situation?

MADELEINE, *souriant.*

Superbe.

TASSELIN.

Où ça?

MAURICE.

Dans le haut du faubourg Saint-Denis.

TASSELIN, *étonné.*

Je veux dire... dans quelle partie?

MAURICE.

Messieurs Allard et Cie... Fers et fontes... machines à vapeur... C'est un ancien ami de mon père qui dirige la maison. Je l'ai retrouvé par hasard; il m'a mis à la comptabilité.

TASSELIN.

Combien gagnez-vous?

MAURICE.

Trois cents francs par mois.

MADELEINE.

C'est énorme.

MADAME TASSELIN.

C'est fort joli.

TASSELIN, *levant les bras au ciel.*

Eh! ce n'est rien... ou, du moins, c'est fort peu de chose!... Qu'est-ce que vous aviez au ministère?

MAURICE.

Cent cinquante francs, juste la moitié.

TASSELIN.

Mais ces cent cinquante francs-là valaient mieux que vos trois cents!

MADAME TASSELIN.

Pourquoi?

TASSELIN.

Ils étaient assurés; ils faisaient de vous un fonctionnaire! Si je n'avais pas mes appointements et ma pension de retraite en perspective; si j'étais dans l'industrie ou dans le commerce, que me resterait-il aujourd'hui que ma fortune est engloutie?

MAURICE.

Si votre fortune avait été dans le commerce ou dans l'industrie, vous ne l'auriez peut-être pas perdue.

TASSELIN.

Vous êtes des enfants, tous les deux... Vous ne savez pas ce que c'est que les préoccupations d'un ménage et de la vie matérielle... les aléas de toutes sortes, la santé...

MADELEINE.

Nous nous portons très bien.

TASSELIN.

En ce moment. Mais si Maurice venait à tomber malade, que ferais-tu?

MADELEINE.

Je le soignerais.

TASSELIN.

Et vos vieux jours, mes enfants?... Pensez-vous seulement à vos vieux jours?

MADELEINE.

J'ai vingt ans. Si on ne risque rien dans la vie, on ne mérite pas le bonheur.

TASSELIN, à sa femme.

Tu approuverais cette folie?

MADAME TASSELIN.

Ce ne serait une folie que s'ils ne s'aimaient pas.

SCÈNE III

LES MÊMES, HORTENSE.

HORTENSE, entrant très vite.

Bonjour, mes amis... Je viens vous faire mes adieux...

MADAME TASSELIN.

Vous quittez Paris?

HORTENSE.

Que voulez-vous que je devienne au milieu de cette débâcle?

TASSELIN.

Vous avez des intérêts à surveiller, ma chère Hortense. Vous êtes créancière de la liquidation de Jacques.

HORTENSE.

Vous surveillerez ces intérêts mieux que moi. Je n'entends rien à ces affaires.

TASSELIN.

Il me faudrait une procuration.

HORTENSE.

Nous la rédigerons ensemble.

TASSELIN.

Certains papiers...

HORTENSE.

Je vous les apporte, précisément.

TASSELIN.

Voyons...

(Il va à une table avec Hortense.)

MAURICE, à *Madeleine, à droite, en aparté.*

Je suis heureux, Madeleine, profondément heureux... Il ne s'agit plus que d'affronter la mine renfrognée d'Edmond.

MADELEINE.

Ce n'est pas cela qui me gêne,.. Edmond a autre chose à faire qu'à s'occuper de nous. Maintenant, Maurice, je veux que vous me fassiez une promesse.

MAURICE.

Laquelle ?

MADELEINE.

C'est que Suzanne sera reçue chez nous sans arrière-pensée, comme mon amie la plus intime. Je vous ai raconté son histoire...

MAURICE.

Mais, certes, Madeleine ! J'ai la plus vive sympathie pour elle. Notre maison sera la sienne.

MADELEINE.

Merci, Maurice.

TASSELIN, à *Hortense.*

Voulez-vous lire la lettre que j'ai reçue de lui ?

HORTENSE.

Non, c'est inutile. Je ne veux plus en entendre parler; car, il y a une chose que je ne lui pardonnerai jamais, c'est de n'avoir pas eu, à aucun moment de sa vie, la moindre confiance en moi. Quand ses affaires ont commencé à mal marcher, croyez-vous seulement qu'il m'en ait dit un mot? Il me montrait toujours sa même figure souriante; il avait le même calme, les mêmes gestes paisibles d'un homme qui est sûr de l'avenir. Il m'a jouée, moi, sa femme, exactement comme il aurait fait d'un de ses collègues. Je ne le connais plus.

MADAME TASSELIN.

Et où allez-vous, ma chère Hortense?

HORTENSE.

Dans le Midi, avec madame de Lestro. J'ai vendu un tas de bijoux inutiles et j'ai réuni une assez jolie somme. J'irai la dépenser, en attendant d'avoir une idée. Sans compter que je reviendrai peut-être très riche.

MADAME TASSELIN.

Ah!

HORTENSE.

Oui, ma chère... Connaissez-vous ça?... Au fait, vous ne devez pas connaître. — Monsieur Vernot?

MAURICE.

Madame...

HORTENSE.

Regardez.

MAURICE.

Oui, c'est...

HORTENSE.

Lisez... Rouge... Noire... C'est un système.

MAURICE.

Ah! oui, un système pour la roulette.

HORTENSE.

Voilà trois semaines que je l'étudie avec ma-

dame de Lestro. Je crois que c'est une vraie trou-
vaille. Vous ne vous imaginez pas comme j'ai
confiance.

MADAME TASSELIN.

Bonne chance.

SCÈNE IV

Les Mêmes, EDMOND.

TASSELIN.

Ah! c'est toi?... Eh bien! qu'as-tu fait aujour-
d'hui?

EDMOND.

Beaucoup de choses.

TASSELIN.

Il n'y a rien de grave?

EDMOND.

Si.

TASSELIN.

Ah! mon Dieu!... Que peut-il nous arriver
encore?

EDMOND, à Maurice qui fait mine de s'en aller.

Oh! tu n'es pas de trop. Tu peux rester...
(Regardant Madeleine.) maintenant.

TASSELIN.

Nous t'écoutons, mon enfant. Dépêche-toi, au
nom du ciel!

EDMOND.

Voici, en gros. Plusieurs créanciers de mon
oncle ont déposé des plaintes contre lui. Le parquet est saisi de l'affaire, une instruction est déjà
ouverte. Si nous n'obtenons pas le désistement

10

des plaignants, mon oncle sera condamné par
contumace.

TASSELIN.

Par contumace !

EDMOND.

Naturellement, puisqu'il est en fuite. J'ai appris
aussi au Palais que tu allais être convoqué bientôt.

TASSELIN.

Moi ?

EDMOND.

Chez le juge d'instruction chargé de l'affaire.

TASSELIN, *affolé*.

Je vais être convoqué chez un juge d'instruction !

EDMOND.

Tu recevras la citation ce soir ou demain.

TASSELIN.

Mais ce que tu me dis est épouvantable !

EDMOND.

C'est fort simple, au contraire.

TASSELIN.

Une condamnation par contumace, après le
scandale qui a déjà eu lieu ! Notre nom en police
correctionnelle ! C'est ma situation au ministère
perdue irrévocablement ! C'est ma démission
presque forcée.

EDMOND.

Peut-être pas. Mais il ne faut pas nous dissi-
muler cependant que c'est de la dernière gravité.
Je ne croyais pas que cela tournerait si mal.

TASSELIN.

As-tu vu des créanciers ?

EDMOND.

Deux ou trois. Mais je n'aperçois aucun moyen
de les désintéresser, même en partie.

TASSELIN.

C'est à se jeter la tête contre les murs!... *(Entre la bonne qui remet une carte à Tasselin.)* Piégoy?... Le directeur du casino de Carville?... Ce monsieur est là. *(A Edmond :)* Faut-il le recevoir?

EDMOND, *réfléchissant.*

Piégoy... mais certainement! *(Signe de Tasselin à la bonne.)* En tous cas, cela ne peut avoir aucun inconvénient.

SCÈNE V

Les Mêmes, PIÉGOY.

TASSELIN.

Cher monsieur Piégoy...

PIÉGOY.

Cher monsieur... *(Il lui serre la main.)* Mesdames... Mon cher maître...

(Il serre la main d'Edmond.)

TASSELIN.

Et qu'y a-t-il pour votre service, cher monsieur Piégoy?

PIÉGOY.

J'aurais quelques mots à dire à maître Edmond Tasselin. Mais il s'agit d'une question qui vous touche de près, la liquidation de Jacques Tasselin, votre frère.

TASSELIN.

Vous avez des nouvelles à nous donner?

PIÉGOY.

D'assez importantes. Et si monsieur Edmond veut bien m'accorder un entretien...

EDMOND.

Certes !

TASSELIN.

Avez-vous besoin de moi ?

PIÉGOY.

Du tout. Il s'agit de procédures, de droit...

TASSELIN.

Bon.

PIÉGOY.

Votre fils vous répétera ce que nous aurons dit.

TASSELIN.

Restez ici. Nous allons vous laisser.

PIÉGOY.

C'est cela. *(Mouvement de sortie. — Piégoy à Maurice qui passe près de lui :)* Bonjour, jeune homme. Les affaires vont mieux, il me semble ?

MAURICE.

Beaucoup mieux.

(Il lui serre la main.)

PIÉGOY, à Madeleine.

Tous mes respects, mademoiselle.

MADELEINE.

Mes compliments, monsieur Piégoy.

(Tout le monde sort.)

SCÈNE VI

EDMOND, PIÉGOY.

EDMOND, faisant signe à Piégoy de s'asseoir.

Je vous écoute.

PIÉGOY.

Ainsi que je vous le disais tout à l'heure, il

s'agit de la liquidation de votre oncle, monsieur Jacques Tasselin. Vous vous demanderez peut-être comment je me trouve mêlé à cela? C'est bien simple. J'avais été amené autrefois à étudier la situation financière de Tasselin : je la connais à fond. Quelques-unes des affaires qu'il laisse en train sont bonnes; d'autres, au contraire, ne reposent sur rien de sérieux. J'ai calculé le pour et le contre; j'ai rendu visite, de ma propre autorité, aux créanciers les plus enragés, sans m'occuper de votre père, naturellement, qui est une des plus grosses victimes.

EDMOND.

Eh bien!

PIÉGOY.

Et j'ai acquis la certitude qu'avec une somme assez ronde, deux cent ou deux cent cinquante mille francs peut-être, vous obtiendriez le désistement de ces gens-là, qui aimeront mieux toucher une partie de leurs fonds que de tout perdre, en obtenant une condamnation platonique.

EDMOND.

Mais, quand même, il resterait encore le Parquet.

PIÉGOY.

Devant le retrait des plaintes, le Parquet arrêterait vraisemblablement les poursuites, surtout avec les influences dont vous disposez, — et moi aussi.

EDMOND.

Vous?

PIÉGOY.

J'ai connu beaucoup de magistrats dans ma vie.

EDMOND.

Ce que vous dites est fort possible, en effet, mais nous n'avons pas trois cent mille francs.

PIÉGOY.

Désirez-vous que je vous les prête?

EDMOND.

Vous?

PIÉGOY.

Moi. Je me mets entièrement à votre disposition : j'ai beaucoup de sympathie pour vous.

EDMOND.

Je ne pourrai jamais vous rendre une pareille somme.

PIÉGOY, — *un silence.*

Je vais vous indiquer un moyen, si vous voulez.

EDMOND.

Lequel?

PIÉGOY.

Ma fille a un million de dot. *(Mouvement d'Edmond.)* Vous en serez quitte pour ne toucher que sept cent mille francs.

EDMOND, — *un temps.*

Mon cher monsieur Piégoy, quoique votre proposition n'ait rien que de très flatteur pour moi, vous comprendrez les sentiments qui m'empêchent de vous répondre immédiatement.

PIÉGOY.

Je les comprends, mais j'insiste. Ce n'est pas le rôle d'un père de jeter sa fille à la tête d'un jeune homme; mais, moi, ce ne sont pas les préjugés qui m'étouffent et je n'ai pas ce genre stupide d'amour-propre. Je vous le dis donc brutalement: vous plaisez à Gabrielle. C'est la principale raison pour laquelle je vous l'offre. Mais je vous l'offre aussi parce que vous êtes un monsieur, un homme de valeur et que je n'ai été entouré jusqu'à présent que de fripouilles. Venez-vous dîner à la maison demain?

EDMOND, *riant.*

Oh! cela, avec plaisir.

PIÉGOY.

Ma fille est charmante, vous pourriez l'épouser par amour. Parbleu! je sais bien ce qu'on pourra vous dire de ce mariage. L'origine de ma fortune? L'exploitation des imbéciles? Mais les imbéciles ont toujours été exploités, et c'est justice. Le jour où ils cesseraient de l'être, ils triompheraient, et le monde serait perdu. D'ailleurs, je viens de céder le bail du casino de Carville et je me retire de deux ou trois entreprises du même genre dans lesquelles j'avais des intérêts. Mon nom ne paraîtra plus.

EDMOND.

Ah!

PIÉGOY.

Qu'est-ce qu'on peut vous dire encore contre moi? Vous raconter des histoires sur ma jeunesse? me traiter d'irrégulier, de déclassé? Mais les déclassés sont tellement nombreux qu'ils commencent à former une classe, avec ses riches et ses pauvres, ses vainqueurs et ses vaincus. N'écoutez pas cela, mon petit; laissez parler les nigauds, et épousez ma fille. A un homme comme vous, organisé comme vous l'êtes, il faut de l'argent. C'est l'arme toute-puissante. Si elle vous manque, vous serez battu à plate couture.

EDMOND.

C'est vrai.

PIÉGOY.

Et vous aurez encore un avantage avec un beau-père comme moi. *(Lui frappant sur l'épaule.)* C'est que vous ne serez pas obligé de lui cacher quoi que ce soit.

EDMOND.

Je ne saisis pas très bien.

PIÉGOY.

Vous avez une maitresse et un enfant, je le
sais. Nous ferons notre devoir envers eux, cela va
de soi.

EDMOND.

Je n'ai jamais songé à ne pas le faire, je vous
prie de le croire.

PIÉGOY, *changeant de ton.*

Et même, tenez, à ce propos, et pendant que
nous y sommes, ma foi, je vais vous dire ce que
j'ai sur le cœur. Je suis pour la franchise, la net-
teté. Vous me paraissez très carré aussi dans votre
genre, je suis sûr que vous ne vous fâcherez pas.

EDMOND.

Je vous le promets.

PIÉGOY.

Eh bien! là... je trouve que dans cette histoire, vous vous êtes très mal conduit. Et quoique
je vous donne ma fille, ça ne m'empêche pas de
vous blâmer énergiquement.

EDMOND.

Il y a des circonstances où...

PIÉGOY.

N'importe. J'aime mieux que vous ayez fait ça
que moi. Je dis moi à dessein, parce qu'il m'est
arrivé dans ma jeunesse la même aventure qu'à
vous. J'ai séduit une jeune fille dans une famille
d'ouvriers et nous avons eu un enfant. Seulement, moi, j'ai épousé la jeune fille, j'ai légitimé
la gosse, et c'est cette gosse-là que je vous offre
aujourd'hui. Chacun a sa petite morale, n'est-ce
pas? Vous êtes incapable de faire tort d'un sou à

personne, tandis que moi j'ai roulé un tas de
gens. En revanche, il y a certaines actions que
je ne commettrais pas, la tête sur le billot, et qui
vous semblent toutes naturelles. Nous ne sommes
parfaits ni l'un ni l'autre, voilà ce que ça prouve.
Tant mieux pour ceux qui le sont. Maintenant que
nous nous connaissons tous les deux, n'en parlons
plus. Vos parents consentiront-ils à votre mariage?

 EDMOND.

Ma mère et ma sœur ont beaucoup de sympathie pour mademoiselle Gabrielle.

PIÉGOY.

Vous avez une mère et une sœur parfaites. Ça,
il n'y a rien à dire. *(Riant.)* Et j'irai plus loin, mon
petit, elles valent mieux que vous et même votre
père, sauf le respect que je lui dois. Voulez-vous
mon opinion? La bourgeoisie sera sauvée par les
femmes.

(Entre Tasselin.)

SCÈNE VII

Les Mêmes, TASSELIN.

TASSELIN.

Eh bien? Avez-vous décidé quelque chose?

EDMOND.

Oui.

PIÉGOY.

Tout est arrangé. La situation de votre frère
sera liquidée à l'amiable. Il n'y aura aucun scandale et l'honneur sera sauf.

TASSELIN.

Ah! mon Dieu!... Comment avez-vous fait?

PIÉGOY.

Votre fils vous expliquera cela.

TASSELIN, *allant serrer les mains de Piégoy avec effusion.*

Et vos affaires, monsieur Piégoy, en êtes-vous
toujours content?

PIÉGOY.

Mes affaires?... Je les liquide, moi aussi. Je vais
vivre de mes rentes et devenir un bon bourgeois.

(*Il serre la main et prend congé de Tasselin et d'Edmond pendant que le rideau tombe.*)

LA
PETITE FONCTIONNAIRE

COMÉDIE EN TROIS ACTES

*Représentée pour la première fois sur le théâtre des Nouveautés
le 25 avril 1901.*

PERSONNAGES

LEBARDIN	Germain.
PAGENEL.	Colombey.
LE VICOMTE.	Torin.
LE DOCTEUR.	Marcel Simon.
RONJU	Lorin.
UN SOLDAT	Milo.
LE MESSAGER	Miah.
AUGUSTE.	René Gravier fils.
CÉLESTIN.	Prosper.
Un Monsieur.	Maurice Lecomte.

Mmes

SUZANNE BOREL.	Thomassin.
MADAME LEBARDIN.	Rosine Maurel.
HERMANCE.	Dicksonn.
MADAME HERBELIN.	Jenny Rose.
RIRI.	Doriel.
MARGUERITE (Mme Pagenel)	Gondy.
DELPHINE	Félyne.
Une Femme de Chambre	Mérey.

———

De nos jours.

———

LA
PETITE FONCTIONNAIRE

ACTE PREMIER

A Pressigny-sur-Loire, chez Lebardin.
La scène représente un salon de province.

SCÈNE PREMIÈRE

PAGENEL, LEBARDIN.

*(Au lever du rideau, Pagenel prend Lebardin par les
épaules et le retourne vers lui vigoureusement, pour
regarder sa figure. Pagenel doit être élégant, d'allure
jeune, rasé de frais; Lebardin, au contraire, doit avoir
une barbe de huit jours, et être habillé d'une longue
redingote démodée, allure trainante, œil morne.)*

LEBARDIN.

Laisse-moi tranquille!

PAGENEL.

Je te demande un peu si tu as l'air d'un homme
de quarante-cinq ans?

LEBARDIN.

De qui ai-je donc l'air?

PAGENEL.

Tu as l'air d'un vieux monsieur. Et je dis quarante-cinq ans, tu ne les as même pas.

LEBARDIN.

Tu crois?

PAGENEL.

Tu ne te rappelles plus ton âge, maintenant?

LEBARDIN, *haussant les épaules.*

Quel intérêt ça a-t-il?

PAGENEL.

Mais regarde-moi donc, nom d'un chien! Et j'ai un an de plus que toi!

LEBARDIN.

Tu es très bien. Ça durera ce que ça durera, mais en ce moment tu es très bien.

PAGENEL.

Je prétends qu'aujourd'hui un homme de quarante-cinq ans est un jeune homme, ou en tout cas, un homme encore jeune. Mais c'est un âge admirable, quarante-cinq ans! c'est l'âge par excellence! A quarante-cinq ans, on peut épouser une jeune fille de dix-huit ans, aussi bien qu'une femme de vingt-cinq, de trente ou de quarante ans. On peut épouser n'importe qui. On peut être aimé pour soi-même, et on peut également donner de l'argent aux femmes, sans être ridicule. Et on peut encore, si on est marié, comme nous le sommes, tromper sa femme sans être odieux. Toutes les joies de la vie sont à la disposition de l'homme de quarante-cinq ans. Ah! mon ami, quel bel âge! Et quand je pense que je ne l'aurai peut-être plus dans sept ou huit ans!

LEBARDIN.

Dans sept ou huit ans! où serons-nous, mon Dieu, où serons-nous?

PAGENEL.

Mais tu n'as donc plus de nerfs, plus d'imagination? La vie que tu mènes te suffit donc?

LEBARDIN.

Parfaitement.

PAGENEL.

Tu ne demandes pas autre chose que de faire ta partie de billard tous les dimanches avec moi et le docteur?

LEBARDIN.

Tout juste.

PAGENEL.

Quand tu es au courant de tous les petits potins de Pressigny-sur-Loire, notre belle cité, il ne te manque plus rien? Ta curiosité est satisfaite?

LEBARDIN, *avec amertume.*

Qu'est-ce qu'un homme peut souhaiter de plus? Justement Pressigny, cette année, est en pleine effervescence. On n'a pas une minute à soi. Est-ce que madame Lurcau, qui est veuve depuis deux ans, va épouser le vicomte de Samblin, qui ainsi se mésallierait? ou bien va-t-elle préférer le jeune docteur Henri Bigois? C'est palpitant. Est-ce qu'on va enfin changer la receveuse des postes, la mère Broquet, qui est complètement sourde et qui, d'ailleurs, n'est jamais à son bureau? Et combien d'autres histoires du plus haut intérêt! On a une émotion tous les jours, on a la fièvre... Quelle existence... mon ami, quelle existence admirable nous avons, au contraire! De quoi te plains-tu?

PAGENEL.

Tranchons le mot : tu t'ennuies follement!

LEBARDIN, *changeant de ton.*

Tu peux le dire que je m'ennuie... Je m'ennuie d'une façon tellement exceptionnelle que ça devient presque une distraction.

PAGENEL.

Secoue-toi, morbleu !

LEBARDIN.

Que veux-tu que je fasse ? La noce, comme toi ! Ça ne m'amuserait pas. L'idée de tromper ma femme avec des cocottes me répugne absolument !... Je n'ai jamais aimé les cocottes, d'ailleurs.

PAGENEL.

Raison de plus pour commencer.

LEBARDIN.

Non, je préfère jouer au billard. Décidément, allons jouer au billard.

PAGENEL.

Te rappelles-tu l'époque où nous songions à devenir des maîtres du barreau en faisant notre droit à Paris ?

LEBARDIN.

Et nous nous sommes résignés à être de grands propriétaires fonciers à Pressigny-sur-Loire.

PAGENEL.

C'est plus sûr. N'importe, nous avons fait en ce temps-là quelques joyeuses débauches ! *(Riant.)* Ah ! ah ! et Louisette, te rappelles-tu Louisette ?

LEBARDIN.

Tais-toi, je t'en prie. Ne me parle jamais de Louisette !

PAGENEL.

Ah ! ah ! je ne peux pas m'empêcher de rire. Étais-tu assez pincé ?

LEBARDIN.

Je t'en supplie, ne m'en parle plus.,. tu as cette manie...

PAGENEL.

Après vingt ans...

LEBARDIN.

Oui, après vingt ans, je ne peux pas penser à cette histoire-là sans être agacé, presque furieux. Ah ! la satanée petite femme... Elle était modiste, boulevard Saint-Michel.

PAGENEL.

Oui... oui...

LEBARDIN.

Un jour, en passant devant le magasin, tu étais avec moi... je l'aperçois à travers la vitre. Je m'arrête brusquement. Elle me regarde, elle sourit. En trois secondes, tu entends, pas une de plus, en trois secondes j'étais pris ! Elle me tenait, elle pouvait faire de moi ce qu'elle voulait !

PAGENEL.

Le classique coup de foudre... Tu étais pour blondes à cette époque... pour blondes avec l'air candide et virginal.

LEBARDIN.

Le soir même, nous l'attendions à la sortie, — c'est toi qui me fais raconter cette histoire-là, c'est idiot, — je l'invite à dîner.

PAGENEL.

Elle accepte immédiatement.

LEBARDIN.

Après dîner, tu nous laisses seuls... Je la reconduis jusque chez elle ; seulement à la porte, elle me dit : « Je ne peux pas ce soir ; ce soir, mon amant

est là. » Et elle n'a voulu ni ce soir là, ni le lendemain, ni les jours suivants ! A chaque instant,
nous dinions ensemble, mais ça n'allait jamais
plus loin. Elle changeait d'amant tous les quinze
jours ; elle prenait n'importe qui ; moi, jamais,
jamais, jamais ! J'avais beau lui dire : « Mais,
nom d'un chien, puisque vous changez d'amant
tout le temps, pourquoi pas moi autant qu'un
autre ? » Elle me répondait : « Vous, je vous aime
bien, on est bons camarades, mais le reste, je ne
le pourrais pas. » Ça a duré dix-huit mois, mon
ami, dix-huit mois, et ça a beau être fini depuis
vingt ans ; j'ai beau être sûr que Louisette est
aujourd'hui une vieille dame, eh bien ! il me reste
encore un petit regret d'être le seul étudiant en
droit peut-être de ma génération qui n'ait pas été
son amant. Et que le diable t'emporte de me
l'avoir rappelé !

(Entrent madame Lebardin et Marguerite.)

SCÈNE II

Les Mêmes, MADAME LEBARDIN, MARGUERITE.

MARGUERITE.

Et cette partie de billard ?

PAGENEL.

Nous commençons, ma chère.

MADAME LEBARDIN, à Lebardin.

Il arrive une chose très ennuyeuse.

LEBARDIN.

Laquelle ?

MADAME LEBARDIN.

C'est l'ouverture de la chasse aujourd'hui, n'est-ce pas?

LEBARDIN.

Je le sais.

MADAME LEBARDIN.

Eh bien! nous n'avons pas de gibier.

LEBARDIN.

C'est trop fort!

MADAME LEBARDIN.

On a couru partout... La cuisinière était dehors à six heures du matin.

LEBARDIN.

Il fallait vous y prendre dès hier. Je l'ai dit cent fois. On ne trouve jamais de gibier le jour de l'ouverture de la chasse, mais la veille on en a tant qu'on veut. C'est insupportable à la fin.

MADAME LEBARDIN.

Ne te fâche pas.

LEBARDIN.

Combien sommes-nous à dîner?

MADAME LEBARDIN.

Nous quatre, le vicomte de Samblin, qui m'a fait l'honneur d'accepter, le docteur et Hermance.

LEBARDIN.

Le vicomte qui adore le lièvre à la royale!

MADAME LEBARDIN.

Il en aura peut-être tué un et il nous l'apportera. Et puis nous avons encore de l'espoir. J'attends tout à l'heure le père Fouat, le braconnier de la sous-préfecture. Enfin, on s'arrangera... As-tu écrit aux Blanchet?

LEBARDIN.

Allons, bon! encore cette scie.

MADAME LEBARDIN.

Mais non, mon ami...

LEBARDIN.

C'est agaçant. Tu me demandes tous les dimanches, depuis un temps immémorial : as-tu
écrit aux Blanchet?

MADAME LEBARDIN.

Tu ne leur écris jamais. De vieux amis à toi,
qui habitent Paris.

LEBARDIN.

Voilà des années que nous ne sommes plus en
rapport. Ce serait absurde de leur écrire; maintenant, il est trop tard. Je n'ai plus rien à leur
dire.

MADAME LEBARDIN.

Comme tu voudras... Plus qu'un mot, puisque
tu es de si mauvaise humeur, aujourd'hui : ta
jaquette neuve est arrivée.

LEBARDIN.

Ça m'est égal.

MADAME LEBARDIN.

Elle est dans ta chambre. Tu me feras le
plaisir de la mettre pour dîner et d'enlever cette
vieille redingote.

LEBARDIN.

Cette redingote est très bien, n'insiste pas.
Allons faire notre partie de billard, Pagenel.

PAGENEL, *qui cause à sa femme.*

Oui, je t'expliquerai.

MARGUERITE.

Vous voulez me faire croire que vous avez
encore affaire à Paris, cette semaine?

PAGENEL.

Je t'expliquerai...

MARGUERITE.

Nous verrons cette belle explication... Allez jouer au billard, en attendant.

(Sortent Pagenel et Lebardin, à droite.)

SCÈNE III

MADAME LEBARDIN, MARGUERITE.

MARGUERITE.

Nous verrons, mon petit ami, nous verrons.

MADAME LEBARDIN.

Vous voilà dans tous vos états, parce que votre mari vous quitte vingt-quatre heures.

MARGUERITE.

Il va à Paris, et je sais ce qu'il va y faire, à Paris, tous les mois.

MADAME LEBARDIN.

Quelle folie!

MARGUERITE.

Et il choisit des prétextes d'un bête!

MADAME LEBARDIN.

Il vous a dit qu'il faisait des démarches pour obtenir le Mérite agricole. C'est bien naturel, un grand propriétaire foncier...

MARGUERITE.

Qui a cent mille francs de rentes. Quand on a cent mille francs de rentes, on ne demande pas le Mérite agricole, on demande la Légion d'honneur. Je vous dis qu'il va à Paris faire la noce.

Ce qui me console, c'est que ça ne durera pas,
d'après ce que dit le docteur. Il commence à être
couvert de rhumatismes.

MADAME LEBARDIN.

Votre mari?

MARGUERITE.

Mon mari, avec sa mine réjouie. Il a le dos et
les reins très menacés... et l'articulation du
genou...

MADAME LEBARDIN.

Encore une ou deux articulations et nous le
tenons. Vous avez tort de vous plaindre de votre
mari, ma chère. C'est un homme délicieux, d'une
bonne humeur continuelle.

MARGUERITE.

La bonne humeur inséparable de la mauvaise
conduite. Les maris fidèles ne sont pas si gais que
ça. Est-ce que votre mari est gai?

MADAME LEBARDIN.

Ça!

MARGUERITE.

Il n'est pas gai, il est même grognon.

MADAME LEBARDIN.

Mélancolique.

MARGUERITE.

La mélancolie de l'homme qui n'a rien à se
reprocher.

(Entre madame Herbelin.)

SCÈNE IV

Les Mêmes, MADAME HERBELIN.

MADAME HERBELIN.

Je parie que je sais de quoi vous parlez?

MARGUERITE.

Voyons?

MADAME HERBELIN.

Vous parlez de la nouvelle receveuse des postes.

MARGUERITE.

Pas du tout.

MADAME HERBELIN.

Ça m'étonne : on ne parle que d'elle depuis hier au soir.

MADAME LEBARDIN.

Madame Broquet est donc remplacée? Ce n'est pas trop tôt. On se plaignait de partout.

MADAME HERBELIN.

Et vous savez par qui elle est remplacée? Par une petite Parisienne de vingt-cinq à vingt-six ans... Blonde, plutôt jolie, et mise, je ne vous dis que ça, ma chère! il n'y a pas une jeune fille dans tout Pressigny habillée comme ça... C'est inouï... elle a emménagé hier matin ; elle s'est installée dans l'appartement de madame Broquet, et je vais vous dire une chose admirable!... elle a un piano, ma chère. Une receveuse des postes qui a un piano! Il paraît aussi qu'elle dessine et qu'elle connaît tous les arts d'agrément. Je l'ai rencontrée dans la grand'rue, elle a l'air d'une petite effrontée ; elle m'a regardée comme si elle n'avait fait que ça toute sa vie! Ah! nous vivons à une drôle d'époque. Eh bien! qu'est-ce que vous dites de tout ça?

MADAME LEBARDIN.

Ça ne me paraît pas bien extraordinaire. Pourvu qu'elle fasse son service.

MADAME HERBELIN.

Je crois qu'elle fera tout ce qu'on voudra, si vous voulez mon opinion.

MADAME LEBARDIN.

Oh !

MADAME HERBELIN.

Rappelez-vous ce que je vous dis... Le docteur et Hermance ne sont pas encore arrivés ?

MADAME LEBARDIN.

Pas encore, je les attends.

MADAME HERBELIN.

Ils ne tarderont pas... C'est lui qui épouse, décidément ?

MADAME LEBARDIN.

Croyez-vous ?

MADAME HERBELIN.

Hermance aimerait peut-être mieux être vicomtesse. Mais je crois que ça ne s'arrange pas très bien du côté de la famille du vicomte... Enfin, qui vivra verra. Les voici.

(Entrent Hermance et le Docteur.)

SCÈNE V

Les Mêmes, HERMANCE, LE DOCTEUR.

LE DOCTEUR.

Mesdames...

HERMANCE.

Bonjour tout le monde. *(A madame Herbelin.)* Chère amie, je vous ai vue tout à l'heure... pourquoi ne vous êtes-vous pas arrêtée ?

MADAME HERBELIN.

Vous paraissiez en grande conversation.

HERMANCE.

Oh ! le docteur me faisait la cour. Vous ne m'auriez pas dérangée du tout.

MADAME HERBELIN.

C'est lui, alors!

HERMANCE.

Je ne pense pas, mais enfin tout est possible.

LE DOCTEUR.

Ah!

MADAME HERBELIN.

Quand vous décidez-vous? On attend avec impatience.

HERMANCE.

Je ne suis pas pressée.

MADAME LEBARDIN, *regardant la pendule.*

Moi, je suis pressée... Je vais voir si j'ai mon lièvre : le père Fouat doit être arrivé. Venez, ma chère, et laissons ces jeunes gens.

MARGUERITE.

Allons voir si vous avez votre lièvre.

HERMANCE, *à madame Herbelin.*

Au revoir, chère amie.

MADAME LEBARDIN.

Docteur, vous trouverez mon mari au billard.

(*Sortent Marguerite, madame Lebardin, madame Her-belin.*)

MADAME HERBELIN, *en sortant.*

Oui, ma chère, elle a un piano!

SCÈNE VI

LE DOCTEUR, HERMANCE

LE DOCTEUR.

Eh bien! vous voyez, tout le monde croit à notre mariage. Vous êtes d'une coquetterie infernale... M'épousez-vous, oui ou non?

HERMANCE.

Comment vous appelez-vous?

LE DOCTEUR.

Vous vous moquez de moi, dites-le tout de suite.

HERMANCE.

Comment vous appelez-vous?

LE DOCTEUR, *haussant les épaules.*

Henri Bigois, docteur en médecine.

HERMANCE.

Oui. Moi, je m'appelle Hermance Liseuil, de mon nom de jeune fille; je suis veuve de monsieur Lureau. Eh bien! si je vous épousais, je m'appellerais madame Bigois, au lieu de m'appeler madame Lureau. Ce n'est vraiment pas la peine de se marier pour ça.

LE DOCTEUR.

On ne se marie pas que pour ça. Vous préférez vous appeler madame la vicomtesse de Samblin?

HERMANCE.

Eh! Je ne vous le cache pas.

LE DOCTEUR.

Et pourtant, c'est moi que vous aimez, vous me l'avez dit.

HERMANCE.

Et vous, m'aimez-vous?

LE DOCTEUR.

Je vous adore, vous le savez bien.

HERMANCE.

Ce n'est pas commode à arranger, cette affaire-là.

LE DOCTEUR.

Hum! ce serait commode si vous y mettiez un peu de bonne volonté.

HERMANCE.

C'est-à-dire?

LE DOCTEUR.

Mariez-vous avec le vicomte, puisque vous y tenez, mais aimez-moi, moi.

HERMANCE.

Voilà une impertinence!

LE DOCTEUR.

C'est le langage de l'amour, du véritable amour. Qu'est-ce que je demande? c'est vous! Je me moque du mariage, je ne tiens qu'à vous, qu'à votre petite personne que j'adore. Prenez un mari dans la noblesse, ça m'est bien égal, pourvu que vous preniez un amant dans la bourgeoisie.

(Entre Suzanne.)

SCÈNE VII

SUZANNE, HERMANCE, LE DOCTEUR, CÉLESTIN.

CÉLESTIN, *ouvrant la porte.*

Donnez-vous la peine d'entrer, mademoiselle. Vous allez voir monsieur Lebardin tout de suite.

HERMANCE, *se retournant.*

Mais, c'est Suzanne!

SUZANNE.

Hermance.

HERMANCE, *se jetant à son cou.*

Oh! que je suis contente, ma chérie! Eh bien! en voilà une surprise!

LE DOCTEUR.

Je vous laisse, chère madame.

HERMANCE.

Oui, oui, à tout à l'heure...

(Sort le docteur.)

SCÈNE VIII

SUZANNE, HERMANCE.

HERMANCE.

Viens là près de moi!... Et tu es de passage à Pressigny?

SUZANNE.

Je viens m'y fixer, au contraire.

HERMANCE.

Quelle chance! quelle chance! Y a-t-il long-temps, mon Dieu, qu'on ne s'étaient vues?

SUZANNE.

Sept ou huit ans, depuis notre départ de la pension.

HERMANCE.

Et sans nouvelles l'une de l'autre! Ah! on a beau jurer de s'écrire régulièrement. On s'écrit deux ou trois fois pour commencer, et puis on n'a plus le temps, on aurait trop à se dire.

SUZANNE.

J'ai su ton mariage... voilà tout.

HERMANCE.

Je t'avais envoyé une lettre. D'ailleurs, je suis veuve, tu sais?

SUZANNE.

Mais non, je ne savais pas, ma pauvre Her-mance.

HERMANCE.

Oh! Ça ne fait rien. J'en ai pris mon parti...

Quand on est jeune fille, on se fait beaucoup
d'illusions sur le mariage; on s'en fait encore
plus sur le veuvage. Ça n'a aucune importance.
Mon mari est mort à Pressigny, où il avait une
propriété; j'y suis restée, j'ai pris goût à la vie
de province, j'ai fait des relations superbes.
Il y a ici une société très aristocratique et très
agréable, tu verras : je te présenterai partout,
parce qu'on ne va plus se quitter, naturellement.
Enfin, bientôt, je t'annoncerai une grande nouvelle; en ce moment, je ne peux pas, rien n'est
décidé.

SUZANNE.

Ah !

HERMANCE.

Je vais te le dire tout de même, je crois que je
vais me remarier... un mariage magnifique, inespéré, auprès duquel mon premier n'aura été
qu'un essai, qu'un faible essai. D'ailleurs, tu as
dû le remarquer, à notre époque, on ne se marie
jamais très bien du premier coup. Il faut s'y re-
prendre.

SUZANNE.

Mes compliments.

HERMANCE.

Je te donnerai des détails demain à déjeuner.
Tu déjeunes à la maison, c'est entendu. Ah !
maintenant, j'ai assez parlé de moi, parlons un
peu de toi. Qu'est-ce que tu es devenue? Tu n'es
pas encore mariée, évidemment, je l'aurais appris.
Ta tante vit toujours?

SUZANNE.

Dieu merci?

HERMANCE.

Et vous êtes venues habiter Pressigny toutes
les deux. Tu me vois ravie, ma petite Suzanne,
ravie !

SUZANNE.

Mais non, je suis venue seule.

HERMANCE.

Comment?

SUZANNE.

Ma tante ne m'a pas accompagnée, elle est trop âgée. Quand j'ai été nommée à Pressigny, je me suis décidée à vivre seule.

HERMANCE.

Nommée? nommée... Quoi !

SUZANNE.

Receveuse.

HERMANCE.

Receveuse? Qu'est-ce que c'est?

SUZANNE.

Receveuse des postes.

HERMANCE.

Par exemple!... Ce n'est pas sérieux, n'est-ce pas?

SUZANNE.

Mais si, Pressigny est une seconde classe, c'est un très joli avancement que j'ai eu.

HERMANCE.

Ah! bien! si je m'attendais... Alors, c'est toi qui va succéder à madame Broquet ?

SUZANNE.

Parfaitement. C'est à moi que tu devras t'adresser lorsque tu voudras envoyer une dépêche ou quand tu auras besoin de timbres-poste. Et je ne te ferai jamais attendre au guichet; tu sais, tu auras un tour de faveur...

HERMANCE.

Mais, c'est épouvantable, ce que tu me racontes-là ! Comment ce malheur t'est-il arrivé ?

SUZANNE.

Quel malheur ?

HERMANCE.

Enfin, comment es-tu tombée dans une pareille situation?...

SUZANNE.

Mais elle est très gentille, ma situation?

HERMANCE.

Ta famille a donc été ruinée?

SUZANNE.

Mais pas du tout.

HERMANCE.

Alors, je ne comprends pas.

SUZANNE.

Elle n'a pas été ruinée, ma famille, mais cela tient simplement à un détail, c'est qu'elle n'avait pas de fortune.

HERMANCE.

Incroyable !

SUZANNE.

Je t'assure qu'il est très facile de n'avoir pas de fortune, c'est même plus facile que d'en avoir.

HERMANCE.

Je te demande pardon de toutes ces questions-là, mais je suis si étonnée... Quand on est petite, on ne se rend pas compte des choses, n'est-ce pas? des différences de positions... On s'imagine qu'on va mener toutes la même vie, se retrouver dans le monde. On ne sait rien. Alors, toi? quand nous avons quitté la pension, qu'est-ce que tu as fait?

SUZANNE.

J'ai mis ma tête dans mes mains, comme ça... et je me suis mise à réfléchir. A la pension, j'avais bien réfléchi à l'histoire de France, à la botanique, à la géographie. Mais je n'avais pas

réfléchi à la situation d'une jeune fille de dix-
huit ans, qui n'a plus qu'une vieille tante et des
ressources tellement précaires que ce n'était vraiment pas la peine d'en parler. Et je me suis
demandé : en admettant que je vive seulement
jusqu'à cinquante ans, qu'est-ce que je vais faire
pendant tout ce temps-là? J'ai songé au mariage,
naturellement: c'est toujours par là qu'on commence. Je me regardais dans les glaces, je me
trouvais gentille, et j'attendais tous les matins
qu'un jeune homme, beau comme le jour et riche
comme Crésus, vînt se jeter à mes pieds et me
supplier d'être sa femme. J'étais très décidée à
lui accorder cette faveur. Le jeune homme en
question n'est pas venu et je m'en suis consolée
en me disant qu'il n'existait peut-être pas.

HERMANCE.

Personne ne t'a demandé ta main? Oh! c'est
curieux.

SUZANNE.

Personne. Mais je dois ajouter, pour être juste,
que, sauf ma main, on m'a tout demandé. Cela
m'a conduite à un autre ordre d'idées. Te rappelles-tu la petite Juliette Broc? ce qu'elle nous
disait vers la fin : « Moi, mes enfants, si ma famille m'embête, je suis décidée à mal tourner. »
Qu'est-ce qu'elle est donc devenue?

HERMANCE.

Elle est entrée à l'Opéra-Comique.

SUZANNE.

Un instant, j'ai pensé à elle et j'ai envisagé le
cas où, par la force des choses, je serais amenée
à mal tourner. Mais ces manières étaient bonnes
autrefois. Aujourd'hui, Dieu merci! il y a d'autres

moyens de s'en tirer. Alors, comme je ne pouvais pas tourner bien et comme je ne voulais pas mal tourner, je me suis décidée à ne pas tourner du tout. J'ai passé des examens et je suis entrée carrément dans l'administration des postes, et si le beau jeune homme riche comme Crésus, veut faire ma connaissance, il sera obligé de venir acheter des timbres.

HERMANCE.

Oh! je crains que tu n'aies bien des désillusions ici.

SUZANNE.

J'ai un bon caractère.

HERMANCE.

Les provinciaux ne sont pas habitués à voir des jeunes filles de ton âge, jolies, élégantes, vivre toutes seules.

SUZANNE.

Je ne peux pourtant pas prendre un amant pour les rassurer.

HERMANCE.

Oh! tu seras accueillie avec une certaine méfiance, il faut t'y attendre.

SUZANNE.

Bah!

HERMANCE.

A Pressigny, on est médisant et très potinier.

SUZANNE.

On inventera des histoires sur mon compte? Tant mieux, ça me fera une distraction. Et puis, vraiment, qu'est-ce qu'on pourra dire? On me verra jouer du piano, dessiner, et de temps en temps, aller faire une promenade sur le bord de la rivière. Ce n'est pas ça qui alimentera beaucoup les potins. D'ailleurs, les gens ne sont pas aussi méchants qu'on le croit, et surtout ils ne sont pas méchants longtemps, parce que ça les fatiguerait. Ils me laisseront vite tranquille, d'autant plus que je suis très gentille, tu sais, quand je veux!

HERMANCE, *froidement.*

Enfin, espérons que tout ça ne finira pas mal.

SUZANNE, *la regardant.*

Espérons-le.

HERMANCE.

Moi, je t'avoue que je n'ai pas le même caractère que toi; s'il me fallait être mêlée à des histoires, je ne pourrais pas le supporter.

SUZANNE.

Oh! rassure-toi. Tu ne seras pas mêlée à aucune histoire, du moins par ma faute.

HERMANCE.

Oh! je n'en doute pas.

SUZANNE, *avec intention.*

D'ailleurs, il n'est pas nécessaire d'aller raconter partout que nous avons été élevées ensemble.

HERMANCE.

Evidemment... C'est une bonne idée...

SUZANNE.

C'est une idée excellente.

HERMANCE.

Cela ne nous empêchera pas de nous voir souvent.

SUZANNE.

Oui, sinon souvent, du moins quelques fois. J'ai beaucoup de travail.

HERMANCE.

On est donc très occupé dans les postes?

SUZANNE.

Très. On n'a pas une minute à soi. Ainsi, par exemple, tu m'as invitée à déjeuner demain, je crois ?

HERMANCE.

Il me semble... oui, que nous avons dit demain.

SUZANNE.

Eh bien ! demain, justement, j'ai rendez-vous avec l'inspecteur, à midi. Il restera au moins jusqu'à midi et demie. Et me vois-tu arrivant chez toi à midi et demie passé ? Tu dois déjeuner de très bonne heure ?

HERMANCE.

Oh ! de très bonne heure.

SUZANNE.

Tu vois. Je suis donc désolée de ne pas pouvoir accepter. Alors, c'est entendu, pas à demain !

HERMANCE.

Ce sera pour un autre jour.

SUZANNE.

Mais, certainement, j'y compte, un autre jour que nous fixerons plus tard.

HERMANCE.

C'est ça. Maintenant, je te quitte, puisque tu as à parler à monsieur Lebardin.

SUZANNE.

Au revoir.

HERMANCE.

Au revoir.

(Elles se serrent la main froidement. Sort Hermance.)

SCÈNE IX

SUZANNE *seule*, LEBARDIN, *puis* PAGENEL.

SUZANNE, *seule.*

Cette pauvre Hermance... Ah! si elle savait ce que je m'en moque de sa société aristocratique.

(Entre Lebardin, à droite.)

LEBARDIN, *presque sans regarder Suzanne.*

Vous désirez, madame?

SUZANNE.

Voici, monsieur... Je suis la nouvelle receveuse des postes.

LEBARDIN, *de mauvaise humeur.*

On a changé la mère Broquet, ce n'est pas malheureux.

SUZANNE, *à part.*

Il n'est pas poli, ce vieux bonhomme-là.

LEBARDIN.

J'espère que ça ira mieux avec vous, parce qu'avec elle, ça devenait intolérable. *(Il s'est appro-ché de Suzanne, et la regarde bien en face au moment où il prononce le mot intolérable. Il reprend machinalement.)* In-tolé... *(Changeant de ton et très aimablement.)* Donnez-vous la peine de vous asseoir.

SUZANNE.

Merci.

LEBARDIN, *subitement intéressé.*

Je vous en prie, je vous en prie, donnez-vous la peine... *(A part.)* Louisette! Tout à fait Louisette! en beaucoup mieux. *(Haut.)* Êtes-vous bien assise, au moins, êtes-vous bien assise?

SUZANNE.

Parfaitement. Voici ce qui m'amène...

LEBARDIN.

Je vous écoute... Désirez-vous prendre quelque chose ?

SUZANNE.

Vous êtes trop aimable.

LEBARDIN.

Vous n'avez besoin de rien?... Du sirop de groseilles ou une petite orangeade... plutôt... une petite orangeade...

SUZANNE.

Mille fois trop bon... *(A part.)* Je m'étais trompée, il est très poli !

LEBARDIN.

Alors, je vous écoute.

SUZANNE.

J'allais vous dire, monsieur, que plusieurs notables habitants de Pressigny, et vous entre autres, — vous êtes bien monsieur Lebardin?

LEBARDIN.

Oui, madame.

SUZANNE, *rectifiant.*

Mademoiselle.

LEBARDIN.

Mille pardons... je suis stupide de n'avoir pas deviné.

(Il ne cesse de la regarder pendant tout le temps qu'elle parle et de la dévorer des yeux.)

SUZANNE.

Ça ne fait rien... Vous avez adressé à monsieur l'inspecteur général une réclamation au sujet de madame Broquet, la receveuse des postes qui était ici avant moi.

LEBARDIN.

En effet, je m'y suis décidé... à la longue.
Madame Broquet ne faisait pas son service. J'ajou-
terai qu'elle devenait insupportable... tandis que
vous...

SUZANNE.

Oui. Eh bien! cette réclamation signée de vous
et de plusieurs de ces messieurs est de nature à
lui faire le plus grand tort. Et je viens vous prier
de la retirer, en vous promettant à l'avenir plus
de régularité dans le service et, j'ose le dire, plus
de complaisance.

LEBARDIN.

Mais je crois bien que je vais la retirer. Mais
tout ce que vous voudrez!

SUZANNE.

Je n'attendais pas moins de vous en venant ici.

LEBARDIN.

Tout ce qui vous fera plaisir, tout ce qui...
(A part.) Mais qu'est-ce qui me prend, moi?

SUZANNE.

J'ai l'intention d'établir à Pressigny un certain
nombre de réformes qui obtiendront, j'espère,
l'approbation générale.

LEBARDIN, *sous le charme.*

Oui... oui...

SUZANNE.

Par exemple, je...

LEBARDIN.

C'est une bonne idée... voilà une bonne idée.

SUZANNE, *souriant.*

Mais vous ne savez pas encore.

LEBARDIN.

Je devine, je devine. *(A part.)* Ce qui m'arrive
est extraordinaire.

SUZANNE.

Dorénavant, le dimanche, à Pressigny, on pourra
expédier des télégrammes jusqu'à trois heures et
demie au lieu de trois heures.

LEBARDIN.

C'est admirable, admirable !

SUZANNE.

Et même quand on arrivera à trois heures
trente-cinq, je suppose…

LEBARDIN.

On ne vous fermera pas la porte au nez, comme
faisait la mère Broquet.

SUZANNE.

Tout juste.

LEBARDIN.

Voilà ce que j'appelle une réforme.

SUZANNE.

Il y en a d'autres. J'ai obtenu une seconde distribution pour les journaux.

LEBARDIN, *pénétré d'admiration.*

Une seconde distribution !

SUZANNE.

Oui.

LEBARDIN.

Magnifique… Magnifique !
(*Il s'essuie le front et s'assied sur une chaise brusquement.*)

SUZANNE.

Qu'est-ce qu'il a ?… (*Allant à Lebardin, très rouge.*)
Vous êtes souffrant ?

LEBARDIN.

Non… non… au contraire. Je suis très heureux.

SUZANNE.

Il est certain que Pressigny est assez important pour avoir droit à deux distributions.

LEBARDIN.

C'est-à-dire que vous êtes trop bonne... Nous ne méritions pas...

SUZANNE.

Alors je peux espérer que vous écrirez à monsieur l'inspecteur?

LEBARDIN.

Quand le désirez-vous?

SUZANNE.

Le plus tôt possible.

LEBARDIN.

Je vais lui écrire immédiatement. Que dois-je lui dire?

SUZANNE.

Ce que vous voudrez. Que vous vous êtes trompé... que vous avez exagéré. Que madame Broquet avait donné à la commune des preuves de dévouement pendant des années et que, par conséquent...

LEBARDIN.

Enfin, le contraire de ce que j'ai dit?

SUZANNE.

C'est ça.

LEBARDIN.

Cela va être fait. Je vais vous donner ça... le temps d'aller écrire la lettre à mon bureau.

SUZANNE.

Je l'enverrai chercher ce soir.

LEBARDIN.

Non, non, vous allez l'attendre... Je veux que vous l'attendiez... j'y tiens absolument. *(Apercevant Pagenel à l'embrasure de la haie. Entre Pagenel.)* Monsieur Pagenel vous tiendra compagnie un moment... Justement, il a signé la réclamation avec moi... il signera le contraire, je vous le promets.

SCÈNE X

Les Mêmes, PAGENEL.

PAGENEL.

Quelle réclamation ?

LEBARDIN, *voulant présenter Suzanne.*

Mademoiselle... Mademoiselle...

SUZANNE.

Suzanne Borel.

LEBARDIN, *à part.*

Suzanne ?... *(Haut, à Pagenel.)* Notre nouvelle receveuse des postes.

PAGENEL.

Très bien... très bien... enchanté, mademoiselle.

LEBARDIN, *passant près de Pagenel, et à part.*

Ah ! mon ami !

PAGENEL.

Quoi ?

LEBARDIN.

Ah ! mon ami !

PAGENEL.

Mais quoi ? quoi ?

LEBARDIN.

C'est l'œil surtout... la douceur exquise de l'œil.

PAGENEL, *stupéfait.*

Mais enfin ?

LEBARDIN.

Je te raconterai... je reviens dans un instant... *(A Suzanne.)* Attendez-moi... *(A Pagenel.)* Ah ! mon ami !

(Il sort.)

SCÈNE XI

SUZANNE, PAGENEL, *puis* LE VICOMTE.

PAGENEL.

Y a-t-il longtemps que vous êtes arrivée à Pressigny, mademoiselle ?

SUZANNE.

Deux jours seulement.

PAGENEL.

C'est une grande chance pour nous d'avoir à la place de cette bonne madame Broquet, une personne aussi distinguée que vous.

SUZANNE.

Oh ! monsieur.

PAGENEL.

Vous n'avez pas de relations ici ?

SUZANNE.

Je connais... *(Se reprenant.)* Non, aucune relation, aucune...

PAGENEL.

Vous ne tarderez pas à en avoir. Monsieur et madame Lebardin sont des gens charmants, qui se mettront tout de suite à votre disposition... et moi-même, ainsi que madame Pagenel...

SUZANNE.

Je vous remercie mille fois, monsieur.

(La porte de gauche s'ouvre. — Le vicomte parle à Célestin dans l'embrasure.)

SCÈNE XII

Les Mêmes, LE VICOMTE.

LE VICOMTE, *à Célestin, qu'on ne voit pas.*

Eh! eh! Célestin... Vous l'avez, enfin, votre
lièvre.

PAGENEL, *à Suzanne.*

Monsieur le vicomte de Samblin, un bon type.

LE VICOMTE.

Je l'ai tué ce matin. Pan! pan! du deuxième
coup. Je l'avais raté le premier... Et je vous
l'apporte tout chaud! Ah! ah! je suis gentil?

VOIX DE CÉLESTIN.

Monsieur le vicomte est bien aimable.

LE VICOMTE.

Voilà comment je suis. *(Il descend en scène.)*

PAGENEL.

Mon cher vicomte.

LE VICOMTE.

Ah! ah! C'est vous, Pagenel... Tiens, une dame
que je ne connais pas.

PAGENEL

Mon cher vicomte, permettez-moi de vous présenter mademoiselle Borel, notre nouvelle receveuse.

LE VICOMTE, *la regardant.*

Ah! ah! la nouvelle receveuse... Voilà qui est
parfait! Bonjour, mademoiselle... *(S'approchant.)*
Elle est charmante, tout à fait charmante. *(Lui
tapant sur les joues.)* Bonnes joues, bien fraîches.

SUZANNE, *se reculant.*

Hé là, monsieur le vicomte, hé là! *(A part.)* Il se croit encore au moyen âge, celui-là...

PAGENEL, *au vicomte, à part.*

Voyons, mon cher vicomte.

LE VICOMTE.

Qu'est-ce que j'ai donc fait?

PAGENEL.

Vous l'avez froissée, parbleu!

LE VICOMTE.

Je l'ai froissée?

PAGENEL.

Dame... aussi...

LE VICOMTE.

Nous allons réparer ça... *(Haut.)* Je vous ai vexée hein?... mademoiselle... Avouez que je vous ai vexée?

SUZANNE, *très digne.*

Vous ne m'avez pas vexée, vous m'avez surprise.

LE VICOMTE.

Enfin! J'ai fait une gaffe... Si!... Si! je sens que j'ai fait une gaffe. J'en fais quelquefois, n'est-ce pas, Pagenel? Mais il faut me rendre cette justice, je m'en aperçois tout de suite après.

PAGENEL.

Mademoiselle comprendra.

LE VICOMTE.

Parfaitement, elle comprendra que je me suis trompé... et elle m'excusera... Hein! mademoiselle, vous m'excusez?

SUZANNE, *souriant.*

Bien volontiers, monsieur le vicomte.

LE VICOMTE.

Je vous avais à peine regardée, figurez-vous...
Parbleu, en vous regardant... on devine bien que
vous n'êtes pas quelqu'un dans le genre de la
mère Broquet.

SUZANNE.

Oh!

LE VICOMTE.

Vous avez beau n'être qu'une simple receveuse
des postes, on n'est pas long à voir que vous êtes
une jeune fille très bien... Moi, je le vois maintenant. Je ne l'avais pas vu tout de suite. C'est une
méprise.

SUZANNE.

Une petite méprise, monsieur le vicomte.

LE VICOMTE.

Tout change, morbleu! tout change! Je le disais
encore l'autre jour à ma tante la douairière : « Il
y a de grands changements qui se préparent dans
la société; il faut que vous en preniez votre parti! »
Ainsi, autrefois, une personne dans votre condition, on lui tapotait sur les joues. Ça ne tirait pas
à conséquence. Aujourd'hui, on est immédiatement remis à sa place, et c'est bien fait. (Sur un
geste de Suzanne.) Si... Si... vous avez bien fait. Vous
appartenez à cette nouvelle génération de femmes
qui n'aiment pas qu'on leur manque de respect.

SUZANNE, riant.

J'aime autant pas, en effet, monsieur le vicomte.

LE VICOMTE.

Ce sont de nouvelles habitudes à prendre, voilà
tout. C'est le règne du féminisme, comme on dit
dans les journaux. (Tendant la main à Suzanne.) Plus
de rancune, alors?...

SUZANNE.

Plus la moindre.

LE VICOMTE.

La paix ?

SUZANNE.

La paix.

  (Entre Lebardin à gauche. Il est méconnaissable. Il est rasé, il a mis une jaquette neuve, il est très rajeuni.)

SCÈNE XIII

LES MÊMES, LEBARDIN.

LEBARDIN, *une lettre ouverte à la main, et à Suzanne.*

Voici, mademoiselle; vous pouvez lire.

SUZANNE, *le regardant et stupéfaite.*

Monsieur, je... *(A part.)* Mais ce n'est pas le même *(Haut.)* Monsieur Lebardin, n'est-ce pas ?

LEBARDIN.

C'est la lettre en question.

PAGENEL, *également stupéfait.*

Comment ! c'est toi !

LE VICOMTE, *même jeu.*

Ah ! ça, je ne vous reconnaissais pas, mon cher ami.

  (Il lui tend la main.)

LEBARDIN, *à Pagenel et au vicomte.*

Dites-moi, vous allez signer aussi ?

PAGENEL.

Signer quoi ?

LEBARDIN.

Ça.

PAGENEL.

Voyons *(Il lit.)* Ah ! ah ! mais pardon.

LEBARDIN.

C'est mademoiselle qui vous le demande.

SUZANNE.

Je vous en prie, monsieur.

PAGENEL.

Dans ce cas...

LE VICOMTE.

Je veux signer aussi, moi.

LEBARDIN

J'ai apporté une plume.
   (Pagenel signe.)

LE VICOMTE.

Où faut-il signer ? *(Il signe et en lisant.)* Bon, bon,
très bien rédigé.

LEBARDIN, *remettant la lettre à Suzanne.*

Prenez, mademoiselle.

SUZANNE.

Mille remerciements.

LEBARDIN, *au vicomte et à Pagenel.*

Vous savez que maintenant, le dimanche, le
bureau de poste reste ouvert jusqu'à trois heures
et demie. C'est superbe !

PAGENEL, *à Suzanne.*

Je suis sûr, mademoiselle, que c'est à vous que
nous le devons ?

SUZANNE.

En effet... Au revoir, messieurs.

PAGENEL.

Au revoir, mademoiselle.

LE VICOMTE.

Mademoiselle, j'ai bien l'honneur de vous saluer.

LEBARDIN.

Mademoiselle... par ici *(Il la reconduit et la salue
encore.)* Mademoiselle... Toutes mes amitiés à
madame Broquet.

SUZANNE.

Je n'y manquerai pas.

(Elle sort.)

SCÈNE XIV

LEBARDIN, PAGENEL, LE VICOMTE.

LE VICOMTE.

Bonne personne, bonne personne... Pas de rancune... Dites-moi, Lebardin, est-ce que vous avez vu madame Lureau, aujourd'hui.

LEBARDIN.

Elle est avec ces dames.

LE VICOMTE.

J'ai à lui parler très sérieusement. Est-ce que le docteur est là aussi?...

LEBARDIN.

Oui.

LE VICOMTE.

Ça se trouve à merveille. Nous allons arranger cette petite affaire en famille. Je veux bien me mésallier, mais au moins que ça ne me procure pas d'embêtements!

(Il sort, première porte.)

SCÈNE XV

LEBARDIN, PAGENEL.

PAGENEL.

Ce bon vicomte!

LEBARDIN, vivement.

Ah! mon ami.

PAGENEL.

Eh bien ! Qu'est-ce qu'il y a?

LEBARDIN.

Tu ne me trouves pas changé ?

PAGENEL.

C'est-à-dire que je ne te reconnaissais pas.

LEBARDIN.

Il m'arrive une de ces aventures !...

PAGENEL.

Il t'arrive quelque chose, à toi ?...

LEBARDIN, *baissant la voix.*

Je suis amoureux... Je suis amoureux follement!

PAGENEL.

Hein ! quoi ?

LEBARDIN.

Ressemble-t-elle assez à Louisette ! C'est Louisette à vingt ans !

PAGENEL.

Mais qui ?...

LEBARDIN.

Mademoiselle Borel... Suzanne Borel...

PAGENEL.

Comment ! c'est d'elle que tu es ?...

LEBARDIN.

Oui ! oui ! oui !

PAGENEL.

Ah ! par exemple !... Mais où diable prends-tu qu'elle ressemble à Louisette ?

LEBARDIN.

Tu ne trouves pas ?

PAGENEL.

Aucun rapport, mon cher ami. Seulement, comme tu as aimé Louisette et que tu aimes celle-

13

là, tu t'imagines qu'elles se ressemblent. Mais elles ne se ressemblent pas du tout. Mademoiselle Borel est cent fois mieux.

LEBARDIN.

Je l'adore, mon ami, je l'adore!

PAGENEL.

Voilà une histoire! Mais depuis quand?

LEBARDIN.

Depuis un quart d'heure. Quand je l'ai aperçue, j'ai senti un coup là, au creux de l'estomac.

PAGENEL.

Oui... Ça devrait prendre au cœur et ça prend au creux de l'estomac.

LEBARDIN.

Et depuis qu'elle est partie, j'ai là devant les yeux comme un brouillard où j'aperçois un peu encore sa figure, sa taille, les petits gestes délicats qu'elle fait... et j'ai dans l'oreille le son de sa voix, qu'elle m'a laissé en s'en allant. Enfin, moi, Lebardin, dont le nom dans tout le pays est synonyme de chasteté et de fidélité, je suis amoureux comme un fou de cette petite femme blonde!

PAGENEL.

Ce serait grave, si c'était vrai. Heureusement, ce n'est pas vrai...

LEBARDIN.

Je ne suis pas amoureux?

PAGENEL.

Non... Tu as simplement envie... Je vais te dire, moi, de quoi tu as envie... Tu as envie de faire une bonne débauche... Voilà...

LEBARDIN.

Quelle horreur!

PAGENEL.

Tu as vingt ans de fidélité, c'est tout ce que tu pouvais supporter ; moi, je n'ai pu supporter que six mois, chacun à sa mesure.

LEBARDIN.

Sais-tu bien que si je trompais ma femme, ce serait la première fois ?

PAGENEL.

Je t'envie.

LEBARDIN.

Rien que l'idée de la tromper me donne des remords d'avance.

PAGENEL.

Heureux homme ! Moi ça ne me fait plus rien.

LEBARDIN.

Et tiens ! je vais peut-être t'étonner... Il me semble que si je la trompais, je l'aimerais encore davantage.

PAGENEL.

Ta femme ?

LEBARDIN.

Oui, ma femme.

PAGENEL.

Mais certainement, tu l'aimerais davantage. C'est le côté moral de l'adultère du mari.

SCÈNE XVI

Les Mêmes, MADAME LEBARDIN.

MADAME LEBARDIN, entrant.

Là ! J'ai mon lièvre. (Regardant son mari.) Mais qu'est-ce que tu as de changé ?

LEBARDIN.

Rien ! J'ai mis ma jaquette neuve.

MADAME LEBARDIN.

Tu ne veux toujours pas écrire à Blanchet?

LEBARDIN.

Je n'ai pas eu le temps.

MADAME LEBARDIN.

Je t'assure que tu ne te conduis pas bien avec lui.

LEBARDIN, *réfléchissant.*

Oh!

MADAME LEBARDIN.

Quoi?

LEBARDIN.

Quelle heure est-il donc?

MADAME LEBARDIN.

Trois heures passées.

LEBARDIN, *regardant sa montre.*

Trois heures et quart... J'ai le temps.

MADAME LEBARDIN.

Le temps de quoi?

LEBARDIN.

De lui envoyer une dépêche. *(A part.)* Elle doit être encore là.

MADAME LEBARDIN.

Envoyer une dépêche à qui?

LEBARDIN.

Mais à Blanchet, pardi! A ce vieux Blanchet! un garçon que je n'ai pas vu, je ne sais depuis combien de temps.

MADAME LEBARDIN.

C'est pour ça que ce n'est vraiment pas la peine d'envoyer une dépêche. Une lettre suffira parfaitement.

LEBARDIN.

Mais non, mais non... Une simple lettre! Je n'aurais pas l'air d'y mettre de l'empressement.

MADAME LEBARDIN.

Depuis dix ans que tu ne penses pas à lui...

LEBARDIN.

Raison de plus.

MADAME LEBARDIN.

C'est absurde! D'abord aujourd'hui dimanche le télégraphe ferme à trois heures.

LEBARDIN.

Ah! ah! Tu crois encore que... Il ferme à trois heures et demie, le télégraphe... Demande à Pagenel, parfaitement, trois heures et demie, au lieu de trois heures : c'est joliment commode. Regarde un peu, j'aurais été obligé d'attendre jusqu'à demain. C'était du joli!

MADAME LEBARDIN, à *Pagenel.*

Il est fou.

LEBARDIN.

Qu'est-ce que Blanchet aurait pensé de moi? Je cours au bureau de poste.

MADAME LEBARDIN.

Oh!

LEBARDIN.

Je cours au bureau de poste! Trois heures vingt-deux... *(A part.)* Elle y sera encore.

(Il sort.)

SCÈNE XVII

PAGENEL, MADAME LEBARDIN.

MADAME LEBARDIN.

Vous qui êtes raisonnable... pouvez-vous m'expliquer?

PAGENEL.

Il ne faut pas faire attention, chère madame : Lebardin est un homme doué d'une grande sensibilité. Il aime beaucoup ses amis. Il me disait tout à l'heure : « Pourvu que Blanchet ne soit pas malade? »

MADAME LEBARDIN.

Vous m'avouerez que cela est étrange de ne pas se préoccuper de quelqu'un pendant dix ans, et puis tout d'un coup!...

PAGENEL.

C'est une question de sensibilité. Je vous le répète.

SCÈNE XVIII

Les Mêmes, LE VICOMTE, LE DOCTEUR, HERMANCE.

HERMANCE, riant au vicomte.

Ah! ah! ah! ne vous fâchez pas, voyons, ne vous fâchez pas.

LE VICOMTE.

Je ne suis pas content.

LE DOCTEUR.

Vous attachez trop d'importance, mon cher

vicomte. C'est moins que rien, malheureusement...

LE VICOMTE.

Comment! J'entends un bruit de baisers dans un bosquet du jardin... Je m'approche et qu'est-ce que je vois?

HERMANCE.

Ne dirait-on pas que vous avez vu des choses folles? Qu'est-ce que vous avez vu? Dites-le devant tout le monde...

PAGENEL.

Dites-le donc, je vous en prie.

LE VICOMTE.

J'ai vu le docteur qui tenait la main de madame entre les siennes et qui l'embrassait.

PAGENEL.

Ce n'est que ça?

LE VICOMTE, à *Hermance*.

C'est beaucoup trop. Moi, quand je veux vous embrasser la main, vous la retirez tout de suite. La situation est très désobligeante pour moi, je vous assure. Tout le monde dans le pays est convaincu que vous allez épouser monsieur.

LE DOCTEUR.

Monsieur, nous sommes donc fâchés?

LE VICOMTE.

Non, nous ne sommes pas fâchés pour ça. Tout le monde est convaincu que vous allez épouser ce cher docteur. D'un autre côté, moi, je vous ai demandé votre main, parce que je vous aime. Vous m'aviez donné l'espoir... Il faut nous décider à quelque chose.

LE DOCTEUR.

C'est justement ce que j'étais en train de dire à madame.

LE VICOMTE, *en lui baisant la main.*

Voyons, madame, répondez : avez-vous pris une résolution?

HERMANCE.

Oui.

LE VICOMTE.

Et laquelle?... Vous allez nous dire laquelle?

HERMANCE.

Je vais vous le dire!

LE VICOMTE.

Ecoutons.

HERMANCE.

Je ne sais pas encore, messieurs, si j'épouserai un de vous deux. Mais il y a une chose que je sais bien, c'est qu'il y a un de vous deux que je suis résolue d'ores et déjà à ne pas épouser.

LE VICOMTE.

Et qui donc?

HERMANCE, *désignant le docteur en riant.*

Monsieur.

LE DOCTEUR.

Merci. *(A part.)* Moi, je ne tiens pas au mariage.

LE VICOMTE.

Pourtant dans le pays...

HERMANCE.

Laissez jaser, mon cher vicomte, laissez.

LE VICOMTE.

Alors, c'est moi que vous épousez?

HERMANCE.

Je n'ai pas dit cela.

LE VICOMTE.

Je puis continuer à avoir de l'espoir?

HERMANCE.

Peut-être...

LE DOCTEUR.

Moi, hélas ! je n'en ai plus... *(A part.)* je n'ai plus qu'une certitude.

LE VICOMTE.

Dans ces conditions-là, je peux encore attendre un peu.

(Rentre Lebardin.)

SCÈNE XIX

Les Mêmes, LEBARDIN.

LEBARDIN.

Là, c'est fait... j'ai envoyé ma dépêche *(A Pagenel, bas.)* Je l'ai revue, mon ami, je l'ai revue... C'est une merveille !

LE DOCTEUR.

Tiens ! vous avez bonne mine ! Vous avez rajeuni depuis tout à l'heure.

HERMANCE.

En effet, mes compliments.

LEBARDIN, *allant à sa femme.*

La voici, ma bonne femme... La voici, ma bonne vieille... Heu...

(Il l'embrasse.)

MADAME LEBARDIN.

Qu'est-ce qui te prend ?

LEBARDIN.

Heu !

(Il l'embrasse encore.)

MADAME LEBARDIN.

Ah ! ça !...

LEBARDIN.

Je t'aime bien, tu sais, Augustine.

MADAME LEBARDIN.

Mais je l'espère.

LEBARDIN.

Je t'aime encore plus qu'hier... ma parole.

MADAME LEBARDIN.

Mais, à la fin, m'expliqueras-tu?

LEBARDIN.

Ce n'est pas la peine, tu ne comprendrais pas. *(A Pagenel.)* Tu as raison... on les aime mieux. *(A sa femme.)* Laisse-moi t'embrasser encore.

(Il l'embrasse vigoureusement.)

MADAME LEBARDIN.

Vous allez me dire pourquoi vous m'embrassez comme ça, ou bien nous nous fâcherons?

LEBARDIN.

Mais, je t'embrasse parce que ça me fait plaisir.

HERMANCE.

Voilà un bon mari.

LEBARDIN, à *Hermance.*

Si on ne peut plus embrasser sa femme, maintenant. *(A part.)* Je ne peux pourtant pas lui dire que j'ai envie de me rouler dans la débauche, n'est-ce pas?

ACTE II

Le bureau de poste de Pressigny-sur-Loire.

La scène est divisée en deux parties. A gauche, le couloir
du public communiquant avec la droite par des guichets. A
gauche, également, la cabine téléphonique. A droite, l'intérieur de la poste, le télégraphe, tables, chaises, etc.

SCÈNE PREMIÈRE

SUZANNE, RIRI, à droite, PAGENEL, à gauche.

*(Au lever du rideau, Suzanne timbre des lettres sur la
petite planchette du bureau de poste, le long de la cloison
qui sépare les deux parties de la scène. — Droite. —
Riri est en train de recevoir une dépêche et manipule
l'appareil télégraphique. On entend hors de scène des
accords plaqués, comme ceux que font les accordeurs de
piano. Ces accords cessent, puis reprennent de temps en
temps suivant les besoins de la scène. Après deux ou
trois coups de timbre, entre Pagenel dans la partie du
théâtre de gauche, le couloir.)*

PAGENEL, *s'avançant vers le premier guichet contre la rampe.*

Est-ce que le téléphone sera libre bientôt?

SUZANNE, *allant au guichet.*

Vous avez le numéro trois, monsieur Pagenel.

PAGENEL.

Dans un petit quart d'heure, alors? Je vais
revenir.

SUZANNE.

C'est ça.

(Suzanne retourne timbrer ses lettres. Entre le vicomte par le fond du couloir.)

SCÈNE II

PAGENEL, LE VICOMTE, *à gauche,*
SUZANNE *et* RIRI, *comme à la scène première.*

PAGENEL, *serrant la main du vicomte.*

Bonjour, mon cher ami.

LE VICOMTE, *montrant une lettre.*

Bonjour, Pagenel... Dites-moi, il n'est pas trop tard pour le courrier?

PAGENEL.

Vous avez tout le temps.

LE VICOMTE.

C'est que je voudrais bien que ma sœur reçût cette lettre demain matin.

PAGENEL, *baissant la voix.*

Cette lettre où vous lui annoncez votre mariage... avec la plus jolie personne de Pressigny, une veuve charmante.

LE VICOMTE.

Dame, oui, vous avez deviné.

PAGENEL.

Parbleu !

LE VICOMTE.

C'est amusant, parce que tout le monde dans le pays s'imagine qu'elle va épouser le docteur.

PAGENEL.

Oui, oui, c'est très amusant.

LE VICOMTE.

Et, demain matin, par la publication des bans, on apprendra que c'est moi... J'ai déjà commandé les billets de faire-part. Seulement, figurez-vous, j'avais complètement oublié de prévenir ma famille.

PAGENEL.

Vous avez le temps jusqu'à six heures dix.

LE VICOMTE.

Elle ne sera pas très contente, ma famille, de me voir épouser une simple bourgeoise! Enfin, l'important est d'être heureux. Mais, voilà... Serai-je heureux en mariage? Ne le serai-je pas?

PAGENEL.

Vous ne tarderez pas à vous en apercevoir.

LE VICOMTE.

Moi, je crois que je le serai.

PAGENEL.

Moi aussi... à bientôt.

(Il lui serre la main et sort.)

SCÈNE III

Les Mêmes, *moins* PAGENEL.

LE VICOMTE, *s'approchant du premier guichet.*

Bonjour, mademoiselle.

SUZANNE, *allant vivement au guichet.*

Bonjour, monsieur le vicomte.

LE VICOMTE, *passant un peu la tête.*

Vous allez bien, aujourd'hui?

SUZANNE.

A merveille, et vous-même?

LE VICOMTE.

Parfaitement, je vous remercie.

SUZANNE.

Nous disons un timbre à quinze. Voici.
(Elle le lui donne.)

LE VICOMTE, *en cachetant sa lettre.*

Il n'est pas venu un paquet pour moi?

SUZANNE.

Quel genre de paquet? Un colis postal?

LE VICOMTE.

Je crois, oui...

SUZANNE.

Les colis postaux arrivent un peu plus tard...
Dès que j'aurai le vôtre, je tâcherai de vous l'envoyer tout de suite.

LE VICOMTE.

Non, je le prendrai en rentrant; gardez-le-moi,
vous serez bien aimable... *(Tendant la lettre.)* Elle
partira ce soir, hein?

SUZANNE, *la prenant et la regardant.*

Pour Paris, soyez tranquille.

*(Elle est à ce moment penchée sur le guichet, de
manière que les deux têtes du vicomte et de Suzanne
soient à la même hauteur. Suzanne, en regardant l'adresse
de la lettre, se met à rire légèrement.)*

LE VICOMTE.

De quoi riez-vous, hein?

SUZANNE.

Je ne ris pas.

LE VICOMTE.

Si, vous avez ri... Dites-moi de quoi vous
avez ri?

SUZANNE.

De rien... de rien... je vous demande pardon.

LE VICOMTE.

Si, vous avez ri de quelque chose: vous êtes trop intelligente pour rire de rien... Dites-le-moi, ça me fera plaisir... Autrement, je croirai que vous m'en voulez encore, depuis un mois que j'ai fait la petite gaffe, vous savez?

SUZANNE.

Oh! quelle idée!

LE VICOMTE.

Voyons?

SUZANNE.

Vous ne vous fâcherez pas?

LE VICOMTE.

Pourquoi, voulez-vous?...

SUZANNE.

Eh bien! c'est... *(S'arrêtant.)* Vraiment, vous ne vous fâcherez pas?

LE VICOMTE.

Jamais je ne me fâche, j'ai un très bon caractère.

SUZANNE, *désignant du doigt l'enveloppe de la lettre.*

C'est de ça...

LE VICOMTE.

De ça? Tiens, pourquoi?

SUZANNE.

Si c'était la première fois, je me dirais... C'est une distraction. Mais voilà plusieurs fois que je le remarque.

LE VICOMTE.

Qu'est-ce que vous remarquez?

SUZANNE, *lisant.*

Tenez... là... *(Avec son doigt.)* rue Galilée.

LE VICOMTE.

Eh bien ?

SUZANNE.

Vous écrivez, Galilée *lé*..

LE VICOMTE.

Comment doit-on écrire ?

SUZANNE.

Lée ; jusqu'à présent, on a écrit *lée,* mais au fond, ça n'a aucune importance... C'est moi qui suis une sotte...

LE VICOMTE.

Mais non, mais non... J'ai fait une faute d'orthographe, sûr... ça m'arrive continuellement... Parbleu ! Galilée... *lée,* je m'en souviens, maintenant, vous avez mille fois raison. C'était un savant?

SUZANNE.

Oui, un astronome, un astronome italien.

LE VICOMTE.

Ah ! ah !

SUZANNE.

C'est lui qui a dit... Vous ne vous rappelez pas?

LE VICOMTE.

Non, qu'est-ce qu'il a dit?

SUZANNE

E pur si muovo.

LE VICOMTE.

Ah ! ah !

SUZANNE.

Et pourtant, elle tourne.

LE VICOMTE.

Ah ! parfaitement... elle tourne. De qui voulait-il parler déjà?

SUZANNE, *faisant un rond dans l'air avec le doigt.*

De la terre.

LE VICOMTE.

Ah! oui... Ma parole, on finit par être d'une ignorance. D'ailleurs, moi, il faut me rendre cette justice, j'ai toujours été très ignorant.

SUZANNE.

Oh! vous avez un peu oublié, voilà tout. Ce n'est pas grave.

LE VICOMTE.

Figurez-vous que je ne suis pas bachelier.

SUZANNE, *riant.*

Vous n'êtes pas bachelier !

LE VICOMTE, *riant aussi.*

Non.

SUZANNE.

Vous avez été recalé?

LE VICOMTE.

Pas même...

SUZANNE.

Vous ne vous êtes pas présenté?

LE VICOMTE,

Justement. C'est l'examinateur, un ami de ma famille, qui me l'avait conseillé. Il m'avait dit : « Ne vous présentez pas, ce sera navrant. » Et, ma foi, j'ai suivi son conseil. Alors, je reviens chercher mon colis postal.

SUZANNE.

C'est entendu.

LE VICOMTE, *passant la main à travers le guichet.*

Au revoir, mademoiselle.

SUZANNE.

Au revoir, monsieur le vicomte.

LE VICOMTE, *à Riri, au fond.*

Bonjour, mademoiselle Riri.

14

RIRI, *se retournant.*

Votre servante, monsieur le vicomte.
(Sort le vicomte.)

SCÈNE IV

SUZANNE, RIRI, *puis* LE FACTEUR.

SUZANNE, à *Riri, gaiement.*

Il n'est pas même bachelier, ma chère ! *(Entre
le facteur. Suzanne remettant la dernière lettre au facteur.)*
Tenez, Ronju.

LE FACTEUR.

C'est tout, mademoiselle ?

SUZANNE.

Oui... Oh ! voici encore un prospectus pour
madame Lebardin.

RIRI, *se retournant.*

Si vous voyez monsieur Lebardin, vous pouvez
lui dire que je reçois un télégramme pour lui.

LE FACTEUR.

Bien, mademoiselle.

SUZANNE.

Dépêchez-vous maintenant... *(Regardant la grande
horloge du bureau.)* Je ne veux pas de retard.

LE FACTEUR.

N'ayez pas peur, mademoiselle... mais on se
donne du mal... autrefois il n'y avait qu'une distribution à Pressigny ; maintenant, il y en a deux.

SUZANNE.

Grâce à moi... Il était absurde que dans un
bourg de deux mille habitants il n'y eût qu'une
distribution par jour. D'ailleurs, tout le monde

réclamait cette réforme, j'espère qu'elle a été bien accueillie.

LE FACTEUR.

Oh! vous savez, bien par les uns, mal par les autres.

SUZANNE.

Comment, il y a des gens qui ne sont pas contents?

LE FACTEUR.

Il y a des gens qui ne sont jamais contents. Ils réclament des réformes, et puis, quand ils les ont obtenues, ça les embête, ça change leurs habitudes. Par exemple, avant, on recevait les journaux de Paris le lendemain matin, on les lisait à déjeuner; aujourd'hui, on les reçoit à cinq heures de l'après-midi... .

SUZANNE.

On les lit au dîner...

LE FACTEUR.

Oui, mais ça dérange les habitudes et ça fait des mécontents. Il y a des messieurs qui n'aiment pas à avoir les nouvelles trop tôt.

RIRI, *tout en transcrivant le télégramme.*

Quelle boîte, ce pays!...

LE FACTEUR, *désignant la cabine téléphonique.*

C'est comme pour le téléphone...

SUZANNE.

Sans moi, ils ne l'auraient eu que l'année prochaine, le téléphone, et encore...

LE FACTEUR, *en rangeant les lettres de la journée dans sa boîte.*

Évidemment... évidemment... mais c'est encore es histoires qui font jaser... Quand on voit mon-

sieur Pagenel venir téléphoner à Paris tous les
samedis à la même heure...

RIRI.

A cinq heures. Il sera ici dans un quart d'heure...

LE FACTEUR.

Eh bien! si vous croyez que ça ne fait pas
jaser... On se demande à qui il peut téléphoner
toutes les semaines.

RIRI.

Il téléphone à la petite 515-48, rue de Prony.

SUZANNE.

Riri, je vous prie de vous taire. *(Au facteur :)*
Mais alors, dites-moi, je ne dois pas être très bien
vue à Pressigny?

LE FACTEUR.

Si... si... on vous rend justice, mademoiselle,
on vous trouve très aimable. Seulement...

SUZANNE.

Ah! ah!

LE FACTEUR.

Oh! ce n'est rien...

SUZANNE, *de très bonne humeur.*

Qu'est-ce qu'on me reproche? Je serais curieuse...

LE FACTEUR.

Des bêtises... pas autre chose que des bêtises...

SUZANNE.

Dites toujours.

LE FACTEUR.

On trouve un peu étonnant...

SUZANNE.

Allez donc...

LE FACTEUR, *se retournant du côté de droite où l'on entend un accord.*

On trouve un peu étonnant qu'une receveuse des postes joue du piano.

RIRI.

Ça! elle est bonne!

SUZANNE.

Justement, on est en train de l'accorder.

LE FACTEUR.

Madame Broquet n'en avait pas... de piano... Alors on se demande pourquoi vous en avez un.

SUZANNE.

Elle était sourde, madame Broquet : on n'exige pas de moi que je sois sourde, au moins?

LE FACTEUR.

Et puis... il y a encore... les... portraits...

SUZANNE.

Quels portraits?

LE FACTEUR.

Ceux que fait mademoiselle.

SUZANNE, à *Riri.*

Oh! oui... Figure-toi que dimanche dernier je suis allée dessiner le pont... Il y avait vingt gamins autour de moi.

LE FACTEUR.

On l'a répété... Alors, vous comprenez ! Le piano, le dessin, tout ça, ça intrigue... Je m'en vas.

RIRI.

Dites-nous les potins du pays avant de partir.

LE FACTEUR, *s'arrêtant sur le seuil de la porte du fond.*

Il y a l'histoire de la femme du percepteur, qui a fait venir des chemises de Paris; il y a le cousin du notaire qui est en faillite... Il y a eu hier soir le dîner chez monsieur Barbier, le mar-

chand de grains, où tout le monde était dans un
état !.. Et puis, ce matin, j'ai rencontré madame
Lureau, la jeune veuve, avec le docteur dans son
tilbury.

SUZANNE.

Un mariage qui se prépare... Elle qui veut être
princesse, ce ne sera pas pour cette fois-ci.

LE FACTEUR.

C'est peut-être un mariage, c'est peut-être autre
chose.. On ne sait pas. A tantôt, mesdemoiselles.

(Il sort.)

SCÈNE V

SUZANNE, RIRI, à droite.

RIRI.

Quels idiots, tous ces gens-là !

SUZANNE.

Il sont très gentils, mais ils ont les mœurs de
la province... Moi, ils m'amusent beaucoup.

RIRI.

Vous en avez un de caractère !

SUZANNE.

Tu regrettes donc de m'avoir accompagnée?

RIRI.

Non, parce que je vous aime bien... Mais, avouez
que le bureau de poste de la rue Lafayette était
plus rigolo que celui-ci... Seulement, voilà, vous
étiez simple employée; vous avez préféré être
receveuse,

SUZANNE.

Je vous ai rendu service, Riri, vous le reconnaîtrez un jour.

RIRI.

Oh !

SUZANNE.

A Paris, vous auriez fini par mal tourner.

RIRI.

Bah !

SUZANNE.

Le bureau était toujours encombré de petits jeunes gens qui couraient après vous... Mademoiselle Riri, est-elle encore là ?... Mademoiselle Riri, s'il vous plaît?... Car on ne vous appelait même plus Henriette, on vous appelait Riri... C'est bien là le nom d'une petite bête effrontée.

RIRI.

Merci.

SUZANNE.

Il était temps de vous arracher à ces fréquentations, Riri, je vous assure qu'il n'était que temps. J'espère qu'en province, vous allez mieux vous conduire.

RIRI, *souriant*.

On tâchera... *(Achevant de transcrire le télégramme.)* Là... le voici le télégramme pour monsieur Lebardin... C'est inouï, ce qu'il en envoie et ce qu'il en reçoit depuis quelque temps... Il est toujours fourré ici... Et il télégraphie toujours au même monsieur... « Comment vas-tu aujourd'hui », ou « quel temps fait-il à Paris ?... » Si c'est la peine de télégraphier pour ça... D'ailleurs, je crois qu'il en a assez le monsieur. Savez-vous ce qu'il lui répond, aujourd'hui, à monsieur Lebardin ! *(Prenant le papier bleu.)* « Tu m'embêtes à la fin, je ne te répondrai plus. Amitiés, Blanchet. » C'est bien fait. Voici ces messieurs.

SCÈNE VI

Les Mêmes, PAGENEL et LEBARDIN, à gauche.

PAGENEL, par le guichet.

Auriez-vous la complaisance, mademoiselle, de me donner le 515-48?

SUZANNE.

Oui, monsieur, j'y vais. (Elle sort du bureau de poste, partie de droite et va à la cabine téléphonique, à gauche.)

PAGENEL.

La ligne est libre?

SUZANNE.

Elle doit l'être, monsieur, je pense.

LEBARDIN, la saluant.

Votre santé est bonne, mademoiselle?

SUZANNE.

Excellente, monsieur, je vous remercie. A propos, il y a une dépêche pour vous.

LEBARDIN.

Une dépêche de Blanchet, probablement.

SUZANNE.

En effet. Voulez-vous la prendre?

LEBARDIN.

Ce n'est pas la peine. Je sais ce qu'il y a dedans. Soyez assez aimable pour la faire porter chez moi.

SUZANNE.

Bien.

LEBARDIN

Au revoir, mademoiselle.

SUZANNE.

Au revoir, monsieur.

LEBARDIN, à *Pagenel.*

Crois-tu qu'elle est jolie !...

SUZANNE, *dans la cabine.*

Allô! Allô ! Paris! Allô!

LEBARDIN.

Tout à fait Louisette.

PAGENEL.

Et elle ne fait pas attention à toi.

LEBARDIN.

Tout à fait Louisette.

PAGENEL.

Tu es absurde... Cette petite femme-là n'est pas pour toi, tu as tort de t'acharner.

LEBARDIN

Je sais bien qu'elle n'est pas pour moi.

SUZANNE.

Allô Paris!

PAGENEL, à *Lebardin.*

Alors ?...

LEBARDIN.

Il n'y a pas à discuter avec ces choses-là. Il m'arrive aujourd'hui exactement la même aventure qu'il y a vingt ans, avec un autre genre de femme.

SUZANNE.

Allô, Paris, allô! Mademoiselle, donnez-moi le 515-48, deux fois quatre, oui, deux fois quatre.

PAGENEL, à *Lebardin.*

Lui as-tu parlé au moins?... As-tu essayé de lui faire comprendre?...

LEBARDIN.

Je n'ai rien essayé du tout. A quoi ça me servirait-il?

PAGENEL.

Au fond, tu te trompes peut-être sur ton cas... Il est bien connu, ton cas... Tu ne désires pas une femme plutôt qu'une autre, tu désires une femme, n'importe laquelle. Tu es le chérubin de quarante-cinq ans.

LEBARDIN.

Tu me fais de la peine... Tu es un être sans idéal...

PAGENEL.

A ta place... J'irais à Paris... Nous irons ensemble la semaine prochaine, si tu veux... et nous ferons une de ces petites fêtes qui nettoient l'imagination. Voilà ce dont tu as besoin... Après quoi, tu rentreras à Pressigny et tu seras tranquille pour le reste de tes jours.

(Sonnerie.)

SUZANNE, sortant.

Vous avez la communication, monsieur.

PAGENEL.

Bon. Merci.

(Il entre dans la cabine.)

LEBARDIN, à Suzanne, qui passe près de lui.

Mademoiselle...

SUZANNE.

Monsieur...

LEBARDIN.

Votre santé... est bonne?

SUZANNE.

Mais oui, monsieur... elle continue à être excellente... Vous êtes trop aimable. (Elle rentre dans le bureau de poste par la porte du milieu. A part.) Qu'est-ce qu'il a donc?

LEBARDIN, *à part.*

A-t-elle compris que je l'adore? Ce n'est pas probable!

PAGENEL, *entr'ouvrant la cabine à Lebardin.*

Viens donc que je te présente.

LEBARDIN.

A qui?

PAGENEL.

A Delphine... Elle est justement avec une de ses amies... *(Au téléphone.)* Oui, mesdames, je vous l'amène... *(A Lebardin.)* Approche-toi de l'appareil. *(Il cède la place à Lebardin.)* Dis quelque chose d'aimable.

LEBARDIN.

Je veux bien... Il me semble que je vais tromper un peu ma femme... *(A l'appareil.)* Oui, oui... C'est moi, Lebardin. Enchanté de faire votre connaissance!... Je crois bien, qu'on se verra... mais je ne sais pas quand... Sera-ce cette année?... Sera-ce l'année prochaine? Oui... oui... je n'y manquerai pas... Au revoir, mesdames, au revoir... *(Il cède l'appareil à Pagenel.)* Tiens!...

PAGENEL, *à l'appareil, parlant à Paris.*

N'est-ce pas?... Et très riche, avec ça, extrêmement riche, par-dessus le marché... Oui. *(A Lebardin, se retournant.)* Elles te trouvent charmant.

LEBARDIN, *se retournant vers le fond.*

Ne fais plus de blagues, voilà ma femme.

PAGENEL, *quittant l'appareil téléphonique et à Suzanne.*

J'ai terminé, mademoiselle.

SUZANNE.

Bien, monsieur... *(Regardant l'heure.)* Deux francs.

PAGENEL.

Voici, mademoiselle.

SCÈNE VII

Les Mêmes, MADAME LEBARDIN.

MADAME LEBARDIN.

Qu'est-ce que tu fais là?

LEBARDIN.

J'ai accompagné Pagenel qui avait à téléphoner au Ministère. Et puis je vais envoyer une dépêche à Blanchet.

MADAME LEBARDIN.

Encore !

LEBARDIN.

Pour l'inviter dimanche à déjeuner.

MADAME LEBARDIN, *soupçonneuse*.

Il y a quelque histoire là-dessous.

LEBARDIN.

·Oh !

MADAME LEBARDIN, *prenant à part Lebardin*.

Je vous préviens que si vous avez l'aplomb de faire la cour à la petite buraliste, comme tout l'indique... taisez-vous, comme tout l'indique, cela ne se passera pas ainsi.

LEBARDIN.

Peux-tu croire ?

MADAME LEBARDIN.

Je crois ce que je veux. Je n'ai aucune confiance dans cette demoiselle.

LEBARDIN, *riant*.

Tu ne t'imagines pas à quel point... *(Appelant.)* Pagenel ?

PAGENEL.

Quoi ?

LEBARDIN.

C'est très drôle, figure-toi... Ma femme qui s'imagine?...

PAGENEL.

Eh bien?

LEBARDIN.

Ma femme qui s'imagine que nous venons faire la cour à mademoiselle Borel.

PAGENEL.

Oh!

MADAME LEBARDIN.

Je n'ai pas dit, monsieur Pagenel, j'ai dit : vous...

PAGENEL.

Je vous assure... que mademoiselle Borel est une très honnête personne sur laquelle il n'y a rien à dire.

MADAME LEBARDIN.

Laissez-moi rire... hein? Mademoiselle Borel est très honnête pour le moment, c'est possible. Mais rappelez-vous ce que je vous dis, elle est de la graine dont on fait les cocottes. Que demain, il se trouve un imbécile pour lui offrir une situation et vous verrez ce qu'elle deviendra, l'honnêteté de mademoiselle Borel.

LEBARDIN, à part.

Oh! quelle idée! (A madame Lebardin.) Tiens! toi, tu es tout de même une bonne femme.

(Il l'embrasse.)

MADAME LEBARDIN.

Ah! ça, qu'est-ce qui te prend? Qu'est-ce que tu as?

LEBARDIN.

Rien. Tu ne comprendrais pas.

MADAME LEBARDIN.

Enfin, écrivez-vous votre dépêche?

LEBARDIN.

Oui, tu m'attends?

MADAME LEBARDIN.

Non, j'ai une visite à faire à madame Herbelin.

LEBARDIN.

Eh bien! c'est ça, va chez madame Herbelin, je t'y retrouverai. *(L'embrassant.)* Augustine, tu sais, je t'aime bien.

MADAME LEBARDIN.

Mais je l'espère... Au revoir, Pagenel.

(Elle sort.)

SCÈNE VIII

LEBARDIN, PAGENEL.

PAGENEL, *surpris.*

Ah! ça! qu'est-ce que tu as?

LEBARDIN.

Ah! mon ami, une idée, une idée merveilleuse!

PAGENEL.

Tu as une idée, toi?

LEBARDIN.

Non, pas moi : c'est ma femme qui l'a eue.

PAGENEL.

A propos de quoi?

LEBARDIN.

A propos de mademoiselle Borel. Tu as entendu ce qu'elle a dit : « Que demain il se présente un imbécile pour lui offrir une situation... »

PAGENEL.

Tiens! tiens! En effet, pourquoi ne te présenterais-tu pas?

LEBARDIN.

Justement! Pourquoi ne me présenterais-je pas? *(Très résolu.)* Alors, je me décide!

PAGENEL.

Tu as raison, morbleu! de la décision!

LEBARDIN.

Tu vas voir, si j'en ai de la décision, et pour commencer je vais lui écrire.

PAGENEL.

C'est ça.

LEBARDIN, *le bousculant.*

Et tout de suite! va-t'en.

PAGENEL, *ébahi.*

Hein!

LEBARDIN.

Va-t'en!

PAGENEL, *l'admirant.*

Ecoute, mon vieux, tu es superbe!

LEBARDIN.

Va-t'en!

PAGENEL.

Oui! mais tu me raconteras...

(Il sort.)

SCÈNE IX

LEBARDIN, *seul, à gauche,* SUZANNE,
RIRI, *à droite.*

LEBARDIN.

Je crois bien que je vais lui écrire! je ne peux pas rester dans cet état-là, je deviendrais enragé. Au moins, comme ça, je saurai. Je saurai même tout de suite... *(Il écrit, puis s'arrêtant.)* Elle va me flanquer à la porte... évidemment... *(Se remettant à écrire.)* « *Mademoiselle Suzanne Borel, Pressigny, Poste restante : Amour ardent pour vous. Ferez de moi ce que vous voudrez. Vous offre situation à Paris, bijoux, appartement délicieux. Avenir assuré. Répondez immédiatement, vous en sup-plie...* » *(Parlé.)* Je crois que ce n'est pas la peine de signer... *(Il relit le télégramme.)* Oui, c'est très bien... Maintenant, faut-il le jeter au panier? Faut-il le lui remettre?... Tant pis! il faut... *(S'avançant au guichet.)* Mademoiselle?...

SUZANNE.

Monsieur?

LEBARDIN.

Un télégramme. *(Il hésite à le lui donner.)*

SUZANNE.

Donnez.

LEBARDIN, *timidement.*

C'est un télégramme.

SUZANNE.

Mais je le vois bien... *(Elle lire le papier de l'autre côté du guichet, et se met à compter les mots avec une plume, comme on fait dans les bureaux de poste : six, sept.)* Mais... *(Elle a compté machinalement et sans lire. — Peu à peu, elle déchiffre. — Puis elle recommence et lit à mi-voix.)* Ah! ça... mais... Mademoiselle Suzanne Borel... mais c'est moi! Poste restante... Comment! il m'envoie?... Oh!

LEBARDIN, *de l'autre côté.*

Qu'est-ce qu'elle va faire, mon Dieu, qu'est-ce qu'elle va faire?

SUZANNE.

Oh! oh! oh!

LEBARDIN, *balbutiant, au guichet.*

Mademoiselle...

SUZANNE.

Monsieur?

LEBARDIN.

Est-ce que vous avez pris connaissance du télégramme ?

SUZANNE.

Parfaitement ?

LEBARDIN.

Et alors ?

SUZANNE, *recomptant les mots.*

Cinquante-trois... cinquante-quatre.

LEBARDIN, *répétant.*

Et alors ?

SUZANNE, *froidement.*

C'est deux francs soixante-dix, monsieur.

LEBARDIN.

Vous dites ?...

SUZANNE.

Je dis que c'est deux francs soixante-dix.

LEBARDIN, *ahuri,*

Voici, mademoiselle, voici... *(Il dépose de la monnaie sur la planchette.)* Au revoir, mademoiselle.

SUZANNE.

Je vous salue, monsieur.

LEBARDIN, *seul à gauche.*

Qu'est-ce que ça signifie ça ? Qu'est-ce que ça peut bien signifier ? Il faut que je lui parle, je vais passer par la petite porte.

(Il sort par le fond.)

SCÈNE X

SUZANNE, RIRI.

SUZANNE, *très gaie.*

Ah ! ah ! non, c'est trop drôle !

15

RIRI, *riant.*

Quoi?

SUZANNE.

Ah! ah! C'est... Lis!...

RIRI.

Voyons un peu : Mademoiselle Suzanne...
(Etonnée.) Qui vous écrit ça?...

SUZANNE.

Monsieur Lebardin.

RIRI.

Il vous envoie une dépêche?

SUZANNE.

Mais lis donc!...

RIRI, *lisant.*

« *Amour... etc... situation.* » *(Arrivée à la fin.)*
Ah! elle est bonne! Et qu'est-ce que vous avez
répondu?

SUZANNE.

Je lui ai demandé les deux francs soixante-dix
du télégramme. Voilà ce que je lui ai répondu.

RIRI.

Il a dû en faire une tête!

SUZANNE.

Ça, oui... *(Riant.)* Tiens! Au fait, qu'est-ce que
je vais en faire de ces deux francs soixante-dix!
(Paraît un militaire au guichet.) Vous désirez?

LE MILITAIRE.

Toucher un mandat de cent sous, mademoiselle.

SUZANNE.

Donnez... Bien! — Signez l'acquit.

LE MILITAIRE, *signant.*

Voilà, mademoiselle.

SUZANNE.

Voici vos cent sous...

(Elle prend dans son tiroir une pièce de cinq francs et la lui donne.)

LE MILITAIRE.

Merci, mademoiselle.

(Il s'éloigne.)

SUZANNE, *le rappelant.*

Eh ! militaire !

LE MILITAIRE.

Mademoiselle ?

SUZANNE.

Vous oubliez ça...

(Elle lui donne les deux francs soixante-dix de Lebardin.)

LE MILITAIRE.

Qu'est-ce que c'est ?

SUZANNE.

Vous voyez, c'est deux francs soixante-dix.

LE MILITAIRE.

J'ai déjà mes cent sous.

SUZANNE.

Il faut prendre ça aussi... Oui... c'est comme ça... Maintenant, chaque fois qu'un militaire viendra toucher un mandat de cent sous, on lui donnera deux francs soixante-dix en plus.

LE MILITAIRE.

C'est joliment commode.

SUZANNE.

C'est une des dernières réformes du ministre de la Guerre.

LE MILITAIRE.

On peut dire que ça en est une... de réforme, ça.., et une vraie... Au revoir, mademoiselle... A la prochaine fois.

(Il s'en va.)

RIRI, *riant.*

Ah! ah! ello est bonne! (*Voyant Lebardin qui entre par la porte du fond.*) Je me sauve !

SUZANNE, *à Lebardin.*

Comment, vous, monsieur?

SCÈNE XI

SUZANNE, LEBARDIN.

LEBARDIN.

Ecoutez-moi, je vous prie !

SUZANNE.

Non, monsieur! Veuillez sortir !

LEBARDIN.

Ecoutez-moi, je vous en supplie.

SUZANNE.

Veuillez sortir.

LEBARDIN.

Écoutez-moi d'abord, nom d'un chien! Je vous en supplie, écoutez-moi. Je vais aller à Paris vous installer. Ne vous fâchez pas. Ne vous fâchez pas avant de savoir. Je vais aller à Paris vous installer, et quand vous serez installée, vous ferez ce qu'il vous plaira. Vous me recevrez si ça vous convient. Si ça ne vous convient pas de me recevoir, vous me mettrez à la porte. D'ailleurs, je n'irai pas vous voir souvent. Je n'irai presque jamais. Vous comprenez, je ne suis pas libre. Vous, vous serez libre. Vous ne pouvez pas refuser ça. Vous n'êtes pas faite pour être fonctionnaire. Vous n'avez aucun avenir ici, aucun. Il vous arrivera des tas de désagréments. Receveuse des Postes, est-ce que c'est une situation pour une

femme comme vous? Réfléchissez. Je vous adore,
et je ne vous demanderai rien en échange...
Rien... rien!... Maintenant, je sors... je sors...
Réfléchissez!

SCÈNE XII

SUZANNE, *seule, puis* RIRI.

SUZANNE, *seule*.

Eh bien! il en a, du toupet. *(A Riri qui entre.)* Tu
as entendu?

RIRI.

Oui... j'ai entendu... Et moi... à votre place.

SUZANNE.

A ma place...

RIRI.

Eh bien! à votre place, je sais bien ce que je
ferais, moi!

SUZANNE.

Et que ferais-tu?

RIRI.

Moi?

SUZANNE.

Oui...

RIRI.

J'accepterais.

SUZANNE, *indignée*.

Oh!

RIRI.

Parfaitement, j'accepterais.

SUZANNE.

Mais tu perds la tête, n'est-ce pas?

RIRI.

Il a raison, monsieur Lebardin. Vous ne pourrez
jamais rester ici.

SUZANNE.

Je te prie de te taire!

RIRI.

Vous verrez, vous verrez... Je sais ce que je dis.

SUZANNE.

En voilà assez, Riri. Vous n'avez aucune espèce de moralité. Et je vous prie, vous entendez, je vous prie de ne plus jamais me parler de ça. Maintenant, occupons-nous de notre ouvrage... (Prenant le télégramme.) D'abord, envoyons sa dépêche à ce monsieur, puisqu'il n'a pas voulu la prendre. Où est le gamin qui porte les dépêches?

RIRI.

Auguste? Il doit être en courses... Ah! le voici.

SCÈNE XIII

Les Mêmes, AUGUSTE.

SUZANNE.

Tenez, petit, ce télégramme à monsieur Le-bardin.

AUGUSTE.

Bien, mademoiselle.

SUZANNE.

Ne flânez pas en route, n'est-ce pas?

AUGUSTE.

Jamais, mademoiselle.
(Il va vers le fond.)

SUZANNE, sur un dernier accord qu'on entend à côté.

Je vais voir si l'accordeur a fini.
(Elle sort par la droite.)

SCÈNE XIV

RIRI, puis AUGUSTE.

(Dès que Suzanne est sortie, Auguste rouvre la porte vivement et se précipite vers Riri.)

AUGUSTE.

Oh! ma Riri!
(Il l'embrasse).

RIRI.

Voulez-vous bien vous en aller.

AUGUSTE.

Tu viendras ce soir, alors, pas?

RIRI.

Peut-être.

AUGUSTE.

Dans la grange du père Fouat?

RIRI.

Oui... oui... mais partez!...

AUGUSTE, *l'embrassant encore.*

Oh! ma Riri.
(Rentre Suzanne.)

SCÈNE XV

LES MÊMES, SUZANNE.

SUZANNE, *les apercevant dans les bras l'un de l'autre.*

Oh!
(Auguste sort vivement.)

RIRI.

Là!... J'étais sûre que nous finirions par être
pincés.

SCÈNE XVI

SUZANNE, RIRI.

SUZANNE.

Mademoiselle, vous déshonorez l'administration des postes.

RIRI.

C'est ce gamin...

SUZANNE.

Comment! vous n'êtes ici que depuis un mois...

RIRI.

Ce n'est pas de ma faute, il m'embrassait de force.

SUZANNE.

De force! Vous appelez ça de force! Regardez-moi donc en face... Vous riez? Oh! il y a bien de quoi? Vous me mettez dans une jolie situation. Il m'est impossible de garder Auguste.

RIRI

Oh !

SUZANNE.

Ça retomberait sur moi.

RIRI.

Mais personne ne sait rien.

SUZANNE.

On finira par vous pincer comme je viens de le faire.

RIRI.

C'est impossible, nous allons dans la grange du père Fouat.

SUZANNE.

Vous avez l'audace d'aller dans une grange, tous les deux seuls !

RIRI.

Dame !

SUZANNE.

C'est trop fort. Et à quelle heure ?

RIRI.

Le soir... tous les soirs.

SUZANNE.

Et depuis quand, petite malheureuse ?

RIRI.

Depuis lundi... On avait dansé ensemble dimanche, au bal. Il m'avait embrassée tout le temps,
et alors, après le bal, en rentrant...

SUZANNE.

Vous êtes allés dans la grange ?

RIRI.

Non... parce qu'il y avait déjà quelqu'un.

SUZANNE, *indignée.*

Oh !

RIRI, *tranquillement.*

On est resté sur la route.

SUZANNE.

Vous êtes révoltante, Riri, je vous assure ; vous
êtes abominable... (*Avec une certaine curiosité.*) Alors,
Auguste est votre amant ?

RIRI.

Oh ! ça, oui.

SUZANNE.

C'est le premier, j'espère ?

RIRI.

A peu près.

SUZANNE.

Et vous allez vous marier, au moins?

RIRI.

Avec qui ?

SUZANNE.

Avec Auguste.

RIRI, *très sincère.*

Pour quoi faire, maintenant ?

SUZANNE.

Tenez, je n'insiste pas, vous êtes d'une inconscience qui désarme. Vous n'avez pas l'ombre de
dignité et vous compromettez votre carrière.

RIRI.

Ma chère, quand ce sera votre tour d'être
amoureuse, nous verrons ce que vous ferez.

SUZANNE.

Si jamais je suis amoureuse, ce sera d'un homme
de ma condition, vous entendez, d'un garçon
intelligent et instruit, qui sera mon égal, et que
je pourrai épouser.

RIRI.

Vous me faites rire, vous aussi, avec vos idées.
Est-ce que vous le savez, de qui vous serez amoureuse ? Non, ma chère, vous ne le savez pas. Ce
sera peut-être d'un paysan, comme Auguste, ou
d'un prince... Ce sera peut-être ce soir, ce sera
peut-être dans dix ans, mais oui ! Vous êtes comme
les camarades. On ne vous enverra pas une dépêche
la veille pour vous prévenir. Et un beau matin,
en vous réveillant, vous vous apercevrez que vous
êtes amoureuse. Ça vous sera venu pendant la nuit.

SUZANNE, *riant.*

Oh ! oh !

RIRI.

Il n'y a pas de oh ! oh ! Et ce phénomène sera
probablement visible plus tôt que vous ne pensez...

(Avec intention, chantonnant.) Tra, là, là, là, là, là...
Tra... là, là, là!

SUZANNE.

Qu'est-ce que ça veut dire?

RIRI, *se rapprochant.*

Ça veut dire que vous qui faites la maline, vous
serez folle de quelqu'un avant huit jours.

SUZANNE, *très sincèrement stupéfaite.*

Moi!...

RIRI.

Oui, vous. Mais regardez-vous donc dans une
glace! Regardez vos yeux! Regardez votre taille!
Mais vous êtes superbe, ma chère! Vous ne resterez
pas vierge toute votre vie, c'est moi qui vous
l'affirme...

SUZANNE.

En voilà des expressions! Pardon, et de qui
serai-je folle? Vous n'oubliez que ce détail?

RIRI.

De qui?

SUZANNE.

Sera-ce d'un paysan ou bien d'un prince?

RIRI.

Ni de l'un, ni de l'autre, mais c'est plutôt d'un
prince que d'un paysan, puisque c'est d'un vicomte.

SUZANNE, *d'un air très sincère.*

D'un vicomte? De quel vicomte? *(Riant aux éclats.)*
Ah! ah! comment, tu veux parler de...

RIRI.

Oui... oui...

SUZANNE.

De monsieur de Samblin?

RIRI.

De monsieur le vicomte Edgar de Samblin, parfaitement.

SUZANNE, *avec un rire très franc.*

De ce nigaud ?

RIRI.

De ce nigaud.

SUZANNE.

De ce grand garçon ignorant comme une carpe?

RIRI.

De lui-même.

SUZANNE.

Qui ne sait même pas comment s'écrit Galilée?

RIRI.

Maintenant, vous le lui avez appris : il le sait.

SUZANNE.

Tiens, Riri, tu es folle, tu es littéralement folle! tu ne t'imagines pas les énormités que tu dis.

RIRI.

Il n'y a qu'à vous voir quand vous lui parlez.

SUZANNE.

Mais, ma pauvre petite, je ne fais que me moquer de lui.

RIRI.

Vous croyez !

SUZANNE.

Quand il me parle, j'ai toujours envie de lui rire au nez... j'ai envie de... de...

RIRI.

Vous ne savez pas de quoi vous avez envie. Eh bien! Quand on ne sait pas de quoi on a envie, c'est l'amour.

(On entend un bruit de grelots et de coups de fouet. La porte du fond s'ouvre, paraît le conducteur de l'omnibus, avec des paquets à la main.)

SUZANNE.

Tiens, travaillons, au lieu de dire des bêtises
pareilles.

SCÈNE XVII

Les Mêmes, Le Conducteur.

LE CONDUCTEUR.

Voici les colis qui étaient à la gare, mademoiselle.

SUZANNE.

Mettez-les là...

RIRI.

Venez que je vous aide.

LE CONDUCTEUR.

Vous n'avez plus besoin de moi... Je peux
retourner ?...

SUZANNE.

Bon... Remportez ça.

(Le conducteur charge les paquets et disparaît.)

RIRI, *prenant divers paquets les uns après les autres.*

Pour madame Rabot... *(Prenant un colis carré.)* pour
monsieur le vicomte... monsieur le vicomte de
Samblin.

SUZANNE, *saisissant le colis.*

Ah ! il faut mettre celui-là de côté, il va venir
le chercher tout à l'heure. *(Elle regarde le paquet.)*
Qu'est-ce que ça peut être ?

RIRI.

C'est peut-être des cartouches pour la chasse.

SUZANNE.

Mais non, ce ne sont pas des cartouches... C'est
trop léger... *(Elle soupèse le paquet et l'examine curieuse-*

ment. Un petit silence. Puis elle le repose sur la tablette pendant que Riri la suit des yeux.) Ce serait plutôt des cravates.

RIRI.

Oui, plutôt...

SCÈNE XVIII

LE VICOMTE, SUZANNE, RIRI.

LE VICOMTE, *sur le seuil de la porte, au fond.*

On peut entrer?...

SUZANNE.

Mais, certainement... Ce n'est pas défendu.

RIRI.

Monsieur le vicomte, nous parlions justement de vous. Vous n'aviez jamais vu de bureau de poste, monsieur le vicomte?

LE VICOMTE.

Si... si!... vaguement...

RIRI, *désignant l'appareil de droite.*

Ça, c'est le télégraphe...

LE VICOMTE.

Ah! ah!... Mon paquet est-il arrivé?

SUZANNE.

Le voici... Il n'est pas lourd.

LE VICOMTE, *le prenant.*

Je parie que vous ne deviniez pas ce que c'est?

RIRI.

Nous nous le demandions précisément comme vous entriez, monsieur le vicomte.

SUZANNE.

Nous hésitions entre des cravates et des cartouches.

LE VICOMTE, *riant.*

Ni l'un ni l'autre.

SUZANNE.

Ah! ah!

LE VICOMTE.

Vous ne devineriez jamais, j'aime mieux vous le dire. Ce sont des lettres de faire part. Et même... attendez... *(Il décachète le paquet.)* Comme vous êtes bien gentilles toutes les deux, je vais vous en donner une à chacune.

(Il donne une lettre à Suzanne et une à Riri.)

SUZANNE.

De faire part... de quoi?

LE VICOMTE.

Lisez... lisez...

SUZANNE, *lisant.*

Monsieur le vicomte de Samblin a l'honneur de vous faire part de son mariage...

LE VICOMTE.

Ah! ah!

SUZANNE, *d'une voix subitement altérée.*

Vous... vous mariez?

LE VICOMTE, *vivement.*

Voilà comment je suis.

SUZANNE.

Ah!...

(Elle chancelle légèrement et passe sa main sur son front comme étonnée elle-même du sentiment qu'elle éprouve. Ce manège passe inaperçu du vicomte qui s'est retourné pour examiner des lettres.)

RIRI, *à mi-voix et lui prenant les mains.*

Eh! Qu'est-ce que vous avez?

SUZANNE, *même jeu.*

Rien... Rien... laisse.

RIRI, *même jeu et rapidement.*

Vous allez vous trouver mal...

SUZANNE, *se redressant.*

Non, non... C'est passé! c'est passé.

RIRI, *à elle-même.*

J'en étais sûre, parbleu! Pauvre petite! *(Au vicomte qui essaye maladroitement de refaire le paquet.)* Vous n'y arriverez jamais tout seul, monsieur le vicomte. Je vais vous aider.

SUZANNE, *à part, avec colère.*

Alors, c'est vrai?... c'est vrai?... J'aime ce grand nigaud, cet imbécile!

(Elle montre le poing d'une façon un peu comique au vicomte, qui à ce moment est assis le dos tourné à la table de droite avec Riri).

LE VICOMTE *se retourne et aperçoit Suzanne le poing tendu vers lui, étonné.*

Eh bien! Eh bien!

SUZANNE, *sans s'en occuper et allant à l'endroit où elle a laissé tout à l'heure la lettre de faire part, toujours à elle-même.*

Et avec qui se marie-t-il? Je n'ai seulement pas regardé... *(Lisant à haute voix.)* Avec Hermance!... Ah! c'est encore mieux... C'est encore mieux!...

LE VICOMTE, *entendant.*

Comment! Hermance? C'est vous qui avez dit... Hermance!

SUZANNE.

Qui voulez-vous que ce soit?

LE VICOMTE.

Mais c'est le nom de...

SUZANNE.

C'est le nom de votre fiancée.. Hermance
Liseuil, veuve Lureau.

LE VICOMTE.

Parfaitement, veuve Lureau... vous la connaissez donc ?

SUZANNE.

Très bien ! Très bien ! Nous avons été élevées
à la même pension.

LE VICOMTE.

Oh ! que c'est curieux !

RIRI, à part.

Je vais les laisser ensemble... Qu'est-ce que je
risque ?...

(Elle sort à droite.)

SCÈNE XIX

LE VICOMTE, SUZANNE, un instant,
Deux Messieurs.

LE VICOMTE.

Comment se fait-il qu'Hermance ne m'ait
jamais parlé de vous ?

SUZANNE.

Elle n'a pas eu l'occasion, probablement.

LE VICOMTE.

Mais si... mais si... moi je lui ai parlé plusieurs
fois de vous... Je lui ai dit : « Tiens ! elle est
gentille, notre nouvelle receveuse, et puis, elle
n'est pas bête. »

SUZANNE, avec ironie.

Vous lui avez dit que je n'étais pas bête ?
Merci...

LE VICOMTE.

Parfaitement. Je l'ai dit et je le répète... Vous n'êtes pas bête du tout.

SUZANNE.

Que d'honneur, monsieur le vicomte !

LE VICOMTE.

Eh ! Je vois bien que vous vous moquez de moi.

SUZANNE, *protestant.*

Oh !

LE VICOMTE.

C'est peut-être vous qui me trouvez bête ?...

SUZANNE, *même jeu.*

Oh !

LE VICOMTE.

Je ne suis pas un aigle, évidemment, mais j'ai mon opinion sur les gens, et mon opinion sur vous est très bonne, tout ce qu'il y a de meilleur. Et je vais vous en donner une preuve tout de suite. Je veux que vous veniez chez nous quand nous serons mariés !...

SUZANNE.

Moi, chez vous ? Ah ! non, par exemple...

LE VICOMTE.

Et pourquoi pas ?

SUZANNE.

Pourquoi pas !

LE VICOMTE.

Oui, pourquoi pas ?

SUZANNE, *à part.*

J'ai envie de le gifler. Il n'y a pas à dire, c'est l'amour.

LE VICOMTE.

Oh ! Je devine, vous avez peur qu'on ne jase dans le pays en voyant le vicomte et la vicomtesse de Samblin recevoir familièrement dans leur château « la petite buraliste » comme on vous appelle.

SUZANNE.

Je m'en moque un peu qu'on jase!

LE VICOMTE.

Et moi donc! Nous vivons à une époque où l'on ne doit plus avoir de préjugés! Si personne n'avait plus de préjugés, ils ne tarderaient pas à disparaître.

SUZANNE.

Je suis bien de votre avis.

LE VICOMTE.

Une simple receveuse des postes qui est honnête, vaut bien une femme du monde qui ne l'est pas.

SUZANNE.

Et même qui l'est.

LE VICOMTE.

Parfaitement... Ah! ah! parfaitement... Vous êtes charmante. Et vous dînez demain à la maison, avec Hermance et quelques intimes.

SUZANNE.

Je vous remercie beaucoup, monsieur le vicomte. Mais c'est impossible... absolument impossible... Une invitation antérieure...

LE VICOMTE.

Une invitation antérieure à Pressigny!... Je ne coupe pas dans ces blagues-là.

SUZANNE.

C'est pourtant la vérité.

LE VICOMTE.

Oui. Et où dînez-vous, s'il vous plaît?

SUZANNE.

Mais...

LE VICOMTE.

Ah! vous ne savez même pas?... Allons? Il y a quelque chose que vous ne voulez pas me dire?... Seriez-vous brouillée avec Hermance, par hasard?

SUZANNE.

Non... non... *(Se reprenant.)* Si... si, nous sommes en froid. Vous comprenez que je ne puis guère...

LE VICOMTE.

Vous êtes en froid? Je vous réconcilierai pas plus tard que ce soir...

SUZANNE, *un peu nerveuse.*

Je vous prie de ne pas lui parler de ça...

LE VICOMTE.

Mais...

SUZANNE, *un peu plus nerveusement encore.*

Il faut me jurer que vous ne lui en parlerez pas.

LE VICOMTE, *quittant brusquement son paquet de lettres et s'approchant d'elle.*

Qu'est-ce qu'il y a? Nom d'un chien, qu'est-ce qu'il y a? C'est agaçant à la fin de ne pas vouloir me dire...

SUZANNE.

Il n'y a rien, là! Moi aussi, à la fin, ça m'agace, ça m'agace! Je ne vous demande rien, n'est-ce pas? Je n'ai rien fait pour que vous m'invitiez à dîner!... Je vous remercie beaucoup, beaucoup; je vous suis très reconnaissante... C'est très flatteur pour moi, pour une simple receveuse des postes d'être invitée au château de Sous-Bois. Je n'oublierai jamais l'honneur que vous me faites. Mais j'ai bien le droit de refuser, je suppose! Je ne veux voir personne, personne!

en ai-je le droit, oui ou non? C'est vrai ça...
mariez-vous et laissez-moi tranquille. Si je ne
suis plus libre... de... de... C'est vrai ça! *(Elle
s'arrête légèrement suffoquée et comme prête à pleurer.)*
Je ne sais plus quoi dire... aussi... je ne sais plus
quoi dire...

LE VICOMTE, *vivement, lui prenant les mains.*

Vous pleurez maintenant! Voilà que vous
pleurez.

SUZANNE.

Mais non, je ne pleure pas... je ris... vous
voyez, je ris...

LE VICOMTE.

Non... vous ne riez pas... vous avez une grosse
larme... là... tenez, là...

SUZANNE, *se dégageant.*

Laissez-moi, je vous prie... éloignez-vous, en
voilà assez, j'ai mon travail à faire, moi!

*(Elle va vivement au guichet en apercevant successive-
ment deux personnes.)*

LE VICOMTE, *à part, la regardant.*

Qu'est-ce qu'elle a? Mais qu'est-ce qu'elle a
donc?

SUZANNE, *au premier Monsieur, avec volubilité.*

Un timbre de quinze, et un de cinq... Voici
monsieur...

LE SECOND MONSIEUR.

Poste restante, aux initiales A. B. C.

SUZANNE.

A. B. C. Lettre ou dépêche?

LE SECOND MONSIEUR.

Lettre!

SUZANNE, *au second Monsieur, lui remettant une lettre
après avoir fouillé fiévreusement.*

Voici, monsieur.

LE SECOND MONSIEUR.

Merci, mademoiselle.

(Il s'éloigne.)

LE VICOMTE, à lui-même.

Cette histoire est inexplicable. Il n'y a qu'une chose qui l'expliquerait, mais ça, ça serait tellement extraordinaire !

SUZANNE, se retournant.

Vous êtes encore là, monsieur le vicomte !

LE VICOMTE.

Oui, je suis encore là... et je me dis... il n'y a qu'une chose qui expliquerait cette histoire.

SUZANNE.

Quelle histoire d'abord ?...

LE VICOMTE.

Celle qui vient de se passer : votre refus... le petit mystère... et puis vos larmes... et puis l'état dans lequel vous êtes depuis un instant... Il n'y a qu'une chose qui expliquerait tout ça... Mais c'est tellement extraordinaire que je n'ose pas le dire.

SUZANNE.

Vous faites bien.

LE VICOMTE.

C'est extraordinaire et c'est possible à la fois, parce que, avec les femmes, on ne sait jamais... En tout cas, ça aurait l'avantage de tout expliquer... Eh bien ! cette chose, c'est que vous soyez amoureuse de moi...

SUZANNE.

Moi, amoureuse de !...

LE VICOMTE.

C'est idiot, évidemment... mais avouez que ça explique bien...

SUZANNE.

Vous êtes fou, n'est-ce pas?

LE VICOMTE, *près d'elle en ce moment.*

Vous n'êtes pas amoureuse de moi?... Vous ne l'êtes pas, c'est bien sûr?

SUZANNE.

Oh! oui, c'est... c'est bien sûr... c'est bien sûr...

LE VICOMTE, *la regardant.*

Vous ne l'êtes pas?

SUZANNE, *brusquement.*

Eh bien! oui... j'aime autant vous le dire. Ça n'en finirait plus... oui... je suis amoureuse de vous... oui... oui... oui... Et maintenant, allez-vous-en! Allez-vous-en!

LE VICOMTE, *stupéfait tout de même.*

Vous m'aimez?

SUZANNE.

Oui, je vous aime. *(Lui montrant la porte.)* Sortez!

LE VICOMTE.

Que c'est bête, mon Dieu, que c'est bête!

SUZANNE.

Vous n'allez pas rester planté là, je suppose? Si je vous ai fait un pareil aveu, dans un moment d'énervement, c'est pour que vous me laissiez tranquille à partir d'aujourd'hui, pour que vous ne m'adressiez plus la parole... pour que je ne vous vois plus enfin... ou le moins possible...

LE VICOMTE.

Que c'est bête, mon Dieu, que c'est bête! Et pourquoi vous êtes-vous montée la tête sur moi, je me le demande?

SUZANNE.

Moi aussi.

LE VICOMTE.

Oh ! parbleu, je m'en doute un peu.

SUZANNE.

Eh bien ! vous en avez de la chance !

LE VICOMTE.

Vous êtes romanesque. Toutes les jeunes filles
sont romanesques. Je suis le vicomte de Samblin,
le dernier rejeton d'une des plus vieilles familles
de France. Tout ça vous a tourné la tête.

SUZANNE.

Oh ! bien ! la noblesse !... Ça m'est un peu égal,
la noblesse... Je n'ai plus de famille, moi ; mais
quand j'en avais une, elle était aussi noble que
la vôtre.

LE VICOMTE.

Alors, il faudrait admettre que ce fût ma personne, que ce fût pour moi-même.

SUZANNE.

Nous n'allons pas recommencer, n'est-ce pas?

LE VICOMTE.

J'aime autant ça, d'ailleurs ! ça m'embête d'un
côté, à cause de vous, mais de l'autre côté, je suis
flatté. J'avais déjà été aimé plusieurs fois, mais
jamais pour moi-même.

SUZANNE.

Et votre femme, votre future femme, elle ne
vous aime donc pas?

LE VICOMTE.

Mais si, elle m'aime, comme je l'aime, comme
on aime dans la province.

SUZANNE.

C'est-à-dire que vous faites un mariage de convenance ?

LE VICOMTE.

C'est ça.

SUZANNE.

Le hideux mariage de convenance ?

LE VICOMTE.

J'espère qu'il ne sera pas hideux. Quant à vous, vous avez commis une faute, une grosse faute.

SUZANNE.

Vraiment ?

LE VICOMTE.

A l'heure où vous vous étiez aperçue que vous m'aimiez...

SUZANNE.

A l'heure ! Est-ce que vous croyez qu'on voit ça à une pendule ?

LE VICOMTE.

N'importe ? vous auriez dû venir me le dire tout de suite. C'est stupide de cacher ces choses-là. Le premier qui est amoureux devrait venir le dire à l'autre immédiatement. Si vous aviez agi ainsi à ce moment-là, les lettres de faire part n'étaient pas commandées, je n'avais pas donné ma parole, et je vous aurais répondu : « Eh bien ! attendons un peu, nous allons voir ce qui va se passer. »

SUZANNE.

Non ! C'est trop fort !

LE VICOMTE.

Et j'irai plus loin, je vous aurais peut-être épousée.

SUZANNE.

Oh !

LE VICOMTE.

Parfaitement, moi, le vicomte de Samblin, j'aurais peut-être épousé la petite receveuse des postes de Pressigny. Ça aurait été un mariage très moderne... Par malheur... il est trop tard.

SUZANNE.

Vous tairez-vous à la fin !... Vous ne comprenez donc pas que c'est abominable ce que vous me dites !...

LE VICOMTE.

Il est trop tard. N'en parlons donc plus... puisqu'il est trop tard. Et vous, qu'est-ce que vous allez faire ?

SUZANNE.

Est-ce que je sais ?

LE VICOMTE.

Il y a bien une combinaison.

SUZANNE.

Une combinaison ?

LE VICOMTE.

Il y a bien une combinaison qui arrangera tout, mais vous ne voudriez probablement pas...

SUZANNE.

Une combinaison ?...

LE VICOMTE.

Ce serait que vous deveniez... *(Il s'arrête.)* Non vous ne voudrez pas.

SUZANNE.

Que je devienne quoi ?

LE VICOMTE.

Je vais toujours vous le dire, vous en ferez ce que vous voudrez... Que vous deveniez ma bonne amie...

SUZANNE, *indignée*.

Par exemple !...

LE VICOMTE.

Ça arrangerait tout...

SUZANNE.

Vous perdez la tête, n'est-ce pas ? Pour qui me prenez-vous ?

LE VICOMTE.

Ne vous fâchez pas... ne vous fâchez pas... Je cherche ! Parce que maintenant, après ce que nous nous sommes dit, je m'intéresse beaucoup à vous. Il y a entre nous un petit lien... On ne peut pas être mari et femme, on ne sera pas amant et maîtresse, et nous ne sommes tout de même pas des étrangers... nous sommes... quelque chose qui n'a pas de nom, mais qui est très gentil... Donnez-moi la main. Je vous laisse, mademoiselle Suzanne. *(Fausse sortie, revenant brusquement.)* Et savez-vous ce qu'il y a encore de plus bête dans cette histoire-là ? Je vais me marier avec Hermance, dans trois semaines, n'est-ce pas ? Eh bien ! je suis convaincu que c'est un mariage qui ne sera pas heureux.

SUZANNE.

Mais...

LE VICOMTE.

J'en ai le pressentiment. Au revoir, mademoiselle Suzanne. Au revoir !... C'est réglé, c'est un mariage qui finira mal !

(Il sort.)

ACTE III

A Paris, chez Suzanne Borel.

Un petit salon très élégant. Profonde baie, à gauche. Appareil téléphonique sur une table.

SCÈNE PREMIÈRE

LEBARDIN, PAGENEL, SUZANNE, DELPHINE.

(Au lever du rideau, Pagenel, Lebardin et Delphine sont assis autour d'une petite table. Suzanne verse le café.)

PAGENEL, à *Suzanne.*

La moitié d'une tasse, je vous en prie, la moitié me suffira.

SUZANNE.

Comme ça?

PAGENEL.

Comme ça.

LEBARDIN.

Tu n'aimes donc plus le café, maintenant?...

PAGENEL.

Si... mais depuis ce matin, je ne suis pas très bien portant... J'ai de vagues douleurs aux articulations...

LEBARDIN

Des rhumatismes?

PAGENEL.

Là... au genou... *(Étendant la jambe.)* Aïe! Oui, c'est au genou droit.

DELPHINE.

Il va falloir vous ranger, mon pauvre ami.

LEBARDIN.

Et ne plus venir à Paris que tous les deux mois... Ah! ah!

PAGENEL, *à Lebardin.*

Toi, par exemple, tu es étonnant. Tu as dix ans de moins.

LEBARDIN.

N'est-ce pas?

DELPHINE.

Parce que monsieur Lebardin a toujours été sage, tandis que vous, vous êtes un coureur.

SUZANNE, *à Lebardin, lui versant du café.*

Assez?

LEBARDIN.

Non... non... encore une fois, si vous voulez bien... *(Avec tendresse.)* Si vous voulez bien...

, *(Il lui prend la main gauche et la lui baise.)*

SUZANNE.

Voyons, soyez raisonnable.

PAGENEL.

Tâche de te tenir un peu devant le monde, sapristi!... Comment? Vous ne vous êtes pas quittés depuis hier au soir et ça ne suffit pas?...

LEBARDIN.

Non.

DELPHINE.

Bravo! Et d'ailleurs nous allons vous laisser,

les amoureux... J'ai envie d'aller voir les éléphants aux Folies-Bergère...

LEBARDIN.

Bonne idée... On dit qu'ils sont magnifiques...

DELPHINE.

Superbes.

PAGENEL.

Après les éléphants, nous rentrerons, voulez-vous, chère amie?

DELPHINE.

Vous me mènerez bien prendre une tasse de chocolat. Vous savez bien que je ne peux pas me coucher sans avoir pris une tasse de chocolat. Expliquez ça comme vous voudrez.

SUZANNE.

Mais, venez donc la prendre ici.

DELPHINE.

C'est ça!...

PAGENEL.

Je ne demande pas mieux... *(A Lebardin, en riant.)* Ça t'embête ça...

LEBARDIN.

Je suis enchanté, au contraire, enchanté...

DELPHINE.

Alors, je vais m'habiller... quoique nous ayons le temps... Ce n'est que dans une demi-heure, les éléphants.

SUZANNE, à *Delphine.*

Votre chapeau est dans ma chambre, je crois...

(Elles sortent toutes les deux à droite, deuxième plan.)

SCÈNE II

LEBARDIN, PAGENEL.

PAGENEL.

Quand rentres-tu à Pressigny?

LEBARDIN.

Demain, après déjeuner.

PAGENEL.

Tu es arrivé hier soir, par le train de onze heures?

LEBARDIN.

Oui.

PAGENEL.

Et ta femme? Qu'est-ce que tu as raconté à ta femme?

LEBARDIN.

Ça, c'est le point noir. J'ai dit que Blanchet mariait une de ses nièces et qu'il me suppliait d'être témoin. J'ai même emporté mon habit pour donner plus de vraisemblance.

PAGENEL.

Et ça a pris?

LEBARDIN.

Ça a eu l'air de prendre. Ma femme m'a dit : « Ce bon Blanchet, tu l'embrasseras pour moi. »

PAGENEL.

Et c'est tout?

LEBARDIN.

C'est tout.

PAGENEL.

Tu aurais dû y passer à tout hasard, chez Blanchet, pour le prévenir.

LEBARDIN.

C'est ce que j'ai fait, mais il n'y était pas. Il a justement quitté Paris hier soir.

PAGENEL.

Tout ça va très bien.

LEBARDIN.

Espérons-le, mon ami, espérons-le.

PAGENEL.

Alors, tu es ici depuis vingt-quatre heures... Heureux homme! Heureux homme! Elle est charmante, tu sais; c'est une maîtresse délicieuse. Je te fais mes compliments bien sincères.

LEBARDIN.

Oh! ne va pas croire des choses...

PAGENEL.

Pas de fausse modestie! D'autant plus que je peux te le dire maintenant, je ne le croyais pas.

LEBARDIN.

Qu'est-ce que tu ne croyais pas?

PAGENEL.

Que tu réussirais. Quand tu m'as demandé d'aller te louer un appartement à Paris, de le meubler, j'étais convaincu que tu te faisais des illusions. Tu l'as enfin, ta Louisette, cette fois-ci.

LEBARDIN.

Il est inutile de rappeler... de rappeler... Quelle manie tu as!

PAGENEL.

C'est une belle revanche! Tu as mis vingt ans à la prendre, mais tu l'as bien prise. Dis-moi?

LEBARDIN.

Quoi?

PAGENEL.

Elle est exquise, n'est-ce pas?

LEBARDIN.

Exquise.

PAGENEL.

Une fraîcheur,... une jeunesse...

LEBARDIN.

Oui.

PAGENEL.

Une grâce...

LEBARDIN.

Oui.

PAGENEL.

Hum !... Elle devait être l'innocence même?

LEBARDIN.

Oui... oui...

PAGENEL.

Un rêve, enfin !

LEBARDIN.

Tu l'as dit, un rêve.

PAGENEL.

Je ne te demande pas de détails.

LEBARDIN.

Je ne t'en donnerais pas.

PAGENEL.

Ah ! elles t'en auront fait faire, dans la vie, les blondes à l'air candide et virginal !

LEBARDIN.

Je commence à le croire.

(Rentrent Delphine et Suzanne.)

SCÈNE III

LES MÊMES, DELPHINE, SUZANNE.

DELPHINE, *chapeau, manteau.*

Là ! je suis prête... Venez-vous ?

PAGENEL.

Quand vous voudrez, chère amie. Je vais prendre mon chapeau.

DELPHINE.

Je boirais bien un verre de chartreuse avant de partir.

LEBARDIN, à *Pagenel, qui se dirige à gauche.*

Je vais avec toi.

(Pendant que Suzanne sert Delphine, aux premiers mots de la conversation, Pagenel prend le bras de Lebardin, et ils s'éloignent un peu dans la baie de gauche.)

SCÈNE IV

SUZANNE, DELPHINE, *puis* PAGENEL, LEBARDIN.

DELPHINE.

J'adore la chartreuse... Et vous ?

SUZANNE.

De temps en temps.

DELPHINE.

Dites ?... Est-ce drôle, tous ces gens de la province qui viennent tromper leur femme à Paris !

SUZANNE.

C'est fort drôle.

DELPHINE.

Et il faut bien se dire, ma chère, que pour des femmes comme nous, qui tiennent avant tout à faire leur position, c'est de beaucoup ce qu'il y a de mieux.

SUZANNE.

Oui.. oui...

DELPHINE.

Les Parisiens sont peut-être plus gais, mais ils nous prennent pour des joujoux, voilà l'embêtant. Ce n'est pas vrai ce que je dis?

SUZANNE.

C'est bien vrai.

DELPHINE.

Moi, je ne tiens pas à faire la noce. Vous verrez, quand vous me connaîtrez davantage, j'ai un grand fond de sérieux. Dame, je m'amuse par-ci, par-là... Je vous dirais que je ne trompe pas Pagenel, vous ne le croiriez pas.

SUZANNE.

Je ne le croirais pas.

DELPHINE.

Mais je conserve de la tenue, c'est l'essentiel. Et je les aime bien tous les deux, Edmond et lui, chacun dans son genre. La seule différence qu'il y ait, c'est que Pagenel ne sait pas que j'ai Edmond, tandis qu'Edmond sait que j'ai Pagenel.

SUZANNE.

C'est une différence insignifiante.

DELPHINE.

N'est-ce pas? Vous me plaisez. Vous savez, je suis sûre que nous deviendrons bonnes amies. On m'a raconté votre histoire, elle est très intéressante. Qui a été votre premier?

SUZANNE.

Quel premier?

DELPHINE.

Vous ne voulez pas encore me le dire... Nous ne nous connaissons pas assez pour que vous me fassiez vos confidences. Ça viendra... Moi, mon premier a été un élève de l'Ecole des Beaux-Arts... Je donnais des leçons de piano à cette époque-là... Car j'ai reçu de l'instruction, et je ne le regrette pas. Quoi que devienne une femme, plus tard, il vaut mieux qu'elle ait reçu de l'instruction, ça ne peut pas nuire. Cet élève des Beaux-Arts, figurez-vous, il a failli m'épouser! Au dernier moment, il en a épousé une autre, je ne me rappelle plus pourquoi... Aujourd'hui, je serais la femme d'un architecte, il s'en est fallu de ça, tenez... Vous avez dû le remarquer, nous autres femmes, c'est toujours une machine de rien du tout qui décide de notre vie. En un quart d'heure, on va d'un côté ou de l'autre, et puis c'est fini. Il faut en prendre son parti. Je suis très heureuse d'avoir fait votre connaissance. Et vous?

SUZANNE.

Moi aussi, je vous trouve très gentille.

(Reviennent Pagenel et Lebardin.)

PAGENEL, chapeau à la main, pardessus, canne.

Vous y êtes, ma chère amie?

DELPHINE.

Me voici. (A Suzanne.) A tout à l'heure, ma chère.

PAGENEL, à Suzanne.

A tout à l'heure, mademoiselle, puisque vous avez la bonté de nous attendre.

DELPHINE.

Bonsoir, mon petit Lebardin.

(Sortent Pagenel et Delphine.)

SCÈNE V

LEBARDIN, SUZANNE.

(Suzanne sonne. Parait une femme de chambre.)

LA FEMME DE CHAMBRE.

Je débarrasse, madame?

SUZANNE.

Oui... oui... *(La bonne emporte les tasses. — Lebardin et Suzanne restent un certain temps sans se parler. — Lebardin se promène mélancoliquement de long en large.)* Pourquoi ne fumez-vous pas une petite cigarette, mon ami? Je sais qu'après diner vous aimez fumer une petite cigarette.

LEBARDIN.

Vous êtes trop aimable.

SUZANNE.

Un verre de chartreuse?

LEBARDIN.

Merci, je veux bien.

SUZANNE.

Jaune ou verte?

LEBARDIN. *réfléchissant.*

Verte.

SUZANNE.

Voici. Et alors?...

LEBARDIN, *pendant que Suzanne verse.*

Suzanne?

SUZANNE.

Mon ami?

LEBARDIN.

Ecoutez-moi?...

SUZANNE.

Je vous écoute, mon ami, je vous écoute.

LEBARDIN.

Il y a deux mois, juste aujourd'hui, il y a deux mois, dans le bureau de poste, je vous ai dit : « Réfléchissez! » Quelque temps après, un beau soir, au moment où je m'y attendais le moins, vous m'avez dit tout d'un coup à travers le guichet : « Je suis décidée. » Vous vous le rappelez, n'est-ce pas, vous vous le rappelez?...

SUZANNE.

Je me le rappelle... C'était le jour où monsieur le vicomte de Samblin venait de se marier.

LEBARDIN.

Parfaitement.

SUZANNE.

C'était le jour où il venait d'épouser madame veuve Lureau.

LEBARDIN.

C'est cela.

SUZANNE.

Madame veuve Lureau, mon amie d'enfance. Je les ai vus tous les deux aller à l'église dans une superbe calèche...

LEBARDIN.

Oui.

SUZANNE.

Ils ont même passé devant le bureau de poste. Je les ai vus ensuite revenir de l'église. *(Soupirant.)* Et ils ont passé encore devant le bureau de poste.

LEBARDIN.

Oui, en effet. Mais quel rapport avec?...

SUZANNE.

Ça n'a aucun rapport avec... absolument aucun

rapport. Et le soir de ce jour-là, à travers le guichet, le deuxième guichet à gauche en entrant,
je vous ai dit : « Je suis décidée. » Je m'en souviens comme si j'y étais.

LEBARDIN.

Bon... Je me suis donc empressé de vous installer, avec quelle joie, avec quel bonheur...

SUZANNE.

Et vous les avez revus, naturellement?

LEBARDIN.

Qui?

SUZANNE.

Monsieur le vicomte et madame la vicomtesse?

LEBARDIN.

Je les ai revus souvent... Je charge donc
Pagenel de...

SUZANNE.

Ils sont heureux en ménage, j'espère?

LEBARDIN.

Très heureux, du moins je le suppose... Pagenel
accepte, va à Paris... Et vous... alors...

SUZANNE.

Moi, alors, je demande à l'Inspecteur un petit
congé pour affaires de famille... Il me l'accorde.
Je laisse Riri au bureau... et je pars m'installer
ici...

LEBARDIN, continuant.

Et hier soir...

SUZANNE.

Et hier soir vous arriviez par le train de
onze heures... Je le sais bien, mon ami, je le
sais bien.

LEBARDIN.

Laissez-moi achever. Quand j'aurai fini, vous
verrez comme la situation sera nette. Hier soir

donc, j'arrive à la gare d'Orléans. Vous m'attendiez. Je n'ai pas besoin de vous dire quelle délicieuse surprise ça a été pour moi de vous trouver à la gare. Nous prenons un fiacre, — ne riez pas, je vous prie, ne riez pas. — Nous prenons un fiacre et je donne votre adresse au cocher. Dans le fiacre j'essaye de vous embrasser. Vous me dites, avec une certaine indignation : « Oh ! mon ami, dans un fiacre ! » Je n'insiste pas, parce que je pensais : « Nous n'y serons pas toujours dans le fiacre ! » Nous arrivons à votre porte, nous descendons, je sonne, et alors vous me murmurez à l'oreille : « Si vous étiez bien gentil, vous ne savez pas ce que vous feriez ? Vous iriez à l'hôtel, parce que ce soir je tombe de sommeil. »

SUZANNE.

C'était vrai, je tombais de sommeil, positivement.

LEBARDIN.

Je continue à ne pas insister.

SUZANNE.

Vous avez été charmant, je n'oublierai jamais ça.

LEBARDIN.

Moi non plus. Je vais donc au Grand-Hôtel, je passe une très mauvaise nuit. Je ne vous reproche rien. Enfin, ce matin, je reçois un petit bleu de vous, m'invitant à déjeuner. J'accours. Nous déjeunons. Après déjeuner, vous manifestez le désir d'aller faire quelques emplettes dans des magasins. Nous ne restons pas une minute en tête à tête. Ensuite, vous me demandez d'inviter Pagenel et sa bonne amie à dîner.

SUZANNE.

Monsieur Pagenel a été parfait dans cette cir-

constance, c'était bien le moins... Ne dirait-on
pas que tout cela est extraordinaire?

LEBARDIN.

Mais si!... Voilà où est votre erreur, justement.
C'est extraordinaire. Vous ne pouvez même pas
vous rendre compte à quel point ça l'est. Oui,
oui, je sais bien qu'à Pressigny je vous ai promis
de... de... Mais quand vous connaîtrez la vie
davantage, vous saurez qu'on fait des promesses
dans certains cas, mais que ces promesses, il est
convenu, il est tacitement convenu qu'on ne les
tiendra pas. Mais oui, que voulez-vous que je
vous dise? C'est comme ça! Lorsqu'un homme
et une femme se trouvent dans la situation où
nous sommes, il y a un vieil usage, un usage
remontant à la plus haute antiquité qui exige
que la femme... que la femme... fasse... des
concessions... montre... de la bonne volonté...
Mais oui... Ça a toujours été comme ça, je vous
assure. Alors, voilà, moi, maintenant moi...
comme je suis obligé de rentrer demain matin à
Pressigny et que je ne pourrai pas revenir avant
longtemps peut-être... je vous demande si vous
exigez que j'aille encore... que j'aille encore à
l'hôtel cette nuit. J'ajoute... j'ajoute qu'en vous
demandant cela, je vous demande une chose qui
n'est pas extravagante. Et si des gens nous écou-
taient, je vous jure qu'ils seraient de mon avis
et qu'ils trouveraient comme moi que c'est une
chose toute naturelle que je vous demande.

SUZANNE.

Voyons, ne froncez pas les sourcils, ne vous
fâchez pas...

LEBARDIN.

Remarquez de plus que Pagenel est convaincu

que nous... et Delphine aussi... ils ne peuvent
pas ne pas être convaincus...

SUZANNE.

Eh bien ! votre amour-propre est sain et sauf.

LEBARDIN.

Evidemment... mais il n'y a que l'amour-
propre... Je vous adore, moi, vous ne tenez pas
compte de ça, je vous adore.

SUZANNE.

Eh bien ! oui là, vous avez raison... Je vous
demande pardon, il ne faut pas m'en vouloir,
oui, je vous demande pardon. Tenez, venez vous
asseoir là, près de moi. Il faut me pardonner.
Oui, c'est vrai, j'ai l'air de ne pas bien me
conduire avec vous, mais j'ai des excuses. Quand
vous m'avez fait cette proposition, je ne vous
connaissais pas, vous m'étiez même plutôt anti-
pathique, j'aime autant vous le dire. Et comme
j'avais des raisons de ne pas rester à Pressigny;
comme à ce moment-là j'avais de mon métier par
dessus la tête, je pensais : essayons toujours,
faisons cette expérience, nous verrons après;
qu'est-ce que je risque? Je ne m'occupais pas de
vous; je vous prenais pour un monsieur quelconque, qui veut avoir une maîtresse, et ce qui
pouvait vous arriver m'était bien égal. Mais
aujourd'hui, vous m'avez écrit des lettres très
jolies, très délicates, nous avons causé ensemble
et je regrette ce que j'ai fait... Je regrette de vous
avoir entraîné dans cette aventure, parce que,
voyez-vous, j'ai bien réfléchi. J'ai une grande
sympathie pour vous... beaucoup d'affection. Je
sens que nous deviendrons de bons camarades,
mais pour le reste je ne pourrais pas.

LEBARDIN, *se levant brusquement.*

La même phrase que Louisette! La même!

SUZANNE.

Louisette?

LEBARDIN.

Vous ne pouvez pas comprendre... Il n'y a que moi!... Allons! Allons! cette fois-ci, ça y est bien! C'est entendu, c'est convenu! Chaque fois que je serais amoureux d'une femme, ça sera la même chose! Ça m'est arrivé à vingt ans, ça m'arrive encore à quarante-cinq, ça m'est arrivé une fois dans l'intervalle, je ne l'ai dit à personne! Je le sais maintenant : il n'y a rien à faire!... Si, il y a quelque chose à faire! Il y a à faire la noce, et ça ne va pas traîner! et ce sera de votre faute.

SUZANNE.

Vous avez l'intention de faire la noce?

LEBARDIN.

Parfaitement!

SUZANNE.

Il ne faut pas, monsieur Lebardin, il ne faut pas. Les gens comme vous ne doivent pas faire la noce, ça ne leur réussira jamais. C'est bon pour votre ami, monsieur Pagenel, cette vie-là... Mais vous, vous finiriez par devenir amoureux de quelque méchante petite femme qui vous en ferait voir de toutes les couleurs. Rentrez chez vous, monsieur Lebardin, pendant que moi je rentrerai dans l'administration des Postes. C'est ce que nous avons de mieux à faire tous les deux.

LEBARDIN.

Jamais de la vie, vous entendez, jamais de la vie!

SUZANNE.

Vous allez me jurer que vous rentrerez chez vous demain matin.

LEBARDIN.

Non.

SUZANNE.

Vous allez me le jurer, si vous avez un peu d'amitié pour moi. Et si vous me le jurez, je vous embrasserai tout de suite pour la peine.

LEBARDIN.

Vous m'embrasserez?

SUZANNE

Sur les deux joues.

LEBARDIN.

Et moi je vous embrasserai aussi?

SUZANNE.

Vous m'embrasserez aussi.

LEBARDIN.

Alors, que voulez-vous, je jure.

SUZANNE.

Bien. Et moi...

(Elle l'embrasse franchement sur les deux joues. Paraît Pagenel par la baie.)

SCÈNE VI

Les Mêmes, PAGENEL.

PAGENEL.

Encore!... Mille pardons de vous déranger, mes enfants.

LEBARDIN.

Qu'y a-t-il?

PAGENEL.

Nous ne viendrons pas chez vous tout à l'heure.

Nous ne resterons même pas jusqu'à la fin du spectacle, nous rentrerons. Je suis très pincé!... Aïe!...

(Il boitille.)

LEBARDIN.

Des rhumatismes?

PAGENEL.

Je crois que je tiens une bonne sciatique, tout simplement. Je suis sorti à pied pour me dégourdir les jambes et pour vous avertir. J'ai laissé Delphine avec des amis... A propos d'amis, devinez qui je rencontre aux Folies-Bergère? Monsieur le vicomte de Samblin...

SUZANNE.

Le vicomte de Samblin?

PAGENEL.

Lui-même, qui se promenait mélancoliquement tout seul.

LEBARDIN.

Tu lui as parlé?

PAGENEL.

Parbleu! Je l'ai présenté à Delphine... Je crois même que j'ai fait une petite gaffe...

LEBARDIN.

Diable!

PAGENEL.

Oui, figure-toi que je lui ai dit que je venais ici...

LEBARDIN.

Ici?... Tu lui as parlé de moi?

PAGENEL.

Ça m'a échappé... mais ça n'est pas grave, il est très discret, le vicomte de Samblin... la discrétion de l'homme marié...

SUZANNE.

Est-ce que vous lui avez parlé aussi de moi?

PAGENEL, *penaud.*

Oui... Et Delphine aussi lui en a parlé... Enfin, ça été la gaffe complète... Vous êtes fâchée?

SUZANNE.

Mais pas du tout... Il m'est parfaitement égal que monsieur le vicomte de Samblin sache ou ne sache pas... Je préfère même qu'il sache.

PAGENEL.

Alors, j'ai bien fait?

SUZANNE

Vous avez très bien fait.

PAGENEL.

D'ailleurs, j'ai déjà remarqué que les gaffes ont souvent des conséquences très heureuses... Je vous quitte maintenant... Aïe! aïe!

SUZANNE.

Vous n'êtes pas pressé, asseyez-vous là une minute. Mais oui, asseyez-vous là... Allongez la jambe... voici un coussin... *(Elle l'installe sur le canapé.)* Attendez que la douleur soit passée et ne bougez pas, surtout ne bougez pas.

PAGENEL.

Merci, mademoiselle, merci.

SUZANNE.

Vous sentez-vous mieux?

PAGENEL.

Légèrement mieux.

SUZANNE.

Si vous mettiez un peu de teinture d'iode au genou.

PAGENEL.

Peut-être!...

LEBARDIN.

Sur un cataplasme... avec du chloroforme et un

œuf... C'est une recette de ma femme, une recette excellente.

SUZANNE.

C'est ça, je vais vous la faire préparer. Nous disons?

LEBARDIN.

Cataplasme de graines de lin.

SUZANNE.

Quelques gouttes de teinture d'iode?...

LEBARDIN.

Et un œuf... Seulement, l'œuf, je ne sais pas si on le met dans le cataplasme ou dessus...

SUZANNE.

Ce doit être dedans...
        (Elle sort.)

SCÈNE VII

LEBARDIN, PAGENEL.

PAGENEL, *montrant à Lebardin.*

Tu sais, mon vieux, tu abuses.

LEBARDIN.

J'abuse de quoi?

PAGENEL.

Moi aussi, j'ai abusé... Aussi, regarde dans quel état je suis.

LEBARDIN.

Mais de quoi est-ce que j'abuse, à la fin?

PAGENEL.

Elle est charmante, je le sais bien... mais ce n'est pas une raison... pour... tout le temps...

LEBARDIN, *furieux.*

Qu'est-ce que tu dis?

PAGENEL.

J'ai bien vu, tout à l'heure, quand je suis entré... Tu abuses... je t'assure...

LEBARDIN.

Fiche-moi la paix, n'est-ce pas ?

PAGENEL.

Je rentre demain à Pressigny et je te conseille d'en faire autant.

SCÈNE VIII

LES MÊMES, MADAME LEBARDIN.

MADAME LEBARDIN, *à la cantonnade.*

Oui, ma fille, oui, on m'attend. Je vous dis qu'on m'attend.

LEBARDIN, *stupéfait.*

Ma femme !

PAGENEL, *se levant péniblement.*

Comment !... Ah ! par exemple...

MADAME LEBARDIN, *menaçant.*

Très heureuse de vous trouver tous les deux ensemble !

PAGENEL, *bas à Lebardin.*

Laisse-moi parler... Tu n'as pas l'habitude. *(A madame Lebardin.)* Tous mes respects, chère madame... Nous sommes venus, votre mari et moi, prendre une tasse de thé chez un de mes amis... un de mes amis du ministère qui veut bien s'occuper de ma décoration !

LEBARDIN.

C'est ça, nous l'avons rencontré ce matin au mariage de la nièce de Blanchet... et il nous a invités.

MADAME LEBARDIN.

Et pendant qu'on mariait sa nièce, Blanchet,
lui, venait vous voir à Pressigny. Oui, monsieur,
Blanchet est arrivé hier soir à Pressigny, une
heure après votre départ. Il a dîné avec moi,
et quant à sa nièce, il est fort heureux qu'elle
ne vous ait pas attendu pour se marier ce matin,
car elle a déjà trois enfants. Vous êtes ici dans un
appartement que vous avez meublé à l'intention de
mademoiselle Suzanne Borel, la petite receveuse
des postes, que vous entretenez depuis son départ
de Pressigny, comme M. Pagenel, votre ami et
votre maître, fait de mademoiselle Champin, rue
de Prony, Delphine de son prénom, et 515-48 de
son numéro de téléphone. C'est même la femme
de chambre de cette personne qui nous a dit où
vous étiez, moyennant une modique rétribution.
Maintenant, Pagenel, faites-moi l'amitié de me
laisser seule avec monsieur et rentrez vous coucher le plus tôt possible, car vous avez une figure
de papier mâché. C'est honteux.

LEBARDIN, *bas, à Pagenel.*

Mais répond quelque chose, toi qui as l'habitude !

PAGENEL, *même jeu.*

Dans ce cas-là il n'y a plus rien à répondre. Ça
y est. *(Haut.)* Madame, j'ai bien l'honneur de vous
saluer... Aïe ! *(A Lebardin.)* Peux-tu m'envoyer
chercher une voiture.

MADAME LEBARDIN.

Prenez la mienne.

PAGENEL.

Merci, chère madame.

MADAME LEBARDIN.

Voici le numéro. Elle est devant la porte.
D'ailleurs, vous trouverez votre femme dedans.

18

PAGENEL.

Hein !

MADAME LEBARDIN.

Elle ne m'a pas quittée, madame Pagenel; elle a diné avec nous, hier soir, nous avons fait notre petite enquête ensemble. Soyez assez aimable pour lui dire que je la rejoindrai à l'hôtel.

PAGENEL, *ahuri.*

Je n'y manquerai pas... Au revoir... madame... Bien le bonsoir...

(*Il sort en boitillant.*)

SCÈNE IX

LEBARDIN, MADAME LEBARDIN,
puis LA FEMME DE CHAMBRE.

MADAME LEBARDIN.

Maintenant, à nous deux !

LEBARDIN.

Augustine, je vais t'expliquer...

MADAME LEBARDIN.

A nous deux, monsieur. Que comptez-vous faire ?

LEBARDIN.

Ce que je compte faire ?

MADAME LEBARDIN.

Oui.

LEBARDIN, *très naturellement.*

Ce que je compte faire... Eh bien, je compte rentrer à Pressigny demain matin... parce que, ce soir, je crois qu'il n'y a plus de train... As-tu ton indicateur sur toi?

MADAME LEBARDIN.

Ah ça! vous vous imaginez que cela va se passer ainsi? Je vous prends en flagrant délit et voilà tout ce que vous me répondez!

LEBARDIN.

Tu me prends en flagrant délit de quoi?

MADAME LEBARDIN.

D'adultère, monsieur, d'adultère!

LEBARDIN.

Mais non, ma bonne. Tu me trouves en habit et cravate blanche, en train de soigner Pagenel qui a mal au genou. Tu ne peux pas dire autre chose.

MADAME LEBARDIN.

Vous avez le toupet de dire que nous ne sommes pas dans l'appartement de mademoiselle Suzanne Borel?

LEBARDIN.

Mais oui, nous sommes dans l'appartement de mademoiselle Borel, c'est vrai.

MADAME LEBARDIN.

Ah! Et cet appartement a été meublé par vous, de vos deniers. Je vous défie de dire le contraire, je vous en défie. Dites-donc le contraire?

LEBARDIN.

Je pourrais le dire, si je voulais, oui, je pourrais le dire, mais je ne le dirai pas. Oui! il a été meublé par moi, l'appartement. Il m'a coûté dix-sept mille cinq cents francs.

MADAME LEBARDIN, *éclatant.*

Ainsi vous avouez que vous avez une maîtresse à Paris, vous l'avouez avec un cynisme monstrueux!

LEBARDIN.

Alors! tu t'imagines qu'il suffit d'entretenir

une femme pour qu'elle soit votre maîtresse? Ce
serait trop commode! Ah! tu es bien de la province, toi! Je n'ai aucune maîtresse, je répète et
j'insiste, je n'ai aucune maîtresse.

MADAME LEBARDIN.

Et vous pensez que je vais gober de pareilles
balivernes! C'est trop fort à la fin, je commence
à en avoir assez!

LEBARDIN.

Et moi donc!

MADAME LEBARDIN.

Vous dites?

LEBARDIN.

Je dis que moi aussi, je commence à en avoir
par-dessus la tête! Est-ce que je t'ai jamais fait
un mensonge? Est-ce que je t'ai jamais raconté
seulement une blague? Quand je te dis que je
n'ai pas de maîtresse, tu n'as pas le droit d'en
douter, tu n'en as pas le droit, tu entends?

MADAME LEBARDIN.

Mais attrape-moi donc tout de suite, attrape-
moi donc, ce sera plus simple!...

LEBARDIN.

Mais j'agirais comme Pagenel qui a trompé sa
femme au bout de six mois de mariage, tu ne me
parlerais pas autrement! Est-ce que je n'ai pas
toujours été un mari excellent? Un mari fidèle!
Mais j'en arrivais à être ridicule de fidélité! Oui,
madame, ridicule! Vous ne comprenez pas ça,
vous... Les femmes ne saisissent pas ces nuances-
là. Et voilà qu'au bout de vingt ans, tu te mets
tout d'un coup à devenir soupçonneuse et aca-
riâtre.

MADAME LEBARDIN.

Moi!

LEBARDIN.

Tu te mets à me guetter, à me surveiller...

MADAME LEBARDIN.

Moi?

LEBARDIN.

Je ne peux plus faire un pas sans t'avoir sur mes talons!

MADAME LEBARDIN.

Moi!

LEBARDIN.

Il ne te manque plus que de me faire suivre par la police. Et aujourd'hui, parce que je fais un malheureux petit voyage à Paris, et Dieu sait si j'y ai fait du mal à Paris! parce que je dépense dix-sept mille cinq cents francs à acheter des meubles, tu me traites comme le dernier des derniers. C'est à vous dégoûter de la vertu et de la bonne conduite, ma parole d'honneur!

MADAME LEBARDIN.

Voyons, ne te fâche pas... J'ai peut-être exagéré...

LEBARDIN.

Tu m'as fait beaucoup de peine. Tu entends, Augustine, tu m'as fait beaucoup de peine.

MADAME LEBARDIN.

Enfin, voyons! tu ne peux pourtant pas dire que c'est moi qui ai tort?

LEBARDIN, *sévèrement.*

Je veux bien oublier tout cela, à une condition.

MADAME LEBARDIN.

Laquelle?

LEBARDIN.

Tu ne me parleras plus jamais de cette histoire-là. Tu entends? Jamais plus! tu n'y feras

plus allusion jamais ! jamais ! Tu me le promets ?
Tu me le jures ?

MADAME LEBARDIN.

Que veux-tu que je réponde ? Je suis ahurie...
Si tu cherchais à m'ahurir... tu y es arrivé...

LEBARDIN.

Embrasse-moi, Augustine.

MADAME LEBARDIN.

Voilà, mon ami, voilà... *(Elle l'embrasse.)* Je suis
ahurie...

LEBARDIN.

Là, remets-toi, je te pardonne, ma bonne vieille.
Maintenant, tu vas rentrer à l'hôtel.

MADAME LEBARDIN.

J'aime autant ça... parce que je ne sais plus où
j'en suis. Est-ce que tu m'accompagnes ?

LEBARDIN.

Oui, mais avant... *(Il appuie sur un timbre.)* j'ai
encore quelque chose à faire.

(Entre la femme de chambre.)

LA FEMME DE CHAMBRE.

Monsieur désire ?

LEBARDIN.

Veuillez dire à mademoiselle que ma femme,
madame Lebardin, vient d'arriver et que je
l'accompagne à l'hôtel. Veuillez lui demander
aussi si elle pourra me recevoir dans une demi-
heure environ.

LA FEMME DE CHAMBRE.

Bien, monsieur.

(Elle sort.)

MADAME LEBARDIN.

Comment, tu vas revenir ?...

LEBARDIN.

J'ai deux mots à dire à mademoiselle Borel. Tu comprends, n'est-ce pas?... Tu comprends que je ne peux pas rentrer à Pressigny sans prévenir mademoiselle Borel. Tu le comprends, n'est-ce pas?

MADAME LEBARDIN.

Je le comprends... Oui, je le comprends... sans le comprendre. Mais enfin... s'il le faut...

LEBARDIN.

Il le faut absolument.

(Rentre la femme de chambre.)

LA FEMME DE CHAMBRE.

Mademoiselle attendra monsieur dans une demi-heure.

LEBARDIN.

Bien... *(A sa femme :)* Tu vois comme c'est simple.

MADAME LEBARDIN.

C'est très simple.

LEBARDIN.

Allons, viens!... *(A la bonne :)* Dans une demi-heure.

(Sortent madame et monsieur Lebardin.)

SCÈNE X

La Femme de Chambre, puis SUZANNE.

(Sonnette du téléphone.)

LA FEMME DE CHAMBRE.

Allô! allô! Oui, madame est là... on téléphone de Pressigny? Je préviens madame. Veuillez attendre une minute... Ah! la voici... *(A Suzanne*

qui entre :) Madame, on vous demande au téléphone, de Pressigny.

SUZANNE.

Bien...

(Elle va au téléphone. Sort la femme de chambre.)

SCÈNE XI

SUZANNE, *seule au téléphone, puis* LA FEMME
DE CHAMBRE.

SUZANNE, *seule.*

Ah! c'est toi, Riri, bonsoir... Comment vas-tu?
Tu n'es pas encore couchée à cette heure-ci...
Ah! ah! l'inspecteur?... Eh bien! qu'est-ce qu'il
a dit l'inspecteur?... Allô! oui, j'écoute... Il n'est
pas content?... Il veut me faire nommer ailleurs
qu'à Pressigny... Dans le Midi? J'aime mieux ça...
Oui, j'irai dans le Midi, et tu m'accompagneras...
Allô! Mais non, ma pauvre petite, je ne veux pas
rester à Paris... C'est comme ça... Je ne veux
pas... Oui, j'en ai déjà assez... Quoi? qu'est-ce
que tu chantes?... Mais non, par exemple! Mais
non... En voilà une question! Il ne manquerait
plus que ça... Rien du tout! Dame! évidemment!
il a été bien attrapé... Il ne s'attendait pas à...
Mais il est gentil tout de même. Sa femme est
venue le chercher... Oui, ça a dû être drôle...
Et je suis toute seule... Allô! Oh! non, je suis
tout à fait décidée... Maintenant. J'en ai assez de
cette expérience... Nous irons dans le Midi, Riri,
nous irons dans le Midi... mais tu sais, être
cocotte, ça n'a aucune espèce d'intérêt... Tu ris?...
Tu voudrais bien voir? Tu peux t'en rapporter à

moi... C'est une vie assommante... Je crois que pour être cocotte, il faut s'y prendre de bonne heure... Au revoir... Téléphone-moi demain à midi, j'aurai pris une résolution... Allô!... bonne nuit.

LA FEMME DE CHAMBRE, *entrant, une carte à la main.*

Ce monsieur demande si madame peut le recevoir?

SUZANNE, *lisant.*

Monsieur le vicomte de Samblin. *(Réfléchissant.)* Dites que je regrette beaucoup... mais qu'il m'est impossible en ce moment-ci...

LA FEMME DE CHAMBRE.

Bien, madame.

(Elle sort.)

SUZANNE, *seule.*

Ça n'en finirait plus, si je le revoyais. *(Un temps.)* Ça n'en finirait plus.

LA FEMME DE CHAMBRE, *revenant avec une autre carte.*

Madame!...

SUZANNE.

Quoi? Un autre monsieur?

LA FEMME DE CHAMBRE.

Non, le même... il a écrit quelque chose sur sa carte.

SUZANNE.

Voyons... *(Lisant.)* « Je n'ai qu'un mot à vous dire... » *(Parlé.)* Allons, faites entrer. *(Sort la femme de chambre. Suzanne seule.)* Au fond, il doit être très vexé.

(Entre le vicomte.)

SCÈNE XII

LE VICOMTE, SUZANNE.

LE VICOMTE.

Excusez-moi, si j'ai insisté, mademoiselle.

SUZANNE.

Il n'y a pas de mal, monsieur le vicomte. Donnez-vous la peine de vous asseoir.

LE VICOMTE.

Votre santé est bonne ?

SUZANNE.

Excéllente, je vous remercie.

LE VICOMTE.

J'ai rencontré Pagenel aux Folies-Bergère... c'est lui qui m'a appris...

SUZANNE.

Je sais cela... je sais cela...

LE VICOMTE.

Je comptais le trouver ici... avec... avec...

SUZANNE.

Avec monsieur Lebardin. Ils y étaient tous les deux, il n'y a qu'un instant... Ils ont été obligés de sortir.

LE VICOMTE.

Et vous êtes toute seule ?

SUZANNE.

Je suis toute seule. Il y a quelque temps que je n'avais eu le plaisir de vous voir, monsieur le vicomte.

LE VICOMTE,

Oui, depuis...

SUZANNE.

Depuis votre mariage.

LE VICOMTE.

En effet... en effet... Il s'est passé bien des choses depuis ce temps-là.

SUZANNE.

Bien des choses.

LE VICOMTE.

Et pourtant, il n'y a pas longtemps.

SUZANNE.

Un mois.

LE VICOMTE.

Croyez bien, mademoiselle, que si je ne vous ai pas adressé mes compliments au sujet de votre changement de position, c'est que je l'ignorais... Dès que je l'ai su, vous voyez, je suis venu tout de suite.

SUZANNE.

Trop aimable.

LE VICOMTE.

Ah! vous êtes délicieusement installée... mes compliments. Il n'y a pas de comparaison avec un bureau de poste.

SUZANNE.

Aucune comparaison.

LE VICOMTE, *se levant brusquement.*

Ce qui me stupéfie, par exemple, ce que je ne m'explique pas, et ce que je ne m'expliquerai jamais, c'est que vous ayez accepté de monsieur Lebardin, une chose que je vous ai proposée, moi, et que vous avez refusée... Car enfin, je vous l'ai proposé d'être ma bonne amie... je vous l'ai proposé formellement... Et c'est monsieur Lebardin

que vous avez préféré... Si vous pouvez m'expliquer ça !

SUZANNE, *ironiquement.*

Il y a dans la vie une foule d'événements qu'on
ne peut pas expliquer et qui arrivent tout de même.

LE VICOMTE.

C'est ça qui me stupéfie le plus. Alors, vous ne
m'aimez plus ?

SUZANNE.

Ecoutez, monsieur le vicomte, trouvez-vous
qu'il y ait un intérêt quelconque à prolonger cette
conversation ?

LE VICOMTE.

Mais oui, il y a un intérêt, un intérêt très grand...
parce que moi maintenant, je vous aime. Tenez,
voilà encore une de ces choses que l'on ne peut
pas expliquer et qui arrivent tout de même.

SUZANNE.

Allons donc ! monsieur le vicomte, vous badinez !

LE VICOMTE.

Oh ! je ne vous aimais pas, à Pressigny, lorsque
vous m'avez avoué... vous vous rappelez ?... Non,
à ce moment-là, je ne vous aimais pas... Je pensais
à vous de temps en temps, souvent même, je me
répétais ce que vous m'aviez dit, mais ce n'était pas
l'amour... Ça a duré comme ça jusqu'à mon
mariage. Mais le jour de mon mariage, par exemple, il s'est passé une chose extraordinaire. Lorsque
monsieur le maire m'a demandé : « Consentez-vous
à prendre pour femme madame veuve Lureau ? »
Eh bien ! alors, tout d'un coup, pendant qu'il
prononçait la phrase, je me suis aperçu que c'était
vous que j'aimais ; j'ai répondu oui, tout de même,
parce qu'il était trop tard. Mais j'étais furieux. Et
maintenant, il n'y a pas d'erreur... C'est vous que

j'aime, c'est vous ! Il est impossible que vous ne
m'aimiez plus.

(Il s'approche d'elle et lui prend la main.)

SUZANNE.

C'est pourtant la vérité, monsieur le vicomte.

LE VICOMTE.

Vous ne m'aimez plus ?

SUZANNE.

Je ne vous aime plus... non... Et quand même
je vous aimerais encore, je ne recommencerais pas
l'expérience que je viens de faire... Non, décidément... Ce n'est pas ma vocation de détourner de
leurs devoirs les hommes mariés.

LE VICOMTE.

Les hommes mariés ?... Ah ! ah ! elle est bien
bonne...

SUZANNE.

Quoi ?... Vous êtes marié, je suppose ?

LE VICOMTE.

Comment, si je suis marié ? mais je crois bien
que je suis marié... Je crois bien, puisque j'ai dit
oui ! Et même, à ce propos-là, je vais vous dire
une chose, une chose que je n'ai encore dite à
personne... Je suis cocu !

SUZANNE. *lui prenant les mains.*

Oh !...

LE VICOMTE.

Parfaitement... Ma femme me trompe..

SUZANNE.

Comment ! Hermance vous ?...

LE VICOMTE.

Elle me trompe avec le docteur, avec ce cher
docteur.

SUZANNE.

Oh!

LE VICOMTE.

Ça vous étonne? Moi, ça ne m'a pas étonné...
Vous vous rappelez ce que je vous disais dans le
bureau de poste : c'est un mariage qui finira mal.

SUZANNE.

En êtes-vous sûr?

LE VICOMTE.

Si j'en suis sûr! Je les ai vus.

SUZANNE.

Oh!

LE VICOMTE.

D'ailleurs, je m'en doutais. Enfin, il y a trois
jours, le docteur avait déjeuné avec nous. Après
déjeuner, je prends mon fusil et je vais faire un
tour dans le parc. Je propose au docteur de m'accompagner. Il préfère rester, soi-disant pour
faire un bésigue. Ah! ah! Je les laisse donc tous
les deux, ma femme et lui. Vous me direz: « Si
vous aviez des soupçons, pourquoi les laisser
ensemble? » Mais il est inutile de surveiller les
femmes, ce qui est écrit est écrit. Je sors, je
n'avais pas fait cent pas, qu'il me part un lièvre
entre les jambes. Je le tire, je le manque. Je lui
envoie mon second coup, je le manque également-
ment. Cela m'étonne. Alors, je regarde mes cartouches. J'avais emporté du petit plomb, du plomb
pour tuer les moineaux.

SUZANNE.

Oui... oui...

LE VICOMTE.

Je reviens précipitamment au château. Je
rentre dans ma chambre et là, je constate...

SUZANNE.

Oh!

LE VICOMTE.

Parfaitement! C'était réglé : mon mariage était en train de très mal finir.

SUZANNE.

Et qu'est-ce que vous avez fait?

LE VICOMTE.

Je me suis jeté sur le docteur et je lui ai flanqué une pile. Mais ce qu'il y a de plus curieux, c'est qu'en la lui flanquant, cette pile, je n'avais aucune animosité contre lui; je pensais à vous tout le temps. Je la lui flanquais pour le principe, voilà tout. Mais ce qui m'arrivait m'était absolument égal. Le soir, j'ai eu une conversation avec Hermance et nous avons convenu de divorcer, en employant un des moyens usités en pareil cas... Hermance épousera le docteur et moi, si vous n'aviez pas fait la bêtise que vous avez faite, je serais allé vous chercher dans votre bureau de poste, et je vous aurais épousée, parfaitement, je vous aurais épousée. Et voilà pourquoi je suis furieux que vous soyez devenue la bonne amie de cette brute de Lebardin!!...

(Entre Lebardin.)

SCÈNE XIII

Les mêmes, LEBARDIN.

LEBARDIN.

Bonsoir, mon cher vicomte. Ça va bien ?
(Il lui tend la main.)

LE VICOMTE.

Très bien. Et vous?

LEBARDIN, à *Suzanne.*

Mademoiselle, oserai-je vous demander la permission de dire deux mots en tête à tête à monsieur de Samblin?

SUZANNE.

Tout de suite?

LEBARDIN.

Tout de suite, si vous n'y voyez pas d'inconvénient.

SUZANNE.

Moi... je vous laisse alors.

LEBARDIN.

Mille fois aimable, mademoiselle. D'ailleurs, ce sera très court.

(Sort Suzanne.)

SCÈNE XIV

LEBARDIN, LE VICOMTE.

LE VICOMTE.

Vous avez à me parler, Lebardin?

LEBARDIN.

Voici, mon cher vicomte. J'ai entendu, moitié sans le vouloir et moitié en écoutant, la fin de la conversation que vous venez d'avoir avec mademoiselle Borel... Et je viens vous donner un conseil, qui sera un conseil d'ami, quoique vous m'ayez appelé cette brute de Lebardin... *(Mouvement du vicomte.)* Ça ne fait rien.

LE VICOMTE.

Et quel est ce conseil?

LEBARDIN.

Eh bien! vous allez divorcer, n'est-ce pas?...

J'ai entendu... Eh bien! quand vous aurez divorcé, épousez mademoiselle Borel, épousez-la. Vous n'avez que ça à faire, c'est moi qui vous le dis.

LE VICOMTE.

Elle est bonne! Vous me conseillez d'épouser votre maîtresse.

LEBARDIN.

Ça! qu'est-ce qu'ils ont donc tous à s'imaginer que j'ai une maîtresse? Je vous dis que je n'en ai pas... que je n'en ai jamais eu... et au train dont vont les choses, il est probable que je n'en aurai jamais.

LE VICOMTE.

Comment! vous voulez me faire croire que vous n'avez pas?...

LEBARDIN.

Non!

LE VICOMTE.

Que vous n'avez?...

LEBARDIN.

Non!

LE VICOMTE.

Que vous?...

LEBARDIN.

Non.

LE VICOMTE.

Ce serait curieux, ça, par exemple, ce serait curieux!... Mais allons donc!... vous vous moquez de moi; naturellement, vous êtes un galant homme... Merci, je sors d'en prendre.

LEBARDIN.

Enfin, aimez-vous mademoiselle Borel, oui ou non?

LE VICOMTE.

J'aime mademoiselle Borel... certainement, mais de là à épouser une femme à qui vous venez

19

d'offrir des mobiliers somptueux, il y a loin, mon bon, il y a loin.

LEBARDIN, *réfléchissant.*

Ce n'est pas moi qui ai offert ces meubles à mademoiselle Borel.

LE VICOMTE.

C'est un autre! C'est encore plus fort, alors... Et qui est-ce?

LEBARDIN.

C'est vous.

LE VICOMTE.

Hein?

LEBARDIN.

C'est vous, puisque vous allez me rembourser immédiatement les dix-sept mille cinq cents francs que cela m'a coûté.

LE VICOMTE.

Moi!

LEBARDIN.

De cette façon vous aurez mis dans ses meubles une femme que vous aimez et qui vous aime, et qui pourra accepter de vous une chose qu'elle ne pouvait pas accepter de moi, attendu que je n'avais aucun droit à la lui offrir. Car mademoiselle Suzanne Borel est une très vertueuse petite femme et celui qui lui ferait l'injure d'en douter aurait affaire à moi.

LE VICOMTE.

Je vous avoue, Lebardin, que je suis très perplexe.

LEBARDIN.

Voyons, si ce que je vous dis n'était pas la vérité, est-ce que j'aurais l'indélicatesse de vous demander les dix-sept mille cinq cents francs que vous allez me verser?

LE VICOMTE.

Ça, évidemment.

LEBARDIN.

Je ne suis pas pressé, d'ailleurs...

LE VICOMTE.

Je vous les donnerai demain...

LEBARDIN.

Maintenant, mon cher vicomte, je vous quitte...
Je vais retrouver ma femme et lui annoncer
cette bonne nouvelle. Mes plus respectueux hommages à mademoiselle Borel. Décidément, je
n'aurai jamais de chance avec les femmes.

(Il serre la main du vicomte et sort.)

SCÈNE XV

LE VICOMTE, *seul.*

Ça, ce serait curieux !... Ce serait curieux.

SCÈNE XVI

LE VICOMTE, SUZANNE, *puis* LEBARDIN.

SUZANNE, *entrant.*

Il est parti, monsieur Lebardin?

LE VICOMTE.

Parti. *(Lui prenant les deux mains.)* Regardez-moi
n face. C'est vrai ce qu'a dit Lebardin?

SUZANNE.

Qu'est-ce qu'il a dit?

LE VICOMTE.

Que vous... Enfin... Est-ce vrai?

SUZANNE.

C'est vrai.

LE VICOMTE.

C'est possible, c'est très possible, parce qu'avec les femmes, on ne sait jamais. Tenez, vous ne savez pas ce que je donnerais pour le croire!

SUZANNE.

Mais vous n'êtes pas obligé de le croire, monsieur le vicomte; j'irais même plus loin : vous ne devez pas le croire. Moi, à votre place, je ne le croirais pas.

LE VICOMTE.

Eh bien, tant pis! je le crois. Vous serez ma femme. A demain!

SUZANNE, *émue*.

Ah! *(Un petit temps.)* Eh bien! non, pas à demain.
(Elle lui enlève son chapeau et sa canne.)

LE VICOMTE, *joyeux*.

Quoi?

SUZANNE, *le regardant*.

Oui!... et vous allez être bien obligé de le croire, maintenant, gros nigaud!

LEBARDIN, *revenant*.

Mille pardons, mon cher vicomte, mais j'ai oublié de vous remettre la clef.

LES DEUX ÉCOLES

COMÉDIE EN QUATRE ACTES

*Représentée pour la première fois sur la scène du Théâtre
des Variétés, le 28 février 1902,
reprise sur le même théâtre, le 3 janvier 1908,
reprise au Vaudeville, le 20 août 1910.*

PERSONNAGES

Première distribution (Variétés).

MM.		Mmes	
JOULIN.	Baron.	Henriette MAUBRUN.	Jeanne Grac.
Édouard MAUBRUN	Brasseur.	Madame JOULIN.	Marie Magnia
LE HAUTOIS.	Guy.	ESTELLE.	Lavallière.
BRÉVANNES.	Deney.	Madame BRENEUIL.	Lanthenay.
MOLITOR.	Em. Petit.	CLÉMENCE.	Brésil.
SERQUIGNY.	Prince.	LAURE.	Desprez.
Le Gérant.	Perrin.	LOUISE.	Dorlvac.
Le Sommelier.	Lecœur.		
Premier Garçon.	Thierry.		
Deuxième Garçon.	Lamy.		
Un Maitre d'Hôtel.	Fesant.		
Un Groom.	Crozan.		

Deuxième distribution (Variétés).

MM.		Mmes	
Édouard MAUBRUN	Brasseur.	Henriette MAUBRUN.	Thomassin.
LE HAUTOIS.	Guy.	Madame JOULIN.	Marie Magnia
BRÉVANNES.	Prince.	ESTELLE.	Lavallière.
JOULIN.	A. Simon.	Madame BRENEUIL.	Lebergy.
MOLITOR.	Em. Petit.	LOUISE.	Dorlhac.
SERQUIGNY.	Max Linder.	CLÉMENCE.	Nita Rolla
Premier Garçon.	Rocher.	LAURE.	De Frémont.
Le Gérant.	Reusy.	Une Dineuse.	Marius.
Un Maitre d'Hôtel.	Dupuis.	—	Armand.
Un Dineur.	Thiéry.	—	Tarinville.
Un Domestique.	Darcourt.	—	Lukas.
Le Sommelier.	Cochois.		
Deuxième Garçon.	Lambert.		
Un Groom.	Le petit Cochois.		

Troisième distribution (Vaudeville).

MM.		Mmes	
LE HAUTOIS.	André Dubosc.	Henriette MAUBRUN.	Suzanne de Box
Édouard MAUBRUN	Phad.	ESTELLE.	Anie Perret.
JOULIN.	Lorrain.	Madame JOULIN.	M. Beauval.
BRÉVANNES.	Berger.	Madame BRENEUIL.	Glineur.
SERQUIGNY.	Weill.	CLÉMENCE.	Mérys.
MOLITOR.	Chartrettes.	LOUISE.	Tamisier.
Le Gérant.	William.	LAURE.	Albert.
Le Maitre d'Hôtel.	Thomen.		
Le Garçon.	Degray.		

LES DEUX ÉCOLES

ACTE PREMIER

Un petit salon chez Maubrun. Deux portes à droite, une à gauche.

SCÈNE PREMIÈRE

LE HAUTOIS, LOUISE, puis Mme BRÉNEUIL.

LE HAUTOIS.

Je vous assure, Louise, que madame ne devait pas sortir de la journée.

LOUISE.

Elle est pourtant sortie, monsieur.

LE HAUTOIS.

Sans rien laisser pour moi?

LOUISE.

Sans rien laisser.

LE HAUTOIS.

A-t-elle dit qu'elle rentrerait bientôt?

LOUISE.

Madame n'a rien dit.

LE HAUTOIS.

Et monsieur est-il chez lui?

LOUISE.

Monsieur est sorti également.

LE HAUTOIS.

Avec madame?

LOUISE.

Sans madame.

MADAME BRÉNEUIL, *entrant.*

Qui est-ce qui est sorti le premier, de madame ou de monsieur?... Bonjour, Le Hautois... Vous rappelez-vous, Louise, qui est sorti le premier?

LOUISE.

C'est madame. Immédiatement après déjeuner... Et monsieur est sorti une demi-heure après environ.

MADAME BRÉNEUIL.

Merci, Louise.

(Louise sort.)

SCÈNE II

LE HAUTOIS, MADAME BRÉNEUIL.

MADAME BRÉNEUIL.

Vous trouvez ça naturel?

LE HAUTOIS.

Quoi, ça?

MADAME BRÉNEUIL.

Ce qui se passe ici?

LE HAUTOIS.

Il s'y passe donc quelque chose?

MADAME BRÉNEUIL.

Je ne sais pas au juste, mais j'ai idée que je ne tarderai pas à le savoir. Moi, je n'ai qu'à entrer dans une maison, à voir la figure des domestiques, un tas de petits détails qui n'ont l'air de rien pour le premier venu, et je vous dis tout de suite : « Voilà un ménage qui va... » ou : « Voilà un ménage qui ne va pas... »

LE HAUTOIS.

Et ici?...

MADAME BRÉNEUIL.

Et ici, c'est un ménage qui ne va pas.

LE HAUTOIS.

Quelle erreur!

MADAME BRÉNEUIL.

Vous ne voyez rien, vous, parce que vous êtes aveuglé par la passion.

LE HAUTOIS.

Par exemple! Je vous prie de croire...

MADAME BRÉNEUIL.

Mettons par l'amour.

LE HAUTOIS.

Mais pas du tout.

MADAME BRÉNEUIL.

Par l'amitié, alors?...

LE HAUTOIS.

Par l'amitié, si vous voulez... J'aime beaucoup madame Maubrun, je ne m'en cache pas.

MADAME BRÉNEUIL.

Vous ne pourriez pas, d'ailleurs.

LE HAUTOIS.

J'ai voulu l'épouser autrefois, ce n'est pas un mystère. J'ai demandé sa main, elle me l'a refusée énergiquement. Cela a établi entre nous une sorte de lien, qui est devenu peu à peu une amitié solide.

MADAME BRÉNEUIL.

Il n'en faut souvent pas davantage.. Une drôle d'idée qu'elle a eue là, Henriette, de ne pas vous épouser !

LE HAUTOIS.

Vous êtes bien bonne.

MADAME BRÉNEUIL.

Oh ! ce n'est pas pour vous faire un compliment... Je comprends très bien qu'on refuse d'être votre maîtresse ; je ne comprends pas qu'on refuse d'être votre femme... Vous êtes le vrai mari, le mari par excellence... Vous êtes un homme régulier, sérieux et doux. Vous ne faites pas de grands gestes, vous ne devez jamais rien casser... Je ne crois pas qu'on puisse vous aimer violemment pendant les quelques heures que durent ces plaisanteries-là. Mais on doit vous aimer tout le temps un peu. Si on apprenait la vie aux jeunes filles, au lieu de leur apprendre des sottises, dès qu'elles auraient la chance de rencontrer un monsieur comme vous, elles commenceraient par l'épouser, d'abord. Elles verraient bien après.

LE HAUTOIS.

Je suis confus.

MADAME BRÉNEUIL.

Quand vous voudrez m'épouser, moi, ne vous gênez pas... Vous savez que je suis veuve ?

LE HAUTOIS.

Comment pourrais-je l'ignorer ?

MADAME BRÉNEUIL.

Avez-vous connu mon mari ?

LE HAUTOIS.

Vaguement.

MADAME BRÉNEUIL.

Moi, je ne l'ai pas connu du tout... C'est vrai :
je ne l'ai perdu que depuis deux ans, et il me
serait impossible de me rappeler son caractère...
Je crois qu'il n'en avait pas. C'était un homme
qui ne s'occupait que de ses affaires... C'est à
peine si je l'apercevais de temps en temps; il ne
faisait qu'entrer et sortir. Un beau jour il est
sorti, il n'est pas rentré. Ah! on nous fait faire
de drôles de mariages!... Tenez, croyez-vous que
ce soit agréable pour une femme comme Henriette, d'avoir épousé ce farceur?...

LE HAUTOIS.

Quel farceur? Maubrun? Je ne vois pas en
quoi...

MADAME BRÉNEUIL.

Vous ne voyez pas... Eh bien, vous le verrez
un jour, ayez un peu de patience.

(Entre Henriette.)

SCÈNE III

Les Mêmes, HENRIETTE, LOUISE.

HENRIETTE.

Bonjour, chère amie... Si j'avais su que vous
m'attendiez...

MADAME BRÉNEUIL.

Je vous attendais de la façon la plus agréable.

LE HAUTOIS.

Moi de même.

HENRIETTE.

Bonjour, Le Hautois, bonjour...

(*Elle va lui serrer la main.*)

MADAME BRÉNEUIL.

Je vous ai écrit il y a trois jours, ma chère,
pour vous demander si vous vouliez venir à la
maison, ce soir, avec votre mari, bien entendu,
et quelques amis, dont Le Hautois, ici présent...
Ne recevant pas de réponse...

HENRIETTE.

Je ne vous ai pas répondu?... Excusez-moi.

MADAME BRÉNEUIL.

Vous acceptez?

HENRIETTE.

Je suis au regret, chère amie, mais je ne peux
pas.

MADAME BRÉNEUIL.

Où dînez-vous donc, sans indiscrétion?... Chez
les Ménobier?

HENRIETTE.

Ah! non, par exemple!...

MADAME BRÉNEUIL.

Pourquoi « par exemple » ?

HENRIETTE.

C'est une façon de parler.

MADAME BRÉNEUIL.

Marguerite a un grand dîner... Vous pourriez
en être, ça n'aurait rien d'extraordinaire.

HENRIETTE.

En effet... mais je n'en suis pas.

MADAME BRÉNEUIL.

Vous dînez chez vous, alors?...

HENRIETTE.

Je ne sais pas du tout.

MADAME BRÉNEUIL.

Bon! bon! vous ne voulez pas me dire où vous dînez. Je n'insiste pas.

HENRIETTE.

Je ne vous le dis pas, parce que je n'en sais rien... Je vous assure, je n'en sais rien... Je ne sais même pas si je dînerai, ainsi!...

MADAME BRÉNEUIL.

Vous êtes souffrante?

HENRIETTE.

Je vous expliquerai ça un de ces jours....Vous devez sentir que j'ai quelque chose, n'est-ce pas? Vous êtes trop fine pour ne pas le sentir.

MADAME BRÉNEUIL.

Mais je m'en étais bien aperçue... pardi! Vous me le raconterez?

HENRIETTE.

Je vous le promets.

MADAME BRÉNEUIL.

Ce n'est pas un ennui, j'espère?

HENRIETTE.

Vous le saurez bientôt.

MADAME BRÉNEUIL.

Je suis très impatiente, je ne vous le cache pas... Je suppose que s'il vous arrivait un ennui, un ennui grave surtout, vous n'hésiteriez pas à me le confier.

HENRIETTE.

A qui voulez-vous que je le confie, si ce n'est à vous?

MADAME BRÉNEUIL.

A bientôt alors. C'est tout ce que j'avais à vous dire?... Oui, c'est tout.

HENRIETTE.

A bientôt.

MADAME BRÉNEUIL, à *Le Hautois*.

A ce soir, vous.

LE HAUTOIS

A ce soir, chère madame.

(*Mme Bréneuil sort.*)

SCÈNE IV

LE HAUTOIS, HENRIETTE.

LE HAUTOIS.

J'ai loué la villa de Pourville.

HENRIETTE.

Quelle villa?

LE HAUTOIS.

Eh bien! celle que vous m'aviez chargé de louer...

HENRIETTE.

Moi! Je vous avais chargé?...

LE HAUTOIS.

Mais oui... puisque vous avez l'intention de passer l'été à Pourville.

HENRIETTE.

Je n'ai pas du tout l'intention de passer l'été à Pourville... En tout cas, rien n'est décidé... Je ne sais pas ce que je ferai ce soir... comment voulez-vous que je sache ce que je ferai dans six semaines! Est-ce que vous le savez, vous?

LE HAUTOIS.

Oui, madame, je le sais... Je sais toujours ce
que je ferai dans trois mois et même dans un an.
À la fin de chaque année je fais mon programme
de l'année suivante, et je ne m'en écarte pas d'une
ligne, à moins de force majeure. J'ai horreur des
aventures, de l'imprévu, et de changer mes habitudes tous les quinze jours, ce qui paraît être
votre distraction favorite. Quand j'ai décidé de
faire quelque chose, je le fais, et quand j'ai donné
ma parole, je la tiens. Que voulez-vous? c'est
mon caractère.

HENRIETTE.

Mais il a du bon, votre caractère... Croyez bien
que je l'apprécie... et que j'ai pour vous beaucoup d'estime et d'affection... Seulement, en ce
moment-ci, je vous supplie de ne pas m'agacer
pour une bêtise pareille... Je ne suis pas tout à
fait dans mon état normal... Quelle heure est-il
donc?

LE HAUTOIS.

Trois heures.

HENRIETTE.

Trois heures!...

LE HAUTOIS.

Je vous quitte... Je vois, en effet, que vous
êtes préoccupée...

HENRIETTE.

J'attends mon père... mon père et ma mère,
que j'ai priés de passer chez moi... Ah! je pense
que les voici... Vous m'excusez?...

(Entrent monsieur et madame Joulin.)

LE HAUTOIS.

Cher monsieur Joulin... Madame.

HENRIETTE, à *Le Hautois.*

Revenez dans l'après-midi... Je vous ai un peu
bousculé tout à l'heure; il ne faut pas m'en vouloir... Je vous aime bien, vous savez... Revenez,
j'ai des tas de choses à vous dire!...

(Elle reconduit Le Hautois qui sort.)

SCÈNE V

JOULIN, HENRIETTE, MADAME JOULIN.

MADAME JOULIN.

J'ai lu ton petit mot... Qu'y a-t-il donc? J'espère que ce n'est pas grave?

HENRIETTE.

Pas grave du tout.

MADAME JOULIN.

Je respire...

HENRIETTE.

Quand partez-vous pour Dijon?

MADAME JOULIN.

Demain matin. Il commence à faire très chaud
à Paris. Ton père reviendra de temps en temps,
mais moi, j'ai l'intention de rester trois mois là-
bas sans bouger.

HENRIETTE.

Bon... Alors vous partez demain matin... A
quelle heure?

MADAME JOULIN.

A midi. N'est-ce pas, Adolphe?

JOULIN.

A l'heure que tu voudras, ma chérie.

HENRIETTE.

C'est parfait. J'ai le temps de faire mes malles...
Voulez-vous de moi?

MADAME JOULIN.

Mais je crois bien, mon enfant! Il y a assez
longtemps que nous te demandons de venir. Ton
père a fait de grands changements dans la propriété, tu verras.

JOULIN.

J'ai installé une salle d'armes comme celle que
j'ai à Paris.

HENRIETTE.

Ce doit être charmant.

MADAME JOULIN.

Est-ce que ton mari peut t'accompagner? ·

HENRIETTE.

Non, il ne peut pas m'accompagner, mon mari.

MADAME JOULIN.

Il ne te rejoindra pas?

HENRIETTE.

Non.

MADAME JOULIN.

Combien de temps resteras-tu avec nous?

HENRIETTE.

Tout l'été, si vous voulez bien.

MADAME JOULIN.

Sans ton mari?

HENRIETTE.

Sans mon mari.

MADAME JOULIN.

Je ne comprends pas, tu sais.

JOULIN.

Moi non plus.

HENRIETTE.

Je vais vous expliquer, vous allez comprendre tout de suite. J'ai l'intention de divorcer.

MADAME JOULIN, *avec un haut-le-corps.*

Hein?

JOULIN, *se levant également.*

Quelle est cette plaisanterie?

HENRIETTE.

J'ai l'intention de divorcer, et je préfère vivre auprès de vous jusqu'au moment où le divorce sera prononcé.

MADAME JOULIN.

Est-ce que tu ne perds pas un peu la tête?

HENRIETTE.

Je n'ai jamais été plus calme. J'ai même déjà vu notre avoué. Le divorce par consentement mutuel n'est pas admis, mais quand on est d'accord pour divorcer, il y a trente-six moyens de tourner la loi. Il me les a indiqués, l'avoué! Nous n'aurons que l'embarras du choix.

MADAME JOULIN, *à Joulin qui veut prendre la parole.*

Laisse-moi parler... *(A Henriette :)* Que s'est-il passé, depuis avant-hier, entre ton mari et toi? Car nous avons dîné avant-hier chez vous, vous étiez très gais, tous les deux; vous aviez l'air de vous entendre parfaitement...

HENRIETTE.

Tu vas voir. Assieds-toi... Il faut vous dire d'abord que depuis la première année de notre mariage, Edouard n'a pas cessé de me tromper.

JOULIN.

Oh!

HENRIETTE.

Il n'y a pas de : Oh! Il ne s'est pas arrêté depuis

sept ans. Et avec un aplomb! une inconscience!
c'était merveilleux! Je ne sais combien de fois,
j'ai trouvé sur sa table ou dans ses vêtements des
lettres qui étaient l'évidence même. Je les lui
montrais, je lui faisais des scènes, je pleurais...
Car à ce moment-là j'étais folle de lui... Je l'attendais à la fenêtre des heures entières... Est-on
bête! Lui, il m'embrassait bien tranquillement...
Et il me racontait des histoires! Non, quand j'y
pense! Si je t'en disais quelques-unes, de ces
histoires, tu te tordrais.

MADAME JOULIN.

Non, ma fille, je ne me tordrais pas.

HENRIETTE.

Papa se tordrait... Enfin! j'avais beau le prendre
sur le fait, il niait l'évidence comme une femme.
Ce qu'il y a de plus fort, c'est que j'en arrivais peu
à peu à le croire, je lui pardonnais, on se récon-
ciliait, et c'était à recommencer quinze jours plus
tard.

JOULIN.

Pourquoi ne nous disais-tu rien?

HENRIETTE.

J'espérais toujours que ça changerait. Ça ne
changeait pas, au contraire. Je me disais : « Ah çà!
est-ce que je vais devenir idiote? Est-ce que ça
va durer toute la vie? » Je me sentais partie pour
être très malheureuse, et ça ne m'allait pas cette
idée-là, ça ne m'allait pas du tout. Il ne faut se
résigner à être malheureuse que lorsqu'on ne peut
plus faire autrement. Alors, je me suis raidie, j'ai
lutté; je ne sais pas comment je m'y suis prise,
mais un beau matin, en me réveillant à côté de
mon mari, j'ai regardé sa bonne figure souriante
d'homme qui a tout à se reprocher, et je me suis

aperçue qu'il m'était devenu complètement indifférent.

MADAME JOULIN.

Ton mari t'est devenu indifférent?

HENRIETTE.

Tout à fait. Je ne le prends plus au sérieux, et quand on se met à ne plus prendre un homme au sérieux, c'est effrayant... D'abord, c'est bien simple, je commence à croire qu'il n'existe pas, mon mari... Je t'assure, ce n'est pas un homme, c'est un fantôme... Il va, il vient, il remue, il parle, mais tout ça au hasard, sans réfléchir, sans penser... Il n'aura jamais de remords, quoi qu'il fasse... Je suis même convaincue qu'il n'a jamais eu une émotion de sa vie... Pourquoi m'a-t-il épousée? je me le demande. Il est allé au mariage comme à un rendez-vous... pimpant, joyeux, tranquille. Le domicile conjugal a été pour lui une garçonnière.

JOULIN.

Tais-toi donc! Il est charmant, ton mari!

HENRIETTE.

Toi, tu le trouves charmant, parce que vous faites des armes et que vous soupez ensemble... Mais, d'ailleurs, il est charmant, je ne dis pas le contraire... Il est gai, il se porte bien... Il boit du champagne tant qu'on veut... C'est très agréable de souper avec lui; mais il n'y a pas besoin d'être mariés pour ça. Aussi, j'en ai assez. Il épousera qui il voudra, mais moi, c'est fini... Tu comprends que je ne me suis pas décidée en un clin d'œil... J'ai réfléchi... j'ai hésité... Je suis allée jusqu'à la dernière limite des concessions... Pour avoir bien ma conscience pour moi, j'ai résolu d'attendre une certitude, une certitude absolue, cette fois-ci,

qu'il me trompait... un fait qu'il ne pourrait pas
nier. Maintenant, je l'ai, et nous divorcerons coûte
que coûte. Il a dépassé les bornes, à la fin des fins !

MADAME JOULIN.

Et tu dis que tu l'as, la certitude ?

HENRIETTE.

Oui.

MADAME JOULIN.

Absolue ?

HENRIETTE.

Absolue !

MADAME JOULIN.

Depuis quand ?

HENRIETTE.

Depuis cet après-midi. Ces choses-là, il faut
souvent des années pour en avoir le soupçon, il
suffit d'un quart d'heure pour en être sûre. J'ai
vu, de mes yeux vu... Edouard entrer au 51 *bis*,
rue Vignon, avec une amie à moi... Il a loué là,
depuis je ne sais combien de temps, le rez-de-
chaussée qui est à gauche sous la porte cochère...

MADAME JOULIN.

Une amie à toi ? Qui ?...

HENRIETTE.

Ce n'est pas la peine de te dire son nom. Elle
est mariée. D'ailleurs, je ne lui en veux pas du
tout à elle. C'est une personne qui a toujours eu
des amants, comme Edouard a toujours eu des
maîtresses... Il s'est trouvé qu'un jour Edouard
n'avait pas de maîtresse et qu'elle n'avait pas
d'amant, alors ils sont allés tous les deux, 51 *bis*,
rue Vignon, c'est bien naturel.

MADAME JOULIN.

Et tu dis que tu les as vus ?.

JOULIN.

Mais comment as-tu pu les voir ?

HENRIETTE.

Vis-à-vis le 51 *bis,* il y a un family-hôtel, tenu par une vieille dame anglaise. Je me suis informée s'il restait des appartements à louer, donnant sur la rue. Il en restait un au premier. La vieille dame anglaise ne voulait pas louer d'abord à une femme seule. Je lui ai démontré que j'étais veuve... Je lui ai juré que je ne recevrais jamais aucun monsieur... Bref, j'ai eu l'appartement. Je suis allée l'occuper cet après-midi, tout de suite après déjeuner, un peu avant qu'Edouard ne sortît. Je me suis mise à la fenêtre en me dissimulant derrière les rideaux, et j'ai attendu. Ça n'a pas été long. Edouard est arrivé paisiblement à pied, en fumant un cigare, ne prenant aucune précaution, ne regardant même pas s'il était suivi, comme s'il allait au club. Elle est arrivée quelques instants après lui, en voiture. Je l'ai bien reconnue, il n'y a pas d'erreur possible. Alors, je suis partie à mon tour, ma résolution prise et bien prise, et je vous ai laissé un petit mot, vous priant de passer ici. Voilà !

JOULIN, à *sa femme.*

Quelle est ton opinion, chérie ?

HENRIETTE.

Oui ?...

MADAME JOULIN.

Ma chère enfant, je vais être franche. Je t'avoue donc tout bonnement que le divorce me paraît une institution contre nature. Il me fait l'effet d'une opération chirurgicale. Or, je veux bien du bistouri, mais à condition qu'il me soit bien démontré que c'est une question de vie ou de mort. En attendant, j'aime mieux mon bobo. Non, non ! Pas trop de chirurgiens et pas trop d'avoués. Gardons le divorce pour des cas un peu plus rares et un peu plus intéressants que le tien.

HENRIETTE.

Ah ! vraiment, tu trouves que mon cas n'est pas intéressant ?

MADAME JOULIN.

A peine. Ton mari te trompe ; tu l'as guetté, tu as fini par le surprendre. Eh bien, d'abord, permets-moi de te dire que tu as eu tort. Tu as eu tort. La femme, la vraie femme, telle du moins que je la comprends, ne doit jamais chercher à savoir si elle est trompée. Nous sommes trop supérieures, en général, à nos maris, pour nous préoccuper de ces détails. Et les hommes ne méritent même pas que nous attachions tant d'importance à leurs fautes. Qu'ils nous trompent, si ça leur fait plaisir ! Quant à nous, nous devons rester non seulement dans le doute, mais dans une dédaigneuse ignorance...

JOULIN.

Ta mère a raison...

HENRIETTE.

Ah ! par exemple... Mais il n'y a pas de femme comme toi, il n'y a que toi...

MADAME JOULIN.

C'est fâcheux. Mais il faudra renoncer au mariage ou bien en arriver là. Et tant qu'un homme ne nous trahit pas d'une façon grossière et désobligeante, tant qu'il ne nous ruine pas avec des drôlesses et qu'il ne passe pas ses nuits dehors, nous n'avons rien à lui reprocher ; c'est tout ce

qu'on peut demander à un monsieur. En dehors
de ce principe, on ne sait plus où l'on va. On est
dans l'aventure, dans les ténèbres, dans le gâchis.
Le divorce, c'est le gâchis.

HENRIETTE.

Tu en parles à ton aise .. Qu'est-ce que tu
risques? Tu as un mari modèle.

JOULIN.

Oui, mon enfant.

MADAME JOULIN, à Henriette.

Parfaitement, ton père est un époux modèle...
Mais sais-tu pourquoi il est un époux modèle?
Parce que je n'ai jamais approfondi sa conduite,
parce que je n'ai jamais voulu vérifier...

JOULIN.

Oh !

MADAME JOULIN, à Henriette.

. Ah çà ! est-ce que tu t'imagines que si j'avais
été aussi imprudente que toi, ton père y aurait
plus résisté que les autres ?

JOULIN.

Oh ! chérie... peux-tu dire ?

MADAME JOULIN.

Mais je l'aurais pris dix fois la main dans le
sac, si j'ose m'exprimer ainsi.

JOULIN.

Jamais !

MADAME JOULIN.

Il y a une vingtaine d'années, à Nice, ton père
m'a certainement trompée avec une petite femme
de chambre anglaise chez qui il est resté enfermé
pendant une demi-heure...

JOULIN.

Je t'assure...

MADAME JOULIN.

Inutile de vous défendre, je ne vous accuse pas... Une autre année, nous avons fait une coupe de bois dans notre propriété de Bourgogne... Eh bien ! en établissant mes comptes, jamais je n'ai trouvé où avait passé l'argent... Ai-je fait allusion à ce déficit?... Jamais. Je suis fort au-dessus d'une coupe de bois. De même, et conformément à mes principes, je me suis abstenue de parler à ton père de la jeune dame avec qui il causait, rue du Faubourg-Poissonnière, il y a huit jours, entre six heures et six heures et demie...

JOULIN.

Mais tu aurais pu... C'est la femme de mon relieur... elle me consultait...

MADAME JOULIN.

Que m'importe ! Cela m'est parfaitement égal. Je mourrai sans savoir ce que vous disiez à cette jeune personne, où a passé ma coupe de bois et ce que vous avez fait avec la petite Anglaise de Nice. *(A Henriette.)* Voilà ma fille, le secret du bonheur en ménage : il n'y en a pas d'autre.

HENRIETTE.

C'est possible et, quand j'aurai ton âge, je tiendrai peut-être de ces raisonnements-là aux autres. Mais en ce moment, j'y suis pour mon compte, et je sais où elle a passé, ma coupe de bois!... Ah! il me semble que j'entends la voix de mon mari... Parfaitement, c'est lui. Vous allez le voir, le sourire aux lèvres, le nez en l'air, et ses bonnes joues bien fraîches... Je veux être pendue, s'il ne vous fait pas dix mensonges en cinq minutes...

SCÈNE VI

LES MÊMES, ÉDOUARD, *des lettres à la main.*

ÉDOUARD, *à monsieur et madame Joulin.*

Quelle bonne surprise!... Ma foi, j'ai failli aller vous dire tout à l'heure un petit bonjour...
(Il leur serre la main.)

HENRIETTE, *comptant, à sa mère.*

Un!

ÉDOUARD.

C'est cet animal de Brévannes qui m'en a empêché.

HENRIETTE.

Deux.

ÉDOUARD, *à Henriette.*

Tu es sortie, cet après-midi?...

HENRIETTE.

Un instant... *(A son mari qui veut l'embrasser, détournant les lèvres :)* Non, pas là... sur le front.

ÉDOUARD.

Sur le front?

HENRIETTE.

Oui... embrasse-moi sur le front, je te dirai pourquoi tout à l'heure.

ÉDOUARD, *à Joulin.*

Figurez-vous que Brévannes, oui, notre Brévannes qui nous doit cent cinquante louis de bridge, moitié à chacun, s'en va aux colonies, complètement décavé. Il réglera ses comptes de jeu à son retour, il m'a prié de vous le dire.

HENRIETTE, *comptant.*

Trois, quatre.

ÉDOUARD.

Il paraît qu'il part avec une assez bonne
affaire... Il m'a entraîné au cercle et il m'a
raconté son voyage par avance.

HENRIETTE.

Cinq, six, sept, huit.

ÉDOUARD, à *Henriette*.

Tu dis?

HENRIETTE.

Rien. Je compte... En as-tu fait, des choses,
cet après-midi! et tu oublies peut-être la principale.

ÉDOUARD.

Non, je n'oublie rien... Tiens! en revenant j'ai
vu des violettes superbes chez le fleuriste. Je lui
ai dit d'en apporter.

HENRIETTE, à *sa mère*.

Neuf et dix. Ça y est.

ÉDOUARD, à *Joulin*.

Je jette un coup d'œil sur ces lettres et je
reviens... Vous ne partez pas tout de suite?

JOULIN.

Je vous attends, j'ai à vous parler.

ÉDOUARD.

Je suis à vous dans la minute.

(*Il va à droite.*)

SCÈNE VII

JOULIN, HENRIETTE, MADAME JOULIN.

HENRIETTE.

Non, mais est-il gai! est-il confiant! est-il heureux de vivre! A-t-il assez l'air d'un bonhomme

qui s'est dit, dès qu'il a eu l'âge de raison : « Je
veux bien embêter tout le monde, mais je ne veux
pas m'embêter, moi! »

MADAME JOULIN.

Il est tellement tranquille que j'ai peine à
croire...

HENRIETTE.

Ah! ah!

JOULIN.

Moi aussi j'ai peine à croire... Car enfin... il m'est
très sympathique, ce garçon-là... *(Entre Édouard.)*
Laissez-nous ensemble; je vais bien voir.

SCÈNE VIII

LES MÊMES, ÉDOUARD, *puis* LOUISE.

ÉDOUARD.

Allons, bon! j'ai oublié de renvoyer mon fiacre...
(Il fait mine de traverser la scène.)

HENRIETTE.

Ne te dérange pas. *(Elle appuie sur un bouton:)* Je
vais le faire payer, ton fiacre.

ÉDOUARD.

J'y vais moi-même... le temps de monter et de
descendre...

HENRIETTE.

Mais non, mais non. *(A Louise qui entre.)* Louise?

LOUISE.

Madame?

HENRIETTE, à Édouard.

Combien faut-il donner?

ÉDOUARD, *après une hésitation.*

Deux francs cinquante...

HENRIETTE.

Louise, vous donnerez deux francs cinquante au cocher qui est devant la porte... Si, par hasard, il y en a plusieurs, vous demanderez celui qui vient de la rue Vignon, du 51 *bis* de la rue Vignon.

ÉDOUARD.

Hein?

LOUISE.

Bien, madame.

   (Elle sort à gauche.)

HENRIETTE, à *sa mère.*

Viens-tu, maman?

   (Elle sort avec madame Joulin après avoir jeté un regard dédaigneux à son mari.)

SCÈNE IX

ÉDOUARD, JOULIN, *puis* LOUISE.

ÉDOUARD.

Elle sait donc quelque chose?

JOULIN.

Oui.

ÉDOUARD.

Quoi?

JOULIN.

Tout!

ÉDOUARD.

C'est absurde, c'est absurde! Et elle a pleuré?

JOULIN.

Non, elle n'a pas pleuré. Elle a ri.

ÉDOUARD.

Oh!

JOULIN.

Elle a beaucoup ri, elle a trouvé ça très drôle. Seulement de peur de se rendre malade à force de rire, elle veut divorcer.

ÉDOUARD.

Divorcer?... Ah! par exemple!

JOULIN.

Elle est même allée déjà chez l'avoué .. Elle en sort, et je n'ai pas le courage de l'en blâmer.

ÉDOUARD.

C'est absurde! C'est absurde!... On ne divorce pas comme ça... Je ne veux pas, d'abord... Eh bien! voilà une chose à laquelle je ne m'attendais guère. J'arrivais bien tranquillement.

JOULIN.

. C'est ce qui l'a exaspérée encore davantage.

ÉDOUARD.

Je vais lui parler à Henriette... Je vous garantis qu'elle me pardonnera... J'en suis sûr.

JOULIN.

Elle vous a pardonné la première fois... elle vous a pardonné la seconde... Elle vous a pardonné la troisième, elle vous a pardonné tant qu'elle a pu compter... Maintenant il n'y a plus moyen... Allons! mon cher, votre conduite est pitoyable, permettez-moi de vous le dire.

ÉDOUARD.

Ecoutez, je vous jure que je ne suis pas aussi coupable que j'en ai l'air. Ma parole, j'ai été entraîné : il n'y a presque pas de ma faute. Si je vous racontais comment ça s'est passé cette fois-ci, vous m'excuseriez vous-même.

JOULIN.

Voyons un peu.

ÉDOUARD.

C'était le mois dernier. Une dame de nos amies, à qui je faisais la cour légèrement, très légèrement...

JOULIN.

D'abord, il ne fallait pas lui faire la cour.

ÉDOUARD.

Je la lui faisais sans intentions, machinalement, comme on fait à toutes les femmes. Voilà que tout d'un coup, un soir, dans un salon, elle me demande en riant, en me riant dans les yeux : « Qu'est-ce que vous faites, demain, dans l'après-midi ? » Je réponds naïvement, sans songer à mal : « Je ne sais pas ; et vous ? » Elle me regarde encore en riant et elle me dit : « Ce que vous voudrez. » Voyons, qu'auriez-vous fait à ma place ?

JOULIN.

Il n'est pas question de ce que j'aurais fait, moi, mais de ce que vous avez fait, vous.

ÉDOUARD.

Dame ! écoutez, je ne suis pas un goujat, je ne pouvais pas faire celui qui n'a pas compris. Et c'est toujours la même chose. Chaque fois qu'une femme de notre entourage a envie de tromper son mari, mon affaire est bonne, c'est sur moi que ça tombe...

JOULIN.

Vous n'êtes pourtant pas irrésistible. Il y en a cent comme vous.

ÉDOUARD.

Il paraît que ça ne suffit pas encore.

JOULIN.

Et vous n'avez jamais aimé aucune de ces femmes-là?...

ÉDOUARD.

Jamais de la vie!

JOULIN.

Vous, avec votre caractère, vous rencontrerez un jour une créature qui vous en fera voir de toutes les couleurs.

ÉDOUARD.

Je ne l'aurais pas volé.

JOULIN.

Mon cher, puisque vous saviez que vous étiez comme ça, il ne fallait pas vous marier... Remarquez que, comme homme, je vous comprends. J'irai plus loin : je vous envie; oui, j'admets parfaitement que l'on trompe sa femme... Mon Dieu! la nature humaine est la nature humaine... Mais on n'a pas le droit de se laisser pincer. La fidélité de l'homme, c'est la prudence.

ÉDOUARD.

Ce que vous dites est plein de bon sens.

JOULIN.

Je vous citerai l'exemple d'un de mes amis... qui a trompé sa femme... comme vous avez trompé la vôtre, peut-être pas autant, mais le chiffre n'y fait rien. Eh bien! l'harmonie de son ménage n'en a pas été troublée une minute. Il a traversé toute la vie sans remords et sans accident, et aujourd'hui, arrivé à un âge relativement avancé, il peut se dire : « J'ai fait des bêtises, c'est vrai; mais je n'ai pas détruit mon ménage, j'ai rendu ma femme heureuse et j'ai été moi-même très heureux. » Et pourquoi, d'ailleurs, no pas vous lo nommer? Cet ami, c'est moi! c'est moi!

ÉDOUARD.

J'avais bien deviné. Et c'est fini?

JOULIN.

Qu'est-ce qui est fini?

ÉDOUARD.

Vos bêtises...

JOULIN.

A peu près.

Ah! ah!

ÉDOUARD.

JOULIN.

A ce propos même, pendant que j'y pense, j'ai un petit service à vous demander. Je vous l'aurais demandé plus tôt si nous n'avions pas eu cette discussion. Vous êtes toujours avocat, quoique vous ne plaidiez jamais?

ÉDOUARD.

Oui... je suis avocat...

JOULIN.

Ça va bien... Voici de quoi il s'agit : je connais une petite femme qui a été abandonnée par son mari...

ÉDOUARD.

Bon! bon!

JOULIN.

Oh! il n'y a pas de mystère. C'est la femme de mon relieur... Je l'ai rencontrée l'autre jour, rue du Faubourg-Poissonnière... Elle m'a raconté ses malheurs, elle veut divorcer... Je lui ai promis de la mettre en rapport avec quelqu'un qui lui indiquerait la marche à suivre.

ÉDOUARD.

Je lui dirai ce qu'il faudra, soyez tranquille.

21

JOULIN.

N'allez pas croire des choses... C'est une petite femme gentille comme tout, qui m'inspire une grande sympathie... Figurez-vous que son mari l'a laissée sans le sou !...

ÉDOUARD

Oh ! oh !

JOULIN.

Je ne sais pas ce qu'elle serait devenue si... C'est navrant. Avant de partir pour la campagne, je voudrais bien être rassuré sur son compte.

ÉDOUARD.

Parfaitement... Vous reviendrez de temps en temps à Paris ?

JOULIN.

De temps en temps... Je peux compter sur vous ?

ÉDOUARD.

Vous le pouvez.

JOULIN.

Et moi, de mon côté, je vais tâcher d'arranger votre affaire... Ma fille vous adore, après tout.

ÉDOUARD.

Je l'espère.

JOULIN.

Seulement, il faut me jurer de rompre avec votre maîtresse.

ÉDOUARD.

Je voulais même rompre cet après-midi, ça ne s'est pas trouvé !...

JOULIN.

Et vous me donnez votre parole d'honneur de ne pas recommencer ?

ÉDOUARD.

Je vous la donne.

JOULIN.

Et vous ferez tout votre possible pour la tenir?...
Vous me donnez votre parole que vous ferez votre
possible pour la tenir?

ÉDOUARD.

Je vous la donne encore...

JOULIN.

Ce rez-de-chaussée que vous avez rue Vignon...
vous ne devriez pas le garder, ce serait plus
prudent.

ÉDOUARD.

Je vais envoyer le congé tout de suite... à
moins que *(Riant.)* à moins que vous n'en ayez
besoin personnellement, du rez-de-chaussée, auquel cas...

JOULIN.

Non, merci...

ÉDOUARD, *allant à la porte de droite, premier plan.*

Attendez-moi une minute, j'écris la lettre au
propriétaire, vous la mettrez vous-même à la
poste... Vous voyez, je suis plein de bonnes réso-
lutions.

(Il fait mine de sortir. Louise entre.)

LOUISE.

Une dame demande monsieur Joulin.

JOULIN.

Oui, oui... je sais... faites entrer *(Sort Louise.
A Edouard:)* C'est elle... je lui avais donné rendez-
vous ici... Ça vous fera un commencement de
clientèle... Travaillez, mon cher enfant, travaillez.
Ce qui vous a perdu jusqu'à présent, c'est l'oisiveté.

ÉDOUARD.

Pas autre chose. Je reviens !

*(Il sort à droite. Joulin va à la rencontre d'Estelle, à
gauche. Louise précède Estelle.)*

SCÈNE X

JOULIN, ESTELLE.

JOULIN.

Je vous attendais, chère madame... Donnez-vous
la peine de vous asseoir. Ce monsieur revient à
l'instant.

ESTELLE.

Vous avez eu la bonté de me recommander à lui?

JOULIN.

Il se mettra entièrement à votre disposition.

ESTELLE, *lui serrant la main.*

Vous êtes très gentil, monsieur... très gentil.
Je n'oublierai pas ce que vous avez fait pour moi.

JOULIN.

Ce n'est pas la peine d'en parler.

ESTELLE.

Si... si... vous vous êtes intéressé à moi tout
de suite... et vous ne me connaissiez presque pas.

JOULIN.

Je vous avais vue souvent à votre petit magasin.

ESTELLE.

Quand vous veniez porter des livres à la reliure?

JOULIN.

C'est ça.

ESTELLE.

Mais enfin, nous n'étions pas ce qu'on appelle
liés!

JOULIN.

Évidemment non... évidemment non...

ESTELLE.

Je me demande quelquefois ce que je serais
devenue sans vous... Vous m'avez prêté de l'argent sans savoir si je pourrais jamais vous le
rendre.

JOULIN.

Il ne faut pas me le rendre... il ne faut pas...
C'est inutile... Je n'accepterais pas.

ESTELLE.

Si! si! je vous le rendrai... Par exemple, je ne
puis guère vous fixer l'époque... Qu'est-ce que
vous dites de ce chapeau que je me suis acheté
avec?

JOULIN.

Il est charmant.

ESTELLE.

Je n'avais plus de chapeau, figurez-vous. Jules
avait refusé de m'en payer un... Il préférait en
payer à cette femme, naturellement.

JOULIN.

Ne pensez plus à cela. Nous en achèterons tant
que vous voudrez, des chapeaux.

ESTELLE.

Vous êtes très gentil... Et ce qu'il y a encore de
plus gentil, c'est que vous faites tout ça sans
arrière-pensée... Vous faites tout ça rien que pour
rendre service à une petite femme dans l'embarras.

JOULIN, avec une légère grimace.

Oui... Oui...

ESTELLE.

Oh! vous n'avez pas besoin de le dire... Ça se

voit tout de suite que vous n'avez pas d'arrière-pensée... ça se voit à votre bonne figure.

JOULIN.

Alors, vous voulez bien que je continue à m'occuper de vous ?

ESTELLE.

Mais pour sûr !... Tant que je n'aurai pas trouvé une situation, bien entendu.

JOULIN.

Je vous en trouverai une, de situation... je vous en trouverai une... mon enfant. Mais il faut terminer d'abord votre affaire avec votre mari.

ESTELLE.

C'est le plus pressé.

(Entre Edouard.)

JOULIN.

Vous allez raconter les choses à monsieur Maubrun, qui est avocat, qui est un grand avocat, un homme très sérieux, et il vous dira ce qu'il faut faire. *(A Edouard :)* Voici ma jeune protégée, mon cher ami.

ÉDOUARD.

Madame, je suis à vos ordres.

JOULIN, à Estelle.

Vous permettez... *(Bas à Edouard :)* Moi, je vais voir votre femme... et tâcher d'arranger...

ÉDOUARD.

Merci... *(Lui remettant une lettre.)* Voici le congé... Oh ! je suis plein de bonnes intentions !...

JOULIN.

A tout à l'heure.

(Il sort à gauche.)

SCÈNE XI

ÉDOUARD, ESTELLE.

ÉDOUARD.

Asseyez-vous donc... Monsieur Joulin m'a mis au courant à peu près... Vous voulez divorcer?

ESTELLE.

Oh! c'est réglé.

ÉDOUARD.

Il n'y a aucun espoir de réconciliation entre votre mari et vous?

ESTELLE.

Aucun, monsieur. D'ailleurs, moi, je n'en voudrais pas, d'une réconciliation. La conduite de mon mari m'a absolument dégoûtée.

ÉDOUARD.

Il vous a trompée?... Il a trompé une gentille petite femme comme vous... C'est odieux, ma parole!

ESTELLE.

Me tromper!... Ah! oui! il ne s'est pas contenté de ça, monsieur... Il a quitté la maison.

ÉDOUARD.

Il a abandonné le domicile conjugal?

ESTELLE.

Avec une nommée Lucie Pinchard... la caissière du Café de Bretagne et du Languedoc, près de la gare du Nord... Il est parti un beau soir, sans me prévenir, vous pensez, et en me laissant le magasin sur les bras. Qu'est-ce que vous voulez

que je fasse d'un magasin de reliure?... Elle est
gaie, ma situation, comme vous voyez... D'abord,
je ne sais pas si vous êtes de mon avis, je trouve
qu'en ce moment-ci, les hommes se conduisent
avec les femmes d'une façon ignoble.

ÉDOUARD.

C'est une honte.

ESTELLE.

Après ça, ça a peut-être toujours été la même
chose.

ÉDOUARD.

Y a-t-il longtemps que vous étiez mariée?

ESTELLE.

Six mois, monsieur.

ÉDOUARD, *indigné.*

Six mois!... Comment! au bout de six mois de
mariage!...

ESTELLE.

Il faut dire qu'avant de nous marier, Jules et
moi, nous avions vécu pendant trois ans marita-
lement.

ÉDOUARD.

Ce n'est pas une raison... Alors, monsieur Jules...
Jules comment?

ESTELLE.

Jules Boivin, et moi Estelle. Ah! que je vous
dise mon adresse : au coin du faubourg Poisson-
nière et de la rue de Maubeuge, le petit magasin
de reliure; je demeure au-dessus.

ÉDOUARD.

Monsieur Jules Boivin avait été votre amant?

ESTELLE.

Le premier, monsieur.

ÉDOUARD.

Bon!

ESTELLE.

Et même le seul.

ÉDOUARD.

Le seul?... Très bien! C'est très bien!

ESTELLE.

Vous ne me croyez peut-être pas?

ÉDOUARD.

Mais pardon...

ESTELLE.

Qu'est-ce que ça me ferait de vous dire que j'ai eu deux amants ou trois?... Si je vous dis que je n'en ai eu qu'un, c'est que c'est la vérité.

ÉDOUARD.

Je n'en doute pas... Vous avez l'air d'être très franche... d'avoir une bonne nature.

ESTELLE.

Moi? Si je n'étais pas tombée sur un voyou, j'aurais été une femme très honnête... Je ne demandais que ça, moi, monsieur... A la pension il y en a qui rêvaient d'avoir un hôtel, des chevaux, des voitures... Moi, mon rêve, c'était de mener une vie régulière et d'être honnête, pas autre chose... Il paraît qu'il n'y a pas moyen... Eh bien! puisqu'il n'y a pas moyen, n'en parlons plus... On ne veut pas que je sois honnête, oh! mon Dieu, je ne le serai pas, c'est bien simple. Je suis devenue... Comment appelle-t-on ça... Ah! oui, fataliste. Je suis devenue fataliste. Il m'arrivera ce qui voudra maintenant; tout ça, ça m'est égal. Et vous comprenez que je ne me fais guère d'illusions, n'est-ce pas? Il va m'en arriver des aventures, et des drôles!... Tant pis, que voulez-vous!... Je trouve qu'à notre époque, avec les hommes qu'il y a, les femmes seraient bien bêtes de se faire de la bile!

ÉDOUARD.

Voyons, voyons, ne vous frappez pas... Dès que vous serez divorcée, jolie comme vous l'êtes, car vous êtes délicieusement jolie, vous avez des yeux merveilleux qui changent tout le temps... je n'avais pas remarqué...

ESTELLE.

Vous êtes bien aimable.

ÉDOUARD.

Je vous garantis que vous vous remarierez facilement.

ESTELLE.

Voilà une chose à laquelle je ne tiens pas, par exemple! C'est du jour où nous avons été mariés que Jules a commencé à se déranger. Ce qui est curieux, c'est qu'on me l'avait prédit... il y a un an.

ÉDOUARD.

Qui vous l'avait prédit? Une somnambule?

ESTELLE.

Oh! non... une somnambule, je n'en parlerais pas. C'est une personne qui lit dans les mains...

ÉDOUARD.

Une chiromancienne?

ESTELLE.

Oui.

ÉDOUARD.

Bigre! c'est plus sérieux.

ESTELLE.

J'étais allée chez elle sans enthousiasme, car à ce moment-là, je n'y croyais pas. Elle a regardé ma main avec une loupe... et elle m'a dit que j'avais une ligne qui indiquait que je serais abandonnée par mon mari.

ÉDOUARD.

C'est absurde.

ESTELLE.

Vous allez voir. « Pardon, madame, ai-je demandé à la chiromancienne, est-ce par mon mari ou par mon amant que je serai abandonnée? » Elle a regardé dans ma main encore une fois : « Par votre mari, par votre mari. » Je me suis mise à rire. « Mais, madame, ce n'est pas un mari que j'ai, c'est un amant. »

ÉDOUARD.

Elle a dû être bien attrapée?

ESTELLE.

Pas du tout. Elle m'a répondu : « Ce n'est pas mon affaire, mademoiselle. La ligne de la main dit par votre mari, n'exigez pas davantage de moi. » Je suis partie en la traitant à part moi de « farceuse ». Mais voilà que justement, quelque temps après, nous nous marions, Jules et moi, et vous savez la suite. Avouez tout de même que c'est bizarre.

ÉDOUARD, la regardant.

Tout est bizarre.

ESTELLE, se déganlant un peu.

Tenez, c'est cette ligne-là...

ÉDOUARD, vivement.

Où?

ESTELLE.

Là!

ÉDOUARD, *lui prenant la main.*

Là...

ESTELLE, *la lui montrant avec l'autre main.*

La ligne qui va de celle-là à celle-là...

ÉDOUARD, *penché sur sa main.*

Cette petite ligne de rien du tout?

ESTELLE.

Le fait est qu'elle n'est pas longue...

ÉDOUARD.

Non... non... elle n'est pas longue... mais, par exemple, elle est rose, elle est joliment rose... *(Il conserve sa main dans les siennes, lève les yeux vers elle, et tout à coup :)* Savez-vous l'idée qui vient de me passer par la tête?

ESTELLE.

Non... quelle?

ÉDOUARD.

C'est de vous prendre par le cou, ou par les épaules, ou par la taille, et de vous embrasser, sans m'arrêter!... Qu'est-ce que vous auriez dit, si j'avais fait ça?...

ESTELLE.

Ça ne m'aurait pas étonnée du tout.

ÉDOUARD, *s'avançant vers elle.*

Vraiment?

ESTELLE.

Je m'attends à tout maintenant. Je suis partie pour les aventures.

ÉDOUARD, *à part.*

Voilà que je vais encore me laisser entraîner. *(Haut.)* Voyons, voyons, parlons d'autre chose; parlons de votre divorce.

ESTELLE.

Parlons de mon divorce... C'est pour ça que je suis venue, d'ailleurs.

ÉDOUARD.

Et ça vous aurait-il été agréable ou désagréable?

ESTELLE.

Quoi?

ÉDOUARD.

Que je vous embrasse?...

ESTELLE, *le regardant avec une légère moue, et sans conviction.*

Agréable.

ÉDOUARD.

Ah!

ESTELLE.

Je ne vous dis pas que ça m'aurait affolée.:.

ÉDOUARD.

C'est sur les yeux que j'ai envie de vous embrasser...

ESTELLE.

Mes yeux sont bien : ça, je le sais.

ÉDOUARD.

Ils ont encore changé de couleur depuis tout à l'heure...

ESTELLE.

Et de quelle couleur sont-ils, maintenant?

ÉDOUARD.

Verts... Ils sont verts... Dites, puisque vous êtes partie pour les aventures, voulez-vous que nous en ayons une ensemble, d'aventure?

ESTELLE.

Oh! mon Dieu! pourquoi pas?

ÉDOUARD.

En ce moment, vous vous méfiez, c'est bien

naturel ! Vous ne me connaissez pas... mais vous arriverez à avoir de l'amitié pour moi.

ESTELLE.

C'est bien possible... On ne sait pas.

ÉDOUARD.

D'abord, je vous ferai une petite existence délicieuse... Vous oublierez tous vos ennuis...

ESTELLE.

Je ne veux plus en entendre parler.

ÉDOUARD.

Vous n'en entendrez plus parler, jamais !

ESTELLE.

Est-ce que je pourrai rendre à monsieur Joulin l'argent qu'il m'a prêté ?

ÉDOUARD.

Je crois bien qu'il faut lui rendre !... *(Hésitant:)* Il a été très gentil pour vous, monsieur Joulin ?

ESTELLE.

Charmant... Il m'a promis de s'occuper de moi, de me trouver une situation... Au fait, c'est peut-être pour ça qu'il m'a amenée chez vous...

ÉDOUARD.

Oui, c'est pour ça, certainement.

ESTELLE.

Il faudra que je le remercie.

ÉDOUARD.

Ce n'est pas la peine. Alors c'est convenu ?

ESTELLE, *se levant.*

C'est convenu.

(Entre Joulin.)

SCÈNE XII

Les Mêmes, JOULIN.

JOULIN.

Eh bien ! avez-vous décidé quelque chose ?

ÉDOUARD.

Oui... Oui... Ça ira très bien.

JOULIN.

A la bonne heure !

ESTELLE, *bas à Joulin, lui serrant la main.*

Merci...

JOULIN.

De rien, mon enfant.

ESTELLE.

J'ai accepté la situation !

JOULIN.

Quelle situation ?

ESTELLE.

Celle que m'a offerte ce monsieur. Je lui plais beaucoup. Je crois qu'il sera gentil avec moi.

JOULIN.

Comment !...

ESTELLE.

Nous nous mettons ensemble... Merci encore une fois.

JOULIN.

Oh !

ESTELLE, *allant à Édouard.*

Au revoir, alors.

ÉDOUARD.

Au revoir, madame.

(Sort Estelle.)

SCÈNE XIII

ÉDOUARD, JOULIN, *puis* HENRIETTE.

JOULIN.

Monsieur, vous n'avez aucune espèce de sens moral !

ÉDOUARD.

Voilà que vous exagérez encore... Voyons, ne vous fâchez pas.

JOULIN.

Au moment où vous veniez de me jurer, de me donner votre parole... Et cinq minutes après, vous débauchez une gentille petite femme.

ÉDOUARD.

Mais vous-même, il me semble ?

JOULIN.

Vous osez comparer !... Moi je suis un homme sérieux, un homme rangé, j'ai trente ans de mariage et je n'ai jamais causé aucun scandale... Ce que je peux faire n'a pas d'importance, tandis que vous !... Décidément, vous êtes inconscient.

ÉDOUARD.

Je vous assure, beau-père, qu'il vaudrait mieux en rire.

JOULIN.

Et à qui jouez-vous un tour pareil !... A un camarade, car je me suis toujours conduit avec vous comme un camarade... je vous ai soutenu, défendu, et, tout à l'heure encore, je répondais de vous... Oui, monsieur, pendant que vous étiez là, à proposer à cette personne je ne sais quelle combinaison honteuse, moi, naïvement, je faisais votre éloge à votre femme... Heureusement que je ne suis pas arrivé à la convaincre, votre femme!... Dieu merci!... elle vous connaît... Nous divorcerons, nous divorcerons!

(Entre Henriette.)

HENRIETTE.

C'est fini, toutes vos petites histoires?

JOULIN.

Oui, mon enfant... Je te laisse avec monsieur... Ta mère n'est pas partie?

HENRIETTE.

Pas encore... Vous m'attendez, n'est-ce pas? c'est convenu...

JOULIN.

Oui, ma chérie... *(Embrassant Henriette.)* Ton père est avec toi, mon enfant...

(Il sort.)

SCÈNE XIV

ÉDOUARD, HENRIETTE, puis LOUISE.

ÉDOUARD.

Ce n'est pas sérieux, au moins?

HENRIETTE.

Quoi?

ÉDOUARD.

Ce divorce... ce projet de divorce...

HENRIETTE.

Crois-tu que j'aurais convoqué mon père et ma mère, s'il s'était agi d'une simple plaisanterie?

ÉDOUARD.

Comment, tu veux?... tu veux?...

HENRIETTE.

Je suis tout à fait décidée.

ÉDOUARD.

Mais à quoi?... à quoi?...

HENRIETTE.

A quoi?... A dîner ce soir avec maman, à coucher chez elle et à partir demain avec elle pour Dijon. Après quoi, je suis également résolue à divorcer dans les délais strictement nécessaires.

ÉDOUARD.

Tu ne veux pas me pardonner?

HENRIETTE.

Mais je te pardonne... Je te pardonne comme je t'ai pardonné la dernière fois et les autres fois avant. Seulement, entre la dernière fois et cette fois-ci, il y a une petite différence : c'est que la dernière fois je t'aimais encore, tu me paraissais indispensable à ma vie ; l'idée de me séparer de toi m'affolait, tandis qu'aujourd'hui...

ÉDOUARD.

Tu ne m'aimes plus?

HENRIETTE.

Non.

ÉDOUARD.

Tu ne m'aimes plus?

HENRIETTE.

Je ne t'aime plus... C'est fini, tu m'en as trop fait. Si je t'aimais encore, je ne serais pas si tranquille, tu peux en être sûr... J'aurais déjà pleuré... je t'aurais déjà traité de misérable, et nous serions déjà même réconciliés.

ÉDOUARD.

Alors, tu n'as plus aucune affection pour moi?

HENRIETTE.

Mais si, j'en ai. Tu n'es pas méchant; si j'étais malade, tu me soignerais très bien, tu l'as déjà fait. Une fois divorcée, je te reverrai avec le plus grand plaisir... Mais comme mari, tu n'es pas possible. Je t'assure que tu n'es pas possible. Je me suis bien appliquée, j'ai fait ce que j'ai pu; mais, décidément, je ne peux pas m'habituer à être trompée tout le temps, avec cette désinvolture. Vois-tu, en nous mariant, nous avons commis la grosse erreur. Ce qu'il t'aurait fallu, à toi, c'est une petite femme comme nous en connaissons tant, coquette, piaffante, effrontée, qui t'aurait tenu sur le qui-vive, aurait flirté avec tes amis et ne t'aurait inspiré aucune confiance. Alors, tu aurais été très heureux.

ÉDOUARD.

Mais je suis très heureux.

HENRIETTE.

Ça ne suffit pas dans un ménage. Moi, je suis trop bonne fille. Tu t'es aperçu tout de suite que j'étais incapable de te tromper, et en effet, j'en suis incapable. Je ne l'ai jamais autant regretté qu'aujourd'hui.

ÉDOUARD.

Faisons encore une expérience, Henriette, je t'en supplie... Tu ne peux pas me refuser de faire une nouvelle expérience!

HENRIETTE.

Nous ne faisons que ça depuis sept ans. Non! en voilà assez! Tu m'as trompée cet après-midi avec Marguerite Ménobier... Pardon, tu ne m'as

pas trompée cet après-midi avec Marguerite?
Non, mais dis-le!... Je serais curieuse de voir ta
figure pendant que tu dirais ça!... Tu m'as donc
trompée avec Marguerite... demain, tu me tromperas avec une autre... je ne sais pas qui, n'importe qui, peut-être la personne qui sort d'ici. Ce
n'est pas de ta faute, je commence à le croire; tu
ne peux pas faire autrement. De même que je
suis incapable de tromper, tu es incapable, toi, de
ne pas tromper... L'erreur de la Providence a été
justement d'unir deux individus dans ces conditions-là. Par bonheur, on peut la réparer, cette
erreur; dépêchons-nous.

ÉDOUARD.

Je ne veux pas, tu entends, je ne veux pas...
J'ai des torts envers toi, des torts graves, les torts
les plus graves; mais enfin, il n'y a pas de torts
irréparables... Tu es ma femme, nous avons fait
un mariage d'amour, un mariage propre; ce sont
des choses qu'on ne doit pas oublier. Nous avons
eu des heures d'une intimité délicieuse, malgré
tout.

HENRIETTE.

Malgré tout est le mot.

ÉDOUARD.

Je te dis que je ne veux pas... Nous nous en
repentirions tous les deux... On ne divorce pas
comme ça; d'abord, c'est insensé!

HENRIETTE.

Mais si! on divorce comme ça. L'avoué m'a
expliqué... Nous divorcerons cet été! C'est l'affaire de deux ou trois petits voyages à Paris et de
quelques formalités à remplir, puisque nous
sommes d'accord.

ÉDOUARD.

Mais nous ne sommes pas d'accord ! Jamais je ne consentirai à divorcer !

HENRIETTE.

Tu n'y consentiras pas?

ÉDOUARD.

Non... non...

HENRIETTE.

Tu chercheras à t'y opposer?

ÉDOUARD, *avec mollesse.*

Parfaitement !

HENRIETTE.

C'est ce que nous verrons. En attendant, je m'en vais.

ÉDOUARD.

Où ça?...

HENRIETTE.

Quand je serai arrivée, je t'écrirai.

ÉDOUARD.

Ma petite Henriette... ma petite Henriette... je t'en prie...

HENRIETTE.

Est-ce que tu veux m'empêcher de partir, aussi?

ÉDOUARD.

Oui, oui et oui! Là... Je t'aime, moi, je t'aime !...

HENRIETTE.

Tu dis des enfantillages. Tu ne m'aimes pas et tu ne m'empêcheras pas de partir. On n'empêche pas les gens de partir. Il faudrait toujours avoir un gendarme avec soi... *(Appuyant sur un timbre.)* D'ailleurs, tu vas voir.

ÉDOUARD.

Qu'est-ce que je vais voir?

(Entre Louise.)

HENRIETTE.

Louise?

LOUISE.

Madame?

HENRIETTE.

Vous allez faire les malles... Nous quittons Paris demain.

LOUISE.

Bien, madame.

HENRIETTE.

Vous emporterez toutes mes robes d'été et tout le linge.

LOUISE.

Oui, madame...

HENRIETTE.

En outre, nous ne dînons pas ici ce soir... Nous dînons chez ma mère. *(Signe de tête de Louise.)* Et nous ne coucherons pas non plus ici... nous coucherons également chez ma mère.

LOUISE.

Moi aussi?

HENRIETTE.

Vous aussi... Dépêchez-vous donc... Voilà!

(Louise sort.)

ÉDOUARD.

Comme c'est malin!

HENRIETTE.

Tu vois. On n'empêche pas les gens de partir, et on ne les empêche pas non plus de divorcer. Mais il faudrait être fous tous les deux pour ne pas divorcer! Mais il semble avoir été inventé exprès pour nous, le divorce! Nous sommes riches, indépendants, jeunes, nous n'avons pas d'enfants...

ÉDOUARD.

Nous pouvons en avoir.

HENRIETTE.

Ça, non!

ÉDOUARD.

Pourquoi?

HENRIETTE.

Je rirais trop.

ÉDOUARD.

Oh! je ferai ce que tu voudras, naturellement.
Mais je suis navré!

(Entrent madame Joulin et Joulin derrière.)

SCÈNE XV

LES MÊMES, JOULIN, MADAME JOULIN,
puis MADAME BRÉNEUIL.

MADAME JOULIN.

Eh bien?

HENRIETTE.

Eh bien! c'est fini... On divorce...

MADAME JOULIN.

Tu es sûre de ne pas faire une bêtise?

HENRIETTE.

Très sûre.

JOULIN.

Et moi aussi, j'en suis sûr!... *(A Édouard.)* Allons
donc! monsieur... vous devriez mourir de honte!...

(Entre madame Bréneuil, toute essoufflée.)

MADAME BRÉNEUIL.

Oh! ma chère!...

HENRIETTE.

Qu'y a-t-il donc?

MADAME BRÉNEUIL.

Vous ne savez pas les nouvelles?... Les Hochepot? Vous connaissez les Hochepot n'est-ce pas?

ÉDOUARD.

Très bien.

MADAME BRÉNEUIL.

Eh bien! je les quitte : ils divorcent!

ÉDOUARD ET JOULIN.

Ah!

MADAME BRÉNEUIL.

Et les Pimbois?... Vous connaissez les Pimbois?...

HENRIETTE.

Parfaitement!

MADAME BRÉNEUIL.

Eh bien! ma chère, je viens de les voir... ils
divorcent aussi!

HENRIETTE.

Et voulez-vous une troisième nouvelle, pour
votre dîner de ce soir?

MADAME BRÉNEUIL.

Je crois bien!

HENRIETTE.

Nous aussi, nous divorçons.

MADAME BRÉNEUIL.

Pas possible!

HENRIETTE.

Hein!... En voilà une journée!...

ACTE II

Au restaurant Prunier.

La scène est divisée en deux parties inégales. A droite, le couloir, avec, au fond, la porte donnant sur l'entrée des clients. — A droite du couloir, des portes de cabinets particuliers. — A gauche, un petit salon occupant un peu plus des deux tiers de la scène. Dans ce petit salon, cinq tables. Trois au fond, deux au premier plan, séparées par toute l'étendue de la scène. Les trois tables du fond sont occupées par des dîneurs. Les deux autres, la table de droite, près de la scène, table ronde, inoccupées.

SCÈNE PREMIÈRE

A gauche : LES DÎNEURS DU FOND, ÉDOUARD, ESTELLE, LE MAÎTRE D'HÔTEL, DEUX GARÇONS DANS LE FOND, *servant les dîneurs,* LE CHASSEUR.

A droite : LE GÉRANT, UN MAÎTRE D'HÔTEL.

(Au lever du rideau, le Chasseur prend le manteau d'Estelle, le pardessus et le chapeau d'Édouard.)

UN CONSOMMATEUR DU FOND.

Garçon, je vous ai demandé un paravent.

LE GARÇON.

Je l'ai envoyé chercher.

LE CONSOMMATEUR.

Il y a un courant d'air par ici.

LE GARÇON.

On va mettre le paravent tout de suite... *(A un autre garçon:)* Voyons! le paravent!...

(L'autre garçon l'apporte et le place entre la table du consommateur et celle où est Edouard.)

UN DINEUR, *à une autre table.*

Et le perdreau?...

DEUXIÈME GARÇON.

Je l'attends, monsieur, je l'attends...

LE DINEUR.

Donnez-moi donc aussi un paravent... du côté de la porte...

LE GÉRANT, *à droite, à un maître d'hôtel qui sort d'un cabinet particulier.*

Le « Huit » est prêt?

LE MAITRE D'HOTEL.

Il n'y a qu'à servir. Vingt couverts?...

LE GÉRANT.

Vingt couverts. Le dîner Brévannes.

LE MAITRE D'HOTEL.

Monsieur Brévannes est revenu d'Afrique?

LE GÉRANT.

Il revient ce soir... Il m'a télégraphié de Marseille : « Préparez toutes mes notes en retard et un dîner de vingt couverts. Je réglerai en arrivant. »

LE MAITRE D'HOTEL.

Et il en avait des notes en retard!

LE GÉRANT.

Il a quitté le cap de Bonne-Espérance exprès pour les payer.

LE MAITRE D'HOTEL.

Il aura de l'ouvrage.

LE GÉRANT.

Il faudra prévenir aussi le petit chasseur, Léon.

LE MAÎTRE D'HÔTEL.

Il lui doit vingt-cinq francs, à Léon.

LE GÉRANT.

Assez bavardé... Dépêchons-nous...

ÉDOUARD, *entrant, premier plan à droite.*

Avez-vous un petit salon?

LE GÉRANT.

Nous n'en avons plus, monsieur.

ESTELLE.

Nous serons très bien par là.

ÉDOUARD.

Comme tu voudras.
(Ils entrent.)

LE GÉRANT.

Voyez, Léon!

LE MAÎTRE D'HOTEL.

Les gens du 27 ont fini... ils s'en vont...

LE GÉRANT.

Monsieur, je me trompais. Nous en avons un
de libre, de petit salon. Les personnes qui l'occu-
paient viennent de le quitter à l'instant même.

ÉDOUARD.

Parfait...
(Il fait mine de quitter la table.)

ESTELLE.

Mais non, ce n'est pas la peine.

ÉDOUARD.

Tu ne veux pas?

ESTELLE.

Je ne veux pas. On est très bien à cette table.

LE GÉRANT.

Alors, je puis disposer du petit salon? C'est le seul qui nous reste... Il y a ce soir deux premières.

ÉDOUARD.

Vous pouvez en disposer.

LE GÉRANT.

Bien, monsieur.
(Il sort.)

ÉDOUARD.

Drôle d'idée !.. Enfin, n'en parlons plus... dînons ici...

ESTELLE.

Je t'ai déjà dit que j'ai horreur des cabinets particuliers.

ÉDOUARD.

On est pourtant beaucoup mieux... et puis c'est plus prudent.

ESTELLE.

Prudent ! En quoi sommes-nous obligés d'être prudents ?... Êtes-vous libre, oui ou non ?

ÉDOUARD.

Mais oui. Seulement...

ESTELLE.

Seulement quoi ! Êtes-vous divorcé, oui ou non?

ÉDOUARD.

Je suis divorcé depuis l'été dernier, tu le sais bien.

ESTELLE.

Eh bien ! moi aussi, je suis divorcée... Nous sommes donc libres tous les deux, et je ne vois pas pourquoi nous nous gênerions d'aller dîner dans un restaurant.

ÉDOUARD.

Je parle en général.

ESTELLE.

C'est que j'ai déjà remarqué chez vous une tendance à rougir de moi.

ÉDOUARD.

Par exemple !

ESTELLE.

Je ne suis pas une grande dame, mais je suppose que j'ai de la tenue et que je ne vous fais pas remarquer.

ÉDOUARD.

Tu as une tenue parfaite. Qui te reproche de ne pas avoir une tenue parfaite ?

ESTELLE.

Par conséquent vous pouvez me conduire n'importe où, surtout dans un restaurant comme Prunier, où tout le monde va.

ÉDOUARD.

Évidemment.

ESTELLE.

Pourquoi alors, hier, au théâtre, avez-vous pris une baignoire, au lieu d'une loge de face.

ÉDOUARD.

On prend d'habitude des baignoires...

ESTELLE.

On prend ce qu'on veut.

ÉDOUARD.

Voyons, Estelle, ne te fâche pas.

ESTELLE.

Tu te rappelles ce que je t'ai dit quand tu m'as offert d'être ta maîtresse ?... Je ne veux plus être embêtée. J'ai déjà eu assez d'ennuis comme ça, quand j'étais une honnête femme ; c'est fini. Du moment qu'on est plus honnête, c'est bien le moins qu'on soit heureux : voilà mon opinion.

LE MAITRE D'HOTEL, arançant.

Monsieur commande son diner ?...

ÉDOUARD.

Oui... Qu'est-ce que nous prenons?

ESTELLE.

Ça m'est égal. Je n'ai pas faim.

LE MAITRE D'HOTEL.

Des huitres ?

ÉDOUARD.

Des Zélandes.

LE MAITRE D'HOTEL.

Deux douzaines?

ESTELLE.

Trois.,

LE MAITRE D'HOTEL.

Trois douzaines. Ensuite?...

ESTELLE, à Édouard.

Choisis toi-même .. n'importe quoi...

LE MAITRE D'HOTEL.

Un consommé avec un jus de tomate, peut-être?

ESTELLE.

Oui.

LE MAITRE D'HOTEL.

Deux petites truites de rivière?

ESTELLE.

Bon.

LE MAITRE D'HOTEL.

Ensuite un perdreau froid avec de la salade?

ESTELLE.

Quelle salade avez-vous?

LE MAITRE D'HOTEL.

Des cœurs de laitue, c'est ce qu'il y a de mieux.
Pour terminer, une tranche de foie gras?

ESTELLE.

En croûte ?

LE MAITRE D'HOTEL.

En croûte.

ÉDOUARD.

Comme dessert ?...

ESTELLE.

Un rien. Je n'ai aucun appétit.

LE MAITRE D'HOTEL.

Des pêches au kirsch ?

ESTELLE.

C'est ça. Et un bon fromage.

LE MAITRE D'HOTEL.

Je sers à l'instant... *(Avançant des petites assiettes.)* Zélandes.

(Il s'éloigne.)

SCÈNE II

A gauche : LES MÊMES.

A droite : Dans le couloir, arrivent par la porte du fond, SERQUIGNY, LAURE, CLÉMENCE, *puis* BRÉVANNES.

SERQUIGNY, *au gérant.*

Notre salon est retenu ?

LE GÉRANT.

Le « Huit ». Ici...

SERQUIGNY.

Personne n'est arrivé ?

LE GÉRANT.

Si ! si ! plusieurs de ces messieurs et de ces dames.

SERQUIGNY.

Et Brévannes?

LE GÉRANT.

Pas encore, monsieur Brévannes, pas encore.

LAURE.

Va-t-il venir seulement? Il a peut-être manqué le train!

SERQUIGNY.

Mais non... J'ai reçu une dépêche de lui... Il arrive à sept heures. Il sera ici à huit, dans cinq minutes...

CLÉMENCE.

Ce vieux Brévannes! Ça me fera plaisir de le revoir... Il y a au moins deux mois qu'il est en Afrique?

SERQUIGNY.

Le temps ne vous a pas semblé long.

CLÉMENCE.

Il y a plus de deux mois?

SERQUIGNY.

Il y en a dix, malheureuse!

CLÉMENCE.

Comment! il y a tant que ça que j'ai soupé avec Brévannes pour la dernière fois!

LAURE.

Il me semble que c'était hier...

SERQUIGNY, *qui a entr'ouvert la porte de la salle de gauche.*

Tiens! est-ce que ce n'est pas la bonne amie de Maubrun?...

CLÉMENCE.

Voyons?... Oui... c'est elle...

SERQUIGNY.

Allons leur dire bonjour... Venez-vous?

(*Ils entrent à gauche.*)

ÉDOUARD, *se retournant.*

Serquigny?... (*Il se lève.*) Ça va, mon bon?... mesdames...

SERQUIGNY, à *Estelle.*

Chère madame... Si j'avais su, je vous aurais priés de dîner avec nous... Nous fêtons le retour de Brévannes... Il était parti complètement décavé, devant de l'argent à tout le monde... vous vous rappelez?... Il revient avec un petit sac.

ÉDOUARD.

Vous prenez quelque chose en attendant? Garçon, du porto...

LAURE, à *Estelle.*

Vous ne connaissez pas Brévannes?

ESTELLE.

Non.

LAURE.

Vous êtes la seule, ma chère...

ÉDOUARD.

Je lui ai serré la main le jour même de son départ... Où est-il allé, déjà?

SERQUIGNY.

Afrique du Sud...

(*Entre à droite par l'escalier, Brévannes, habil noir, cravate blanche, macfarlane noir. Marchant très vite.*)

SCÈNE III

A gauche : LES MÊMES.

A droite : BRÉVANNES, LE GÉRANT.

LE GÉRANT.

Monsieur Brévannes! On vous attend... on vous attend...

23

BRÉVANNES.

Et comment ça va?... Toujours à la mode ici?...

LE GÉRANT.

Toujours! Bon voyage?

BRÉVANNES.

Bon... très bon... Je vous raconterai ça...

LE GÉRANT.

J'y compte.

BRÉVANNES.

Et mes petites notes en retard?... Elles sont prêtes?

LE GÉRANT.

Nous n'avons jamais été inquiets, monsieur Brévannes.. ni moi, ni le chasseur...

BRÉVANNES.

Quel chasseur?

LE GÉRANT.

Léon...

BRÉVANNES.

Ah! oui... ce brave Léon! Voici cinq louis pour lui... Où sont ces messieurs?

LE GÉRANT, *désignant la gauche.*

M. Serquigny est ici... dans le salon.

BRÉVANNES.

Ici...

(*Il va à gauche dans la salle.*)

CLÉMENCE.

Ah! voilà Brévannes!...

SERQUIGNY.

Le voilà! le voilà!...

(*Il s'avance vers lui.*)

BRÉVANNES.

Mes chers amis... je suis ému... ma parole d'honneur... Laure... Clémence... Maubrun !

ÉDOUARD.

Cher ami !...

(Vigoureuse poignée de mains.)

BRÉVANNES.

Allons dîner.

ÉDOUARD.

Bon appétit.

BRÉVANNES.

Vous ne venez pas dîner avec nous?... Je suis désolé... Au fait, votre enveloppe...

(Il prend plusieurs enveloppes dans sa poche et en tend une à Edouard.)

ÉDOUARD.

Qu'est-ce que c'est que ça?

BRÉVANNES.

Ce sont mes petits comptes. Chaque petit compte est dans une enveloppe. Parti très vite, pas eu le temps de les régler; je n'avais pas l'argent non plus, d'ailleurs... Vous avez aussi votre enveloppe, Serquigny.

SERQUIGNY.

Ne parlons pas de ça.

BRÉVANNES.

La voici.

SERQUIGNY, *la prenant.*

Trop aimable.

ÉDOUARD, à *Brévannes.*

Vous êtes sûr que vous me deviez?...

BRÉVANNES.

Oui... le bridge...

ÉDOUARD.

Ah! ah!

BRÉVANNES.

Le dernier mois avec vous et votre beau-père...
Ce bon Joulin... J'ai mis son compte avec le
vôtre... vous aurez la complaisance de le lui
remettre de ma part, avec mes excuses.

ÉDOUARD.

Je le lui ferai parvenir.

BRÉVANNES.

Et madame Maubrun se porte bien?

LAURE, *riant.*

La gaffe!

CLÉMENCE.

La gaffe du voyageur!

SERQUIGNY, *à Brévannes.*

Notre ami est divorcé!...

BRÉVANNES.

Oh! que d'excuses...

SERQUIGNY.

La moitié de Paris a divorcé depuis votre
départ, mon cher.

BRÉVANNES.

Vous me donnerez les noms... *(Apercevant Estelle.)*
Mais alors?

SERQUIGNY.

Parfaitement... *(A Estelle.)* Chère madame, permettez-moi de vous présenter Brévannes qui
revient d'Afrique.

ESTELLE.

Monsieur, enchantée... Et quand repartez-
vous?

BRÉVANNES.

Je ne suis pas pressé. Vous êtes tous les deux seuls?

ÉDOUARD.

Oui.

BRÉVANNES.

Alors, on vous verra tout à l'heure?

SERQUIGNY.

Venez fumer un cigare avec nous.

ÉDOUARD.

Je ne dis pas non... *(A Estelle.)* N'est-ce pas?

ESTELLE.

C'est entendu. Nous irons fumer un cigare avec vous.

BRÉVANNES.

Vous êtes charmante !

LAURE.

Allons dîner.

(Sortent Serquigny, Brévannes, Laure et Clémence, pendant que d'autres messieurs et d'autres dames arrivent au « Huit » et tout le monde rentre avec des accolades et des poignées de main.)

SCÈNE IV

A gauche : ÉDOUARD, ESTELLE, LES DINEURS.

(Un garçon place les assiettes d'huîtres sur la table où sont Estelle et Edouard.)

ESTELLE, *commençant à manger.*

Et c'est fini, cette mauvaise humeur?

ÉDOUARD.

Je n'ai jamais été de mauvaise humeur... C'est toi.

ESTELLE.

Tu m'aimes?

ÉDOUARD.

Ce n'est peut-être pas le plus beau de mon affaire; mais enfin, je t'aime.

ESTELLE.

Est-ce vrai, ce que tu m'as dit des fois?

ÉDOUARD.

Qu'est-ce que je t'ai dit?

ESTELLE.

Que si tu avais eu beaucoup de maîtresses, j'étais tout de même la première femme que tu aimais, que tu aimais vraiment, qui t'avait pris.

ÉDOUARD.

C'est vrai.

ESTELLE.

Tu m'aimes plus que ton ancienne femme?

ÉDOUARD.

D'une autre façon.

ESTELLE.

Je comprends... Tu l'aimais en camarade, en amie.

ÉDOUARD.

C'est ça.

ESTELLE.

Comme une femme légitime.

ÉDOUARD.

Oui.

ESTELLE.

Tandis que moi, tu m'aimes...

ÉDOUARD.

Comme la femme légitime d'un autre.

ESTELLE.

Au fond, tu es un égoïste... Si tu m'aimes, c'est que tu ne peux pas faire autrement. Tu n'as aucun mérite...

ÉDOUARD.

Moi... je suis... égoïste?

ESTELLE.

Oui... oui... Tu ne cherches que ton plaisir... Il faut se méfier rudement de toi ! Tiens ! tu es un type dans le genre de mon mari, en plus chic, avec plus d'instruction, mais c'est exactement la même chose.

ÉDOUARD.

Merci... Qu'est-ce qu'il devient donc, ton mari?

ESTELLE.

Mon mari? Il a épousé sa maîtresse; c'est du propre... Et tu ne l'as jamais revue?

ÉDOUARD.

Je ne le connais pas.

ESTELLE.

Je ne te parle pas de lui, je te parle de ta femme.

ÉDOUARD.

Je ne l'ai pas revue depuis le divorce.

ESTELLE.

Oh! je sais bien pourquoi tu ne veux jamais m'emmener au restaurant, ni au théâtre... c'est pour qu'elle ne nous rencontre pas ensemble!...

ÉDOUARD.

Qu'est-ce que ça ferait?

ESTELLE.

Si ! si ! tu serais très embêté... As-tu dû lui en

faire, à cette malheureuse ! Oh ! mais il ne faudrait
pas recommencer ça avec moi !...

ÉDOUARD.

Si je m'étais conduit avec elle comme je me
conduis avec toi, nous n'aurions jamais divorcé.

ESTELLE.

Et ça aurait peut-être mieux valu.

ÉDOUARD.

Tu es bien gentille de me dire ça...

LE GARÇON, *arrivant avec un plat.*

Le perdreau ?

ÉDOUARD, *à Estelle.*

Veux-tu du perdreau ?

ESTELLE.

Je pense !

ÉDOUARD.

Le dos ou l'aile ?

ESTELLE.

Le dos...

*(Édouard la sert. Entrent par la droite, venant du fond,
Joulin, puis Henriette et madame Joulin.)*

SCÈNE V

A gauche : LES MÊMES.

A droite : JOULIN, MADAME JOULIN,
HENRIETTTE, LE GÉRANT.

JOULIN, *au gérant,*

Avez-vous encore un petit salon ?

LE GÉRANT.

Je viens de disposer du dernier... Il y a ce soir deux premières ; nous sommes envahis.

JOULIN.

C'est ennuyeux.

LE GÉRANT.

J'ai encore une bonne table de quatre couverts dans ce salon... Vous serez très bien.

JOULIN, à sa *femme*.

Qu'en dis-tu ?

MADAME JOULIN.

Prenons la table... Il est tard... Il faut être à l'Opéra-Comique dans trois quarts d'heure...

JOULIN, au *Gérant*.

Nous prenons la table... Il viendra tout à l'heure un monsieur me demander... Vous lui indiquerez où nous sommes.

LE GÉRANT.

Je vais le dire à la caissière.

JOULIN, aux *deux dames*.

Venez-vous ?...

(*Ils entrent à gauche.*)

SCÈNE VI

Dans la salle de gauche : LES MÊMES.

ESTELLE, *qui est placée face à la porte. Édouard tournant le dos à l'entrée.*

Tiens ! le père Joulin !

ÉDOUARD.

Hein ?

ESTELLE.

Ton ex-beau-père... Si tu ne veux pas le voir,
ne te retourne pas.

ÉDOUARD.

Et toi? Est-ce qu'il t'a vue?

ESTELLE.

Je ne sais pas.

ÉDOUARD.

Il est un peu myope... Avec qui est-il?

ESTELLE.

Avec deux dames.

ÉDOUARD.

Comment sont-elles, ces deux dames?

ESTELLE.

Il y en a une âgée et une jeune... Tâche de
les voir dans la glace, en te haussant un peu.

ÉDOUARD, *exécutant ce manège discrètement.*

Ah! ah!

ESTELLE.

Tu les vois?

ÉDOUARD.

Oui.

ESTELLE.

Qui est-ce?

ÉDOUARD.

Madame Joulin et sa fille.

ESTELLE.

Ta femme? Ton ancienne femme?

ÉDOUARD.

Oui. Ne la regarde pas.

ESTELLE.

Pour qui me prenez-vous? J'ai du tact, je

pense... je la regarde en ayant l'air de regarder ailleurs.

(Elle retourne la tête de côté en clignant de l'œil vers la table vis-à-vis la sienne, où prennent place Joulin, madame Joulin et Henriette, débarrassés pendant ces quelques répliques de leurs manteaux, chapeaux, canne, par le chasseur.)

LE MAITRE D'HOTEL, à *Joulin.*

Monsieur commande?...

JOULIN, à *sa femme et à sa fille.*

Nous allons manger très légèrement, n'est-ce pas?... Nous avons à peine le temps... *(Au maître hôtel :)* des huîtres Ostende... une entrecôte... un légume et des fruits. Servez-nous vite.

LE MAITRE D'HOTEL.

A l'instant, monsieur.

Il s'éloigne.

HENRIETTE.

Nous souperons, ce soir, après l'Opéra-Comique.

MADAME JOULIN.

Est-ce que nous allons encore nous coucher à deux heures du matin?

JOULIN.

Tu es souffrante, chérie?

MADAME JOULIN.

Je ne suis pas souffrante. Seulement, j'ai du sommeil en retard. Nous allons maintenant au théâtre trois ou quatre fois par semaine, plutôt quatre, et chaque fois nous soupons.

HENRIETTE.

Est-ce que ça n'est pas gentil, ça?

MADAME JOULIN.

Pour toi peut-être; mais moi, je n'ai plus l'âge où l'on soupe. Ton père non plus.

JOULIN.

Pardon.

HENRIETTE.

Je trouve que nous menons une petite existence délicieuse.

JOULIN.

Moi aussi.

MADAME JOULIN.

Tu nous fais vagabonder du matin au soir.

HENRIETTE.

En famille, maman, en famille.

MADAME JOULIN.

Sans compter Le Hautois... Est-ce que tu crois
que ça l'amuse, Le Hautois?

HENRIETTE.

Ça, ça m'est égal... D'ailleurs, il est enchanté...
Tu vas le voir arriver ici tout à l'heure; nous
lui avons donné rendez-vous.

JOULIN.

Pourquoi n'est-il pas venu dîner?

HENRIETTE.

Il était obligé de dîner avec un de ses collègues.

MADAME JOULIN.

Il n'est pas venu dîner avec nous, parce qu'il
sait que nous dînons maintenant à huit heures,
quand ce n'est pas huit heures et demie... C'est
un homme qui a un estomac et qui tient à le
conserver. Enfin, cette vie ne peut pas durer
éternellement.

HENRIETTE.

Rien ne dure éternellement... Je t'assure que
tu te fais sur mon cas des idées extraordinaires...
Il est très simple, mon cas, il est très commun...

MADAME JOULIN.

Oh ! très commun... Tu avais un mari, tu n'en as plus, et tu n'as même pas la satisfaction de te dire qu'il est mort.

HENRIETTE.

Je suis dans la situation d'une femme dont le mari, par exemple, est en voyage.

MADAME JOULIN.

Mais on en revient de voyage.

HENRIETTE.

Je n'ai qu'à me figurer que mon mari a manqué le train.

MADAME JOULIN.

Alors, tu es dans la situation d'une femme dont le mari manque le train tous les soirs.

JOULIN.

Attendons-le.

MADAME JOULIN.

Vous direz ce que vous voudrez, c'est plus fort que moi... J'ai besoin d'appeler quelqu'un « mon gendre ». Toutes les mères me comprendront.

HENRIETTE.

Je te procurerai cette satisfaction un de ces jours.

MADAME JOULIN,

J'espère que cette fois-ci ce sera la dernière.

HENRIETTE.

La dernière, quoi ?...

MADAME JOULIN.

La dernière fois que tu te marieras... Tu tâche-ras de ne plus épouser personne après Le Hautois.

HENRIETTE.

Je ferai mon possible... Et, à propos de mariage, on ne l'a plus rencontré, le bel Édouard.

JOULIN.

Je m'attendais presque, à le voir, hier, au cercle, à l'assaut que nous a donné San Marini... tu sais, le fameux tireur italien.

HENRIETTE.

Et il n'y est pas venu?... Il est pourtant très amateur d'escrime, autant qu'il m'en souvient.

(Entre le sommelier.)

JOULIN.

Non... il n'y est pas venu... J'ai demandé de ses nouvelles, on ne le voit plus nulle part.

LE SOMMELIER, *s'approchant de Joulin.*

Et comme vin, monsieur?

JOULIN.

Donnez-moi la carte... *(Il met son binocle et se retourne sur sa chaise pour mieux y voir. Il jette machinalement un regard sur la salle et ce regard rencontre Estelle. Il regarde à deux fois en murmurant :)* Oh!... mais... est-ce que?... *(Il essuie son binocle, le remet sur son nez.)* Je ne me trompe pas!

LE SOMMELIER.

Nous disons, monsieur?...

JOULIN.

Je choisis, je choisis...

ESTELLE, à *Édouard, à l'autre bout de la salle.*

Je crois qu'il m'a vue.

ÉDOUARD.

Baisse-toi.

ESTELLE.

Oh! il n'y a pas d'erreur... il m'a vue.

ÉDOUARD.

Très embêtant.

ESTELLE.

Faut-il lui sourire?

ÉDOUARD.

Mais non, sacrebleu! il ne faut pas lui sourire...
Parle-moi, ne fais semblant de rien.

LE SOMMELIER, à *Joulin.*

Nous disons, monsieur, le vin?...

JOULIN.

Un petit vin blanc léger... *(Mettant son doigt sur la
carte, au hasard.)* Tenez, ça!

LE SOMMELIER.

Du Johannisberg... Bien, monsieur, très bien...

JOULIN.

Mais alors, ce monsieur serait...
     (Il essaie d'apercevoir Édouard qui a le dos tourné.)

MADAME JOULIN.

Qu'est-ce que tu as donc?

JOULIN, à *Henriette.*

Sais-tu qui est ce monsieur?

HENRIETTE.

Quel monsieur?

JOULIN.

A la table vis-à-vis... qui nous tourne le dos...

HENRIETTE.

Penche-toi, laisse-moi voir...

JOULIN.

Je crois que c'est ton mari.

HENRIETTE, *riant.*

Édouard?

JOULIN.

Lui-même.

HENRIETTE.

Voyons...

(Elle se penche.)

JOULIN.

Ne remue donc pas comme ça...

HENRIETTE.

Mais oui, je crois bien que c'est lui!... C'est son col de chemise, ses cheveux... Regarde donc dans la glace.

JOULIN.

Quelle glace?

HENRIETTE.

Au-dessus de ma tête... Lève-toi un peu, sans te faire remarquer... Comme ça, oui... Tâche de distinguer... C'est lui, d'ailleurs j'en suis sûre.

JOULIN.

Oui, oui, c'est lui...

(Il se rassied.)

LE GARÇON, *apportant un plat.*

Entrecôte.

JOULIN.

Découpez...

HENRIETTE, *à son père en mangeant les huîtres.*

Tu connais donc cette femme?

JOULIN.

Vaguement.

HENRIETTE.

C'est une cocotte?

JOULIN.

Non... Oui... Pas tout à fait... C'est une femme divorcée...

HENRIETTE.

Ah!... Elle n'est pas mal.

JOULIN.

Peuh !

HENRIETTE.

Aucune distinction.

JOULIN.

Aucune... C'est la femme de notre ancien relieur... Je vous en ai parlé autrefois.

HENRIETTE, *riant un peu trop fort.*

Ah ! ah ! la femme d'un relieur...

MADAME JOULIN.

Ne ris pas si haut !

HENRIETTE.

Je ne ris pas... Et elle a quitté la reliure pour suivre mon mari ?

JOULIN.

Non, c'est le relieur qui l'a quittée pour suivre une autre femme.

HENRIETTE.

Et elle a divorcé ?

JOULIN.

Oui.

HENRIETTE.

Comme moi... Eh bien ! elle a eu raison, si ça l'amuse ; elle a eu parfaitement raison.

(Elle mange avec un peu d'énervement.)

ESTELLE, *à Édouard, à l'autre table.*

Sais-tu de qui ils parlent là-bas ?

ÉDOUARD.

Comment veux-tu que je sache...

ESTELLE.

Ils parlent de moi.

ÉDOUARD.

Bah !

21

ESTELLE.

Veux-tu parier que ta femme dit que j'ai l'air
d'une grue !

ÉDOUARD.

Oh !

ESTELLE.

Voilà à quoi tu m'exposes... Ça ne m'étonne pas
de ta part, d'ailleurs.

SCÈNE VII

LES MÊMES, LE HAUTOIS.

LE HAUTOIS, *apercevant Joulin.*

Ah !

(Il va vers la table.)

ESTELLE, *à Édouard.*

Qui est donc ce monsieur ?

ÉDOUARD.

Lequel ?

ESTELLE.

Celui qui vient d'entrer... qui sert la main de ta
femme...

ÉDOUARD.

Ce doit être Le Hautois... *(Regardant dans la glace.)*
Oui, c'est Le Hautois... ce vieux Le Hautois...

ESTELLE.

Oh ! qu'il est bien !

ÉDOUARD, *riant.*

Qui ?... Lui ?...

ESTELLE.

Mais oui, lui... Il est rudement bien... il a l'air
d'un monsieur, d'un monsieur sérieux, grave...

Il n'a pas l'air d'un polichinelle... comme j'en connais.

ÉDOUARD.

Va-t'en lui dire ça, tu lui feras plaisir.

ESTELLE.

Je le lui dirai quand j'aurai l'occasion. C'est lui qui va épouser ta femme?

ÉDOUARD.

Il paraît.

ESTELLE.

Eh bien? elle ne sera pas à plaindre... Qu'est-ce qu'il fait?

ÉDOUARD.

Le Hautois?... il est quelque chose au Conseil d'Etat.

ESTELLE.

Bigre!

ÉDOUARD.

Tu sais ce que c'est, le Conseil d'État?

ESTELLE.

Je suis si bête!... Le Conseil d'État, c'est... c'est des gens qui donnent des conseils...

ÉDOUARD.

A l'État...

ESTELLE.

Parfaitement.

ÉDOUARD.

Voilà!

ESTELLE.

C'est beau d'avoir une position pareille... Voilà ce que tu n'auras jamais, mon vieux.

ÉDOUARD.

Quand je voudrai.

ESTELLE.

Eh bien !... ils seraient jolis, les conseils que tu donnerais à l'Etat.

MADAME JOULIN, à *Le Hautois.*

Il était arrivé avant nous, nous ne l'avions pas vu.

LE HAUTOIS, *à qui, pendant ces répliques, Joulin a annoncé la présence d'Edouard.*

Puisque vous me demandez mon avis, je suis d'avis de payer l'addition et de partir le plus tôt possible.

HENRIETTE.

Partir ! Je ne suis pas pressée.

LE HAUTOIS.

Il est infiniment plus correct de ne pas rester ici plus longtemps.

HENRIETTE.

Correct !... Vous n'allez pas m'apprendre ce qui est correct et ce qui ne l'est pas ?

LE HAUTOIS.

Mettons que je n'ai rien dit. D'ailleurs, vous ne ferez que ce que vous voudrez.

HENRIETTE.

Nous sommes exposés, mon mari et moi... pardon, monsieur Maubrun et moi, à nous rencontrer, puisque nous habitons la même ville, que nous avons les mêmes habitudes, que nous fréquentons le même monde... Il faut en prendre notre parti... De quoi riez-vous ?

LE HAUTOIS.

Je ne ris pas, je souris...

HENRIETTE.

Et pourquoi souriez-vous ?

LE HAUTOIS.

Parce que vous dites que vous fréquentez le
même monde... Vous ne fréquentez pas le même
monde, heureusement pour vous.

HENRIETTE.

Vous trouvez cette réflexion de bon goût ?

LE HAUTOIS.

Je n'ai pas cette prétention. D'ailleurs, toutes
les réflexions que je ferai ce soir seront de mauvais goût ; j'ai senti ça en arrivant. Toutes les
paroles que je prononcerai, quelles qu'elles soient,
n'auront pas le sens commun. Je vous raconterais
l'histoire que j'ai racontée cet après-midi au
Conseil d'État et qui a fait s'esclaffer tous mes
collègues, que je n'amènerais pas un sourire sur
vos lèvres. Il y a des jours comme ça. Soyez
tranquille, ce n'est pas aujourd'hui que je choisirai
pour vous demander de fixer la date de notre
mariage.

HENRIETTE.

Vous ferez bien !

JOULIN.

Et quelle est l'histoire que vous avez racontée ?

LE HAUTOIS.

Inutile, elle n'est pas drôle... elle n'est pas
drôle ce soir... elle sera drôle demain.

JOULIN.

Puisqu'elle a fait rire tous ces messieurs...

LE HAUTOIS.

Elle a fait rire ces messieurs parce que je l'ai
racontée à un moment où ces messieurs avaient
envie de rire. Or, madame n'a aucune envie de
rire. Elle ne trouverait pas mon histoire drôle.
Vous voyez, elle hausse les épaules.

HENRIETTE.

Oui... oui... vous essayez de détourner la conversation.

LE HAUTOIS.

Vous désirez que nous revenions à votre mari...
Revenons-y; moi je veux bien.

HENRIETTE.

Je vous prie de ne pas m'agacer, n'est-ce pas?
Si j'insiste, c'est que je ne veux pas que vous
conserviez la moindre arrière-pensée. J'ai demandé
le divorce, et je suis loin de le regretter, car la vie
avec monsieur Maubrun était intolérable. Mais il
n'en est pas moins vrai que mon mari, malgré tous
ses torts, n'a commis envers moi ni action
blessante, ni action méchante.

JOULIN.

Non... Il n'est pas méchant, il faut lui rendre
cette justice.

HENRIETTE.

Je suis très heureuse d'être séparée de lui; tout
raccommodement entre nous est impossible, soyez-
en bien convaincu, mais je n'ai pour lui aucun
mépris. Nous sommes vis-à-vis l'un de l'autre
comme deux adversaires qui se sont battus en duel
et qui peuvent parfaitement se serrer la main
quand ils se rencontrent... Vous ne vous êtes
peut-être jamais battu en duel?

LE HAUTOIS.

Jamais. Mais je connais cet usage.

HENRIETTE.

Par conséquent... et je vais probablement vous
étonner...

LE HAUTOIS.

Vous allez certainement m'étonner.

HENRIETTE.

Par conséquent, si le hasard me faisait trouver face à face avec monsieur Maubrun, je lui tendrais tranquillement la main, comme je fais à vous quand je vous rencontre; j'échangerais même quelques mots avec lui le plus naturellement du monde, je m'informerais de sa santé, comme vraisemblablement il s'informerait de la mienne, et je ne croirais pas commettre un de ces actes qui mettent une femme au ban de la société. Ceci soit dit pour qu'il n'y ait pas entre nous l'ombre d'une équivoque à ce sujet-là !

LE HAUTOIS.

Mais il n'y en a pas.

HENRIETTE.

Selon vous, j'aurais tort?

LE HAUTOIS.

Je n'ai rien à dire.

HENRIETTE.

Mais dites tout de même, je vous en prie?

LE HAUTOIS.

Vous y tenez?

HENRIETTE.

Oui, j'y tiens.

LE HAUTOIS.

Eh bien! vous auriez mille fois tort. Vous n'avez plus avec votre mari aucun intérêt commun. Légalement, vous ne le connaissez pas, et vous n'avez pas plus à lui adresser la parole ou à tolérer qu'il vous l'adresse, que s'il s'agissait du premier passant venu. Le divorce a fait de vous deux étrangers.

HENRIETTE.

Deux étrangers !

LE HAUTOIS.

Oui, madame...

HENRIETTE.

Ah bien! si j'avais fait avec beaucoup d'étrangers ce que j'ai fait avec... Non! vous me ferice dire des choses.

LE HAUTOIS.

La loi est la loi.

HENRIETTE.

Mais la réalité est la réalité. Le divorce sépare des époux qui ont des raisons de ne plus s'accorder, mais il n'en fait pas nécessairement des ennemis. Comment! des gens qui ont voyagé quelques jours ensemble sur un paquebot ne sont plus des indifférents les uns pour les autres; ils se quittent avec des poignées de mains et une certaine émotion, et vous voudriez qu'un mari et une femme, brusquement, sur un signe de la loi, n'aient plus même un souvenir commun?... Que diable! eux aussi, ils ont fait une traversée ensemble !

JOULIN.

Il y a du vrai dans ce qu'elle dit...

LE HAUTOIS.

Je suis convaincu que madame Joulin partage ma manière de voir.

MADAME JOULIN.

Oh! moi, mes enfants, je n'y comprends plus rien. Et j'en suis pour ce que j'ai toujours dit: tout cela est du pur gâchis.

HENRIETTE.

Et rassurez-vous tout de même, mon cher Le Hautois. Si je vous épouse un jour, ce qui est possible, après tout...

LE HAUTOIS.

Ce qui est certain...

HENRIETTE.

Je ne vous tromperai pas avec Édouard, je vous en donne ma parole d'honneur.

LE HAUTOIS.

Il n'est même pas nécessaire que vous me trompiez avec un autre.

HENRIETTE.

Comme vous dites... Maintenant, papa, veux-tu demander l'addition? Nous serons en retard d'une bonne demi-heure, c'est ce qu'il faut.

JOULIN.

Garçon, l'addition !

ESTELLE, à l'autre table, à Édouard.

Veux-tu demander aussi l'addition?... J'en ai assez d'être ici... avec la tête que tu fais!...

ÉDOUARD.

Garçon, l'addition !... Quelle tête fais-je?...

ESTELLE.

Tu n'as pas dit un mot depuis un quart d'heure... Quand on m'y reprendra à aller dîner au restaurant avec toi!... Ah! ça... vient-il ce garçon, oui ou non?

ÉDOUARD.

Ne te mets pas en colère.

ESTELLE, se levant.

Je ne me mets pas en colère, seulement je m'en vais.

ÉDOUARD.

Où ça?

ESTELLE.

Chez ces gens, puisqu'ils nous attendent... Tu me rejoindras quand tu auras payé.

ÉDOUARD.

Prends garde, en t'en allant.

ESTELLE.

A quoi?... A quoi?... Est-ce que vous supposez que je vais faire une scène à votre femme?... Ma parole! c'est à se demander avec qui vous avez vécu jusqu'ici...

(Elle se lève et traverse la salle avec une grande dignité, ouvre la porte qui donne dans l'autre partie de la scène. — A ce moment :)

HENRIETTE.

Le Hautois, voulez-vous voir si la voiture est en bas?

LE HAUTOIS.

J'y vais.

HENRIETTE.

Si elle n'est pas encore arrivée, téléphonez à la maison.

(Sort Le Hautois.)

SCÈNE VIII

A droite : LE HAUTOIS, ESTELLE, LE GÉRANT.

A gauche : LES AUTRES.

(Les consommateurs du fond ont successivement payé leur addition et sont partis. Il ne reste à gauche qu'Edouard à une table. Joulin, Henriette et madame Joulin, à l'autre.)

LE GÉRANT, *montrant une porte à Estelle, qui lui a parlé à voix basse.*

Au huit, madame.

ESTELLE.

Merci.

(En se retournant elle est légèrement heurtée par Le Hautois).

LE HAUTOIS.

Oh! mille pardons, madame.

ESTELLE, *infiniment gracieuse, reconnaissant Le Hautois.*

De rien, monsieur le Conseiller.

LE HAUTOIS.

Hein!...

(Estelle salue Le Hautois avec grâce et entre au huit. Le Hautois sort par le fond en disant :)

LE HAUTOIS.

D'où me connaît-elle donc?

SCÈNE IX

A gauche : ÉDOUARD *seul;* JOULIN, HENRIETTE, MADAME JOULIN, à *leur table.*

ÉDOUARD, à *un garçon.*

Et cette addition, garçon?...

LE GARÇON.

La voici.

UN AUTRE GARÇON, *apportant l'addition,* à *gauche.*

L'addition, monsieur.

JOULIN, *examinant l'addition.*

Un perdreau... Pêches au kirsch.

ÉDOUARD, *même jeu.*

Beefteack... Johannisberg... Ce n'est pas mon addition, ça...

JOULIN.

Mais ce n'est pas mon addition... Garçon ! *(Il se retourne pour appeler le garçon. Dans le mouvement que fait Edouard de son côté, Joulin et lui se trouvent face à face. Edouard salue Joulin qui lui rend son salut. A Edouard.)* Je crois qu'ils m'ont donné votre addition, monsieur.

ÉDOUARD.

Et à moi, la vôtre, monsieur.
(Ils échangent leurs additions.)

JOULIN.

En effet : entrecôte.

ÉDOUARD.

Foie gras... perdreau... Ils s'étaient trompés...

JOULIN, *saluant.*

Ils s'étaient trompés... monsieur...

ÉDOUARD.

Monsieur... *(A Joulin qui se retourne.)* A propos...

JOULIN.

Vous me parlez, monsieur?

ÉDOUARD.

Oui... J'ai de l'argent à vous remettre, et puisque ça se trouve...

JOULIN.

De l'argent à me remettre, à moi?

ÉDOUARD.

De la part de Brévannes... Notre compte du bridge, vous vous rappelez?...

JOULIN.

Il est revenu d'Afrique, Brévannes?

ÉDOUARD.

Il dîne ici... Je l'ai vu tout à l'heure et il m'a remis cette enveloppe... *(Ouvrant l'enveloppe.)* Trois mille... moitié chacun, je crois?...

JOULIN

Il me semble.

ÉDOUARD *lui remet des billets.*

Tenez.

JOULIN.

J'ai vingt-cinq louis à vous rendre... Attendez... *(Il prend son portefeuille.)* Je ne les ai pas... je vais demander la monnaie au garçon. Garçon!

ÉDOUARD.

Oh! ça ne presse pas!

JOULIN, *tendant le billet à un garçon.*

Garçon, prenez l'addition là-dessus.

LE GARÇON.

Bien, monsieur.

JOULIN, *à Édouard, après un temps.*

Et vous allez bien?

ÉDOUARD.

Je vous remercie. Et vous-même?

JOULIN.

Parfaitement.

ÉDOUARD.

Ces dames vont bien aussi?

JOULIN.

A merveille... Nous avons dîné ensemble.

ÉDOUARD.

Ah! vraiment...

(Joulin a démasqué, dans un mouvement, madame Joulin et Henriette, qu'il cachait jusqu'à présent à Édouard. Édouard les salue très profondément. Henriette lui envoie un gracieux sourire. Édouard sourit et salue une seconde fois.)

JOULIN.

Vous ne venez pas leur serrer la main ?

ÉDOUARD.

Mais avec plaisir... *(Il s'avance vivement vers la table où se trouvent madame Joulin et Henriette. — A madame Joulin :)* Chère madame... très heureux de vous revoir.

MADAME JOULIN, *lui tendant la main.*

Moi de même.

ÉDOUARD, *à Henriette.*

Bonsoir, Henriette.

HENRIETTE.

Bonsoir, Edouard.

(Elle lui tend la main.)

ÉDOUARD, *à Henriette.*

Vous avez une mine charmante... vous vous portez bien, je vois.

HENRIETTE.

Très bien, ma foi. Et vous aussi, il me semble.

ÉDOUARD.

Trop aimable, trop aimable.

HENRIETTE.

Et vous êtes seul ?

ÉDOUARD

Mais oui.

HENRIETTE.

Vous étiez avec quelqu'un tout à l'heure, je crois...

ÉDOUARD.

Oui... oui... avec quelqu'un qui est parti.

HENRIETTE.

Asseyez-vous donc une minute.

ÉDOUARD, *s'asseyant à la place que vient de quitter Le Hautois.*

Mais je crois bien!... avec plaisir!

HENRIETTE.

Vous ne prenez pas un petit verre d'eau-de-vie?...

ÉDOUARD.

Mais oui, je vous remercie... *(Henriette le sert. — A madame Joulin :)* Vous allez au théâtre ce soir?

HENRIETTE.

A l'Opéra-Comique.

MADAME JOULIN.

Et nous sommes même en retard, comme d'habitude.

JOULIN, *à sa femme.*

Figure-toi que je viens de rentrer dans quinze cents francs... un vieux compte de bridge... *(A Edouard, lui montrant la boîte de cigares :)* Un cigare, mon cher?

ÉDOUARD.

Si ces dames le permettent.

HENRIETTE.

Mais oui, mais oui, fumez donc.

JOULIN, *à Edouard.*

On ne vous a pas vu au cercle depuis longtemps?

ÉDOUARD.

Je n'y vais presque plus.

JOULIN.

Vous n'avez pas eu la curiosité de voir tirer San Marini, hier?

ÉDOUARD.

Je n'avais pas été prévenu. J'y serais allé certainement. Il a été bien?

JOULIN.

Magnifique, mon cher... Les coups droits de San Marini, il faut voir ça.

ÉDOUARD.

Oui, on m'a dit. La foudre, n'est-ce pas?

JOULIN.

La foudre, c'est le mot... Brincard, qui tirait avec lui, a été démonté à la première passe...

ÉDOUARD.

Ah! vraiment.

(Revient Le Hautois par la droite. Il ouvre la porte du salon.)

SCÈNE X

LES MÊMES, LE HAUTOIS.

LE HAUTOIS, *apercevant Édouard à sa place, scandalisé.*

Oh!

ÉDOUARD, *se levant et lui tendant la main.*

Bonsoir, Le Hautois... Ça va?

LE HAUTOIS, *se contenant.*

Bonsoir, monsieur.

ÉDOUARD.

Je vous ai pris votre place... Je vous demande pardon.

LE HAUTOIS.

Du tout... du tout... restez donc.

ÉDOUARD.

Je n'en ferai rien.

LE HAUTOIS.

Moi non plus.

HENRIETTE.

Le Hautois?

LE HAUTOIS.

Madame.

HENRIETTE, *très naturellement.*

Est-ce que la voiture est là? *(Le Hautois ne répondant pas et faisant des mouvements nerveux.)* Eh bien! qu'est-ce que vous avez?...

LE HAUTOIS, *avec éclat.*

Vous me traiterez de bourgeois, de réaction-naire, d'homme à préjugés! vous me traiterez de ce que vous voudrez! mais vous ne m'empêcherez pas de dire que la place de monsieur n'est pas ici!

HENRIETTE, *riant.*

Voyons... voyons...

LE HAUTOIS, *à Édouard.*

Je ne dis pas cela pour vous offenser person-nellement.

ÉDOUARD.

Mais je crois bien... ce cher ami...

(Il boit.)

MADAME JOULIN.

Allons-nous-en !

JOULIN.

Les manteaux.

(Il se lève et va un peu vers le fond avec madame Joulin et Édouard. Édouard prend le manteau de madame Joulin des mains du chasseur et l'aide à le mettre sur ses épaules. Henriette et Le Hautois restent sur le devant de la scène.)

HENRIETTE.

Mais quel mauvais caractère vous avez!

25

LE HAUTOIS, à *Henriette.*

Comprenez donc... Henriette... comprenez donc...

HENRIETTE.

Eh bien! quoi? monsieur Maubrun avait de l'argent à remettre à mon père. Ils se sont parlé... C'est le hasard. Je ne le rencontrerai peut-être plus jamais, monsieur Maubrun, soyez donc tranquille!... Nous n'avons pas échangé quatre mots... C'est plutôt amusant, je vous assure... c'est plutôt gentil. Voyons, ne prenez pas des airs graves à propos de tout... Que diable! ayez donc un peu plus de fantaisie dans l'existence!...

LE HAUTOIS.

Vous appelez ça de la fantaisie? Moi, j'appelle ça de la débauche!

HENRIETTE, *sévèrement.*

Le Hautois, vous dépassez les bornes... *(Radoucie.)* Allons! donnez-moi mon manteau et venez à l'Opéra-Comique.

(Le Hautois prend le manteau d'Henriette des mains du chasseur qui s'avance.)

ÉDOUARD, *à madame Joulin, lui mettant son manteau sur les épaules.*

Voici, chère madame, voici...

MADAME JOULIN, *machinalement.*

Merci, mon gendre...

LE HAUTOIS, *se retournant avec un haut-le-corps.*

Hein!

(Tout le monde rit.)

MADAME JOULIN.

Qu'est-ce que j'ai dit?... Ah! oui... Mais c'est que vous m'ahurissez, aussi... Je n'y suis plus du

ut, moi... J'en arrive à ne plus me rappeler...
'est le gâchis ! *(A Joulin :)* Allons-nous à l'Opéra-
omique, oui ou non?

JOULIN.

J'attends la monnaie... Partez toutes les deux
ec Le Hautois... D'ailleurs, il n'y a que trois
aces dans la voiture... Je vous rejoins...

MADAME JOULIN.

C'est ça, partons...
(Elle serre la main d'Édouard.)

ÉDOUARD.

Tous mes hommages, chère madame Joulin...

HENRIETTE, *lui tendant la main.*

Au revoir, Édouard.

ÉDOUARD.

Au revoir, Henriette... *(Serrant la main de Le Hau-
s.)* A bientôt, Le Hautois.

LE HAUTOIS.

A bientôt.

JOULIN.

Je vous rejoins à l'instant. Je prendrai un fiacre.
(Sortent Le Hautois, Henriette, madame Joulin.)

SCÈNE XI

A gauche : ÉDOUARD, JOULIN, Le Garçon.

LE GARÇON, *avec une assiette à la main.*

La monnaie, monsieur...

JOULIN *paye, puis à Édouard.*

Voici vos vingt-cinq louis... Vous remercierez
évannes de ma part.

ÉDOUARD.

Tout de suite...

JOULIN, *en mettant son pardessus.*

Et... votre jeune amie... qu'est-ce qu'elle est devenue?

ÉDOUARD.

Elle est au hui!... Dites donc, Joulin?

JOULIN.

Quoi, mon ami?

ÉDOUARD.

Plus de rancune, j'espère?

JOULIN, *après avoir réfléchi.*

Non.

ÉDOUARD.

Parole?

JOULIN.

Parole! D'ailleurs, j'ai réfléchi cet été à la campagne... Il faut enrayer. Je crois qu'il est temps d'enrayer.

ÉDOUARD.

La santé est toujours bonne, pourtant?

JOULIN.

Oui, la santé est bonne, en général... Mais il y a des détails qui clochent... qui commencent à clocher...

ÉDOUARD.

Toujours escrime, hydrothérapie?

JOULIN.

De plus en plus...

ÉDOUARD.

Et puis, vous savez... je vous ai rendu service... Je vous assure... Ce n'était pas du tout une femme pour vous...

JOULIN.

N'en parlons plus.

ÉDOUARD.

C'est une petite rosse... Elle vous en aurait fait
voir de toutes les couleurs...

JOULIN.

Ah bah! Elle paraissait si gentille!...

ÉDOUARD.

Ah! mon ami... Capricieuse, énervante, affo-
lante... un caractère insupportable! Amoureuse
pendant cinq minutes, puis tout d'un coup les
griffes, les dents... la mauvaise humeur... Voulez-vous la vérité? Je mène une sale existence.

JOULIN, lui mettant la main sur l'épaule.

Mon pauvre ami...

ÉDOUARD.

Tout ça, vous pensez, me serait bien égal, si je
n'étais pas pincé!

JOULIN.

Vous l'êtes?

ÉDOUARD.

Et bien... je vous en réponds!... Ce que vous
m'avez prédit autrefois, vous savez... Elle m'embête, elle m'énerve, elle m'assomme; mais elle
me tient! Je ne peux pas m'en passer! Si je vous
disais que je ne l'ai jamais trompée, est-ce que
vous me croiriez?

JOULIN.

Non, je ne vous croirais pas.

ÉDOUARD.

C'est la vérité.

JOULIN.

Pas une fois?

ÉDOUARD.

Pas une fois.

JOULIN.

Et elle, vous a-t-elle trompé?

ÉDOUARD.

Je ne crois pas... Ce n'est pas son genre... C'est une de ces femmes qui n'aiment pas à faire souffrir plusieurs hommes à la fois... Elle préfère s'appliquer sur un seul...

JOULIN.

Ça me chagrine, ce que vous me dites, ma parole... Vous m'avez été toujours très sympathique, vous le savez...

ÉDOUARD.

Merci!

JOULIN.

Et vous souffrez, alors?

ÉDOUARD.

Parfaitement.

JOULIN.

Ce cher ami!... Beaucoup?

ÉDOUARD.

Tant que je peux.

JOULIN.

Ça ne se voit pas.

ÉDOUARD.

C'est ma façon...

JOULIN, *lui versant à boire.*

Voyons, encore un petit verre?

ÉDOUARD.

Je veux bien...

JOULIN.

Il ne faut pas vous affecter comme ça.

ÉDOUARD.

Vous êtes un brave homme, vous?

JOULIN.

Voyons... voyons... il s'agit de faire quelque

chose... vous ne pouvez pas rester dans cet état-là.
Ça me fait de la peine.

ÉDOUARD

Il n'y a rien à faire.

JOULIN.

Vous ne savez pas combien de temps encore
vous serez amoureux ?

ÉDOUARD.

Pourquoi me demandez-vous ça ?

JOULIN.

C'est une idée qui me vient... c'est une idée qui
me vient... Combien de temps, à peu près ?...

ÉDOUARD.

Je ne peux pas vous le dire... Mais je suis parti
pour un bon bout de temps...

JOULIN.

Nous verrons... *(Buvant.)* A votre santé !

ÉDOUARD.

A la vôtre...
(Estelle sort à droite du cabinet numéro 8.)

SCÈNE XII

A gauche : LES MÊMES, ESTELLE.

ESTELLE, *à droite.*

Ah ! ça... il vient, ou il ne vient pas ?...
(Entrant dans le petit salon.) Tiens ! M. Joulin !...

JOULIN, *se levant.*

Chère madame...

ESTELLE.

Oh ! que je suis contente de vous revoir !...
Que je suis contente !

JOULIN.

Moi de même, mon enfant, moi de même !

ESTELLE.

Vous en avez une, de mine ! Et vous vous êtes
bien porté ?

JOULIN.

Très bien !

ESTELLE.

Je pense souvent à vous... N'est-ce pas, Édouard,
nous pensons souvent à lui ? Je parlais encore de
vous tout à l'heure.

JOULIN.

A qui ?

ESTELLE.

A Clémence... En voilà une qui a gardé un bon
souvenir de vous... Elle vous adore !

JOULIN.

Elle est ici ?...

ESTELLE.

Oui.... Oh ! mais, vous allez venir lui dire
bonjour...

JOULIN.

Moi !...

ESTELLE.

Ah bien ! si elle savait que vous êtes là et que
vous ne venez pas lui dire un petit bonjour, elle
ne me pardonnerait pas !...

ÉDOUARD.

Oui... oui... venez donc.

JOULIN.

On m'attend à l'Opéra-Comique. Vous savez
bien qu'on m'attend à l'Opéra-Comique.

ÉDOUARD.

Dix minutes... rien que dix minutes. J'ai encore des tas de choses à vous dire.

ESTELLE, *lui prenant le bras.*

D'ailleurs, je ne vous quitte pas...

ÉDOUARD, *lui prenant l'autre bras.*

Moi non plus.

ESTELLE.

Venez donc... Ce sera si gentil !...

JOULIN, *attendri.*

Voyons, mes enfants... voyons...

ESTELLE, *l'entraînant.*

Venez, monsieur Joulin, venez.

ÉDOUARD.

Venez... venez...

JOULIN, *se laissant faire.*

Ma femme a raison... C'est le gâchis !

ACTE III

La salle d'armes de Joulin.

Fauteuils et divans de cuir. — Aux murs, un appareil en caoutchouc pour faire des exercices. Armes, fleurets. — Une porte au fond. — A droite, deux portes. — A gauche, dernier plan, une porte.

SCÈNE PREMIÈRE

MOLITOR, puis JOULIN.

(Au lever du rideau, Molitor, en tenue de maître d'armes qui va donner une leçon, fait des pliés sur ses jambes. — Entre Joulin, en veston d'intérieur à brande-bourgs de soie, par la droite, premier plan.)

JOULIN, *regardant sa montre.*

Deux heures. Je ne sais pas pourquoi je me figurais qu'il était plus tard que ça... Tiens! Molitor... vous êtes déjà arrivé?...

MOLITOR.

C'est l'heure de votre leçon, monsieur.

JOULIN.

Elle est à quatre heures, ma leçon, vous le savez bien...

MOLITOR.

Il est quatre heures.

JOULIN.

Vous êtes sûr?...

MOLITOR.

Il est même quatre heures et quart, mais je vous attends depuis un quart d'heure.

JOULIN, *regardant l'heure, porte sa montre à son oreille.*

En effet... ma montre est arrêtée... Ah! oui, je me rappelle... C'est cette nuit... au moment où nous entrions dans le petit bar de la place de la Madeleine... Elle a dû s'arrêter en me voyant entrer dans le bar.

MOLITOR.

Je comprends ça, monsieur... Ah! si vous croyez que c'est bon pour les jambes, cette vie-là!

JOULIN, *s'asseyant.*

C'est très mauvais pour les jambes.

MOLITOR.

Alors, vous avez vagabondé toute la nuit?

JOULIN.

Un hasard... J'ai été entraîné... Devinez par qui j'ai été entraîné, Molitor?

MOLITOR.

J'aime autant ne pas chercher.

JOULIN.

Par un de vos anciens clients... par Maubrun...

MOLITOR.

Monsieur Edouard!...

JOULIN.

Lui-même...

MOLITOR.

En voilà un qui avait des jarrets!... Ah! c'était le bon temps... Monsieur Edouard arrivait ici tous les jours vers cinq heures, cinq heures et

domie. Un bon assaut, et puis la douche, la
belle douche!...

JOULIN.

Je parie que vous le reverriez avec plaisir,
Édouard ?

MOLITOR.

Je crois bien!... Et les a-t-il toujours, ses
jarrets?

JOULIN.

Il est en train de les perdre...

(Entre madame Joulin, à gauche.)

SCÈNE II

Les Mêmes, MADAME JOULIN.

MADAME JOULIN.

Votre leçon n'est pas commencée?...

JOULIN.

J'allais me mettre en tenue.

MADAME JOULIN.

Bonjour, monsieur Molitor.

MOLITOR.

Madame, votre serviteur.

JOULIN.

Tu as à me parler, chérie? Vous n'êtes pas de
trop, Molitor... *(Molitor va au fond de la salle arranger le
linoléum et préparer les fleurets. A madame Joulin.)* Je
devine ce que tu veux me dire?... Tu viens me
faire des reproches... pour cette nuit.

MADAME JOULIN.

En aucune façon... Je viens vous demander

tout simplement si vous voulez prendre une tasse
de thé?

JOULIN.

Avec plaisir.

MADAME JOULIN, *le regardant.*

Ça ne peut que vous faire du bien, d'ailleurs,
une tasse de thé.

JOULIN.

Je suis rentré cette nuit à...

MADAME JOULIN, *l'interrompant.*

Inutile. Je ne tiens pas à savoir à quelle heure
vous êtes rentré. Vous connaissez mes principes
là-dessus, et cela m'est parfaitement égal que
vous soyez rentré ce matin à trois heures et-demie
passées.

JOULIN.

Pas passées.

MADAME JOULIN.

Il était quatre heures moins le quart; mais,
encore une fois, cela n'a aucune espèce d'importance.

JOULIN.

Et vous, qu'est-ce que vous avez fait?

MADAME JOULIN.

Nous sommes rentrés un peu plus tôt. Le Hautois et Henriette m'ont reconduite ici, après
l'Opéra-Comique. Puis Le Hautois a reconduit
Henriette...

JOULIN.

A ce moment-là, j'étais encore chez Prunier...
Je causais avec Brévannes, qui revient du Cap...
Nous causions affaires, d'une affaire excellente,
à laquelle je vais m'intéresser... Edouard a l'intention de s'y intéresser comme moi...

MADAME JOULIN.

Vous allez vous associer avec Édouard?... Voilà encore une chose qui va faire bien plaisir à Le Hautois!

JOULIN.

Ça m'est égal.

MADAME JOULIN.

Bon, bon!

JOULIN.

Ça m'est égal... parce que moi, j'ai une idée...

MADAME JOULIN.

Vraiment?...

JOULIN.

Penses-tu que si je n'avais pas une idée de derrière la tête, je me coucherais à de pareilles heures, à mon âge? Penses-tu que c'est pour mon plaisir que j'ai bu des coktails toute la nuit dans un petit bar de la place de la Madeleine?

MADAME JOULIN.

Je suis curieuse de savoir quelle est l'idée qui vous a conduit dans de pareils lieux? Elle doit être au moins étrange!

JOULIN.

Elle est noble...

MADAME JOULIN.

Voyons...

JOULIN.

Elle est élevée et elle est morale...

MADAME JOULIN.

Je vous écoute...

JOULIN.

As-tu remarqué que ta fille n'est pas pressée du tout de se remarier avec Le Hautois?

MADAME JOULIN.

Il faut le temps...

JOULIN.

As-tu remarqué son émotion en revoyant Edouard?

MADAME JOULIN.

Elle est toute naturelle.

JOULIN.

Eh bien! mon idée est de réconcilier ces deux enfants!... Voilà... Et si j'ai fait des fautes dans ma vie, ce qui n'est pas sûr, mais enfin, j'ai pu en faire sans le vouloir, je prétends qu'elles seront toutes rachetées par cette idée que j'ai eue là.

(Entre Henriette.)

SCÈNE III

LES MÊMES, HENRIETTE.

HENRIETTE.

Bonjour, père !

JOULIN.

Bonjour, mon enfant...

(Il l'embrasse.)

HENRIETTE, *allant embrasser sa mère.*

Nous dinons ensemble, n'est-ce pas? *(A Joulin :)* Tu nous as bien lâchées, hier soir...

JOULIN.

Je n'ai pas pu vous rejoindre, j'ai eu affaire.

MADAME JOULIN.

Dans un bar...

JOULIN.

Dans un petit bar de la place de la Madeleine.

MADAME JOULIN.

Qu'il a quitté à quatre heures du matin !

HENRIETTE.

Ah ! ah ! c'est vrai ?

JOULIN.

Tu peux t'en rapporter à ta mère.

HENRIETTE, *riant.*

Tu as fait la fête, alors ?

JOULIN, *gravement.*

Oui, mon enfant, j'ai fait la fête.

HENRIETTE.

Avec Édouard, je parie ?...

JOULIN.

Avec Édouard.

HENRIETTE, *toujours très gaie.*

Et la jeune personne ?

JOULIN.

La jeune personne et quelques amis...

MADAME JOULIN.

Des deux sexes.

HENRIETTE.

Et que t'a dit Édouard ?

JOULIN.

Des choses très intéressantes, que je te raconterai un de ces jours. *(Il l'embrasse encore une fois.)* Je vais mettre ma veste, ensuite je prendrai ma leçon. Envoyez-moi une tasse de thé et quelques tartines de beurre...

(Il sort à droite après avoir fait signe à Molitor qui sort avec lui.)

SCÈNE IV

HENRIETTE, MADAME JOULIN.

MADAME JOULIN.

Viens-tu?

HENRIETTE.

Où ça?

MADAME JOULIN.

Chez moi... Laissons ton père prendre sa leçon.
Et puis attendons Le Hautois.

HENRIETTE.

Tu crois qu'il doit venir?

MADAME JOULIN.

J'en suis sûre... Il nous l'a dit hier. Et quand
Le Hautois a dit qu'il viendrait, il vient.

HENRIETTE.

Oh! ça... il a bien des défauts, mais c'est un
homme exact.

MADAME JOULIN.

Bien des défauts? Quels défauts a-t-il donc?...

HENRIETTE.

Des tas.

MADAME JOULIN.

Lesquels?

HENRIETTE.

Ou plutôt, il n'en a aucun... ce qui est exactement la même chose.

MADAME JOULIN.

Il t'a reconduite hier soir?

HENRIETTE.

Naturellement... J'aurais préféré rentrer seule;

26

il a tenu à me reconduire. D'ailleurs, toute la soirée il a été insupportable.

MADAME JOULIN.

Je n'ai pas remarqué...

HENRIETTE.

Tu as pourtant entendu ce qu'il m'a dit au restaurant, n'est-ce pas? Il a été de la dernière impertinence... Heureusement qu'il m'a fait des excuses... Je ne lui aurais pas pardonné de ma vie.

MADAME JOULIN.

Quand donc t'a-t-il fait des excuses?

HENRIETTE.

Dans la voiture... Oui... il s'est attendri... Tu ne t'imagines pas ce que c'est que Le Hautois attendri, dans une voiture...

MADAME JOULIN, un temps.

Et à quand?

HENRIETTE.

A quand?...

MADAME JOULIN.

Oui, le mariage...

HENRIETTE.

Le mariage avec Le Hautois?

MADAME JOULIN.

Dame !

HENRIETTE.

Mais je ne sais pas au juste.

MADAME JOULIN.

Vous n'avez pas encore fixé la date? Il ne t'a pas demandé de fixer la date?

HENRIETTE.

Il me l'a demandé dans la voiture.

MADAME JOULIN.

Et qu'as-tu répondu?

HENRIETTE.

Que je réfléchirai.

MADAME JOULIN.

Et à moi?... Qu'est-ce que tu me réponds?

HENRIETTE.

Mais... rien...

MADAME JOULIN.

Comment, rien?...

HENRIETTE.

Eh bien! voilà... voilà... Le Hautois est un homme que j'étais très décidée à épouser après mon divorce. Je me disais : « Celui-là au moins est sérieux, ce n'est pas un pantin comme l'autre. Je serai très heureuse avec lui. »

MADAME JOULIN.

Ce n'était pas mal raisonné en un sens... Et aujourd'hui?

HENRIETTE.

Aujourd'hui... aujourd'hui... que veux-tu que je te dise? A force de voir Le Hautois, de le fréquenter, de causer avec lui, de voyager avec lui, ma parole, je suis arrivée à croire que j'étais mariée avec lui depuis dix ans... Tiens! c'est réellement le sentiment qu'il m'inspire... Il me semble que j'ai toujours été sa femme... D'ailleurs, je ne sais pas si tu as remarqué ce détail : Le Hautois ne peut pas rester cinq minutes avec une femme sans avoir l'air d'être son mari... Il y a des hommes comme ça... Voyons, maintenant, sans rire, tu ne trouves pas que Le Hautois, qui a de très grandes qualités, que j'apprécie toujours autant, qui est tout à fait bien sous tous les rapports, tu ne trouves pas que Le Hautois est un être tout de même un peu trop... monotone... pour passer une existence entière avec lui? Là, franchement?...

MADAME JOULIN.

Il ne serait peut-être pas suffisant pour un premier mari; mais enfin, pour un second...

HENRIETTE.

C'est qu'il me fait justement l'effet de l'être, mon premier mari !

MADAME JOULIN.

Ajoutons que tu as fait toutes ces réflexions-là depuis hier...

HENRIETTE.

Et puis, quand même!... Qu'est-ce que ça aurait d'extraordinaire? Oui, je suis troublée!... je suis très troublée... je ne m'en cache pas... On ne revoit pas un homme qui vous a rendue malheureuse... qui vous a fait toutes les sottises...

MADAME JOULIN.

Sans se sentir invinciblement attirée vers lui.

HENRIETTE.

C'est ça.

MADAME JOULIN.

Je vois bien. Alors, c'est décidé?

HENRIETTE.

Quoi? Qu'est-ce qui est décidé?

MADAME JOULIN.

Tu n'attends plus que l'occasion de te réconcilier avec ton mari ?

HENRIETTE.

Mais pas du tout !... Voilà où tu te trompes...

Crois-tu que j'aie oublié tout ce que j'ai souffert avec Édouard, et la vie que j'ai menée, et le caractère qu'il a!... Ah! non, par exemple!...

MADAME JOULIN.

Je ne comprends pas, tu sais...

HENRIETTE.

Eh! moi non plus, je ne comprends pas... Je ne sais pas quoi faire, là, je ne sais pas... Je suis inquiète... je suis agacée... Je suis entre deux hommes dont l'un m'ennuie et l'autre m'irrite... et incapable de choisir... Et puis, veux-tu que je te parle sincèrement, crûment, là, entre nous? Eh bien! ils me plaisent tous les deux... L'un a une nature très noble, très élevée... il est fidèle, loyal... sérieux... il est un peu ennuyeux, évidemment. Mais enfin c'est un homme! L'autre est tout ce que tu voudras, mais il n'y a pas à dire non plus, il est gai, il est vivant... Il a la santé, la sympathie, l'amour! Ah! c'est dommage qu'on ne puisse pas vivre le jour avec l'un... et la nuit avec l'autre!

MADAME JOULIN.

Il te reste encore la ressource d'en trouver un troisième qui serait à la fois beau, fort, passionné, héroïque et fidèle, qui aurait toutes les vertus et toutes les grâces en même temps... Seulement, de ce calibre-là, je ne sais pas s'il y en a jamais eu, mais ce que je sais bien, c'est qu'il n'y en a pas en ce moment-ci! Il faut te le faire fabriquer pour toi toute seule. Non, mais tu es étonnante... Qu'est-ce que tu veux? Tout! Voilà, simplement, tout! Tu veux ce qu'aucune femme n'a possédé encore depuis qu'il y a des hommes : la passion et la sécurité! le voyage et jamais l'accident! Un mari exact à l'heure des repas et exact à l'heure

du berger! Eh bien! ma fille, ce n'est pas possible!
Il y a d'un côté la vie fantaisiste et de l'autre la
vie réelle. Il faut choisir; on ne peut pas mener
les deux successivement douze heures par jour.
Parbleu! je crois bien que ce serait le rêve! Mais
la nature n'a pas voulu que nous fissions ce rêve-là!
Laquelle de ces deux existences vaut le mieux?
Ça, par exemple, je n'en sais rien. Et, comme
dit ton père, quand il joue au piquet, il y a deux
écoles. Prends donc Le Hautois ou reprends ton
mari, mais décide-toi! Et quand tu auras choisi,
que ce soit pour tout de bon, cette fois! Certes, ni
l'un ni l'autre ne te rendra la plus heureuse des
femmes. Mais on peut très bien vivre sans être la
plus heureuse des femmes, et d'ailleurs ce serait
une grande injustice qu'une femme fût la plus
heureuse de toutes! *(La porte s'ouvre. Parait Joulin en
costume de tireur tout blanc.)* Tiens! regarde ton père...
Il n'a pas l'air d'un héros, n'est-ce pas! Eh bien!
je m'en suis contentée toute la vie!

(Entre Molitor.)

SCÈNE V

LES MÊMES, JOULIN, MOLITOR.

JOULIN.

Dieu! que j'ai faim!

MADAME JOULIN.

Je vais te chercher des sandwichs. Viens-tu,
Henriette?

HENRIETTE.

Allons chercher des sandwichs.

(Elles sortent toutes les deux.)

SCÈNE VI

JOULIN, MOLITOR, *puis* Un Domestique.

JOULIN, *commençant à mettre ses gants et son masque.*
Dix minutes de leçon, n'est-ce pas?

MOLITOR.
Comme vous voudrez.

JOULIN.
Et doucement, aujourd'hui, très doucement...

MOLITOR.
Oui, vous n'êtes guère en train...
(Ils se mettent sur le linoléum et commencent à ferrailler.)

JOULIN, *allongeant la jambe.*
Bigre! je n'ai plus mes jambes de vingt ans...

MOLITOR.
Si vous aviez seulement celles de quarante...
(Entre le domestique avec une carte par le fond.)

JOULIN.
Qu'y a-t-il? *(Prenant la carte et la lisant après avoir enlevé son masque.)* Ah! ah! très bien!... A merveille... Qu'il entre! *(Sort le domestique. Joulin à Molitor.)* Regardez, Molitor, qui est-ce qui va entrer...
(Entre Maubrun.)

MOLITOR.
Monsieur Édouard!

SCÈNE VII

LES MÊMES, ÉDOUARD.

ÉDOUARD.

Lui-même... *(Serrant la main de Molitor.)* La santé, Molitor ?

MOLITOR.

Excellente, monsieur Édouard... excellente... vous êtes bien aimable.

ÉDOUARD, *à Joulin après lui avoir serré la main.*

J'ai vu Brévannes, tantôt... Il nous attend demain pour nous expliquer l'affaire...

JOULIN.

Parfait ! Parfait !

ÉDOUARD, *regardant autour de lui.*

Mais il y a des changements ici !...

MOLITOR.

Je crois bien...

ÉDOUARD.

Ce bon Molitor ! ça me fait plaisir de vous revoir...

MOLITOR.

Et moi donc !...

ÉDOUARD, *allant à la muraille de gauche.*

Tiens ! vous avez des caoutchoucs...

(Il tire un appareil en caoutchouc dit « Sandow ».)

JOULIN.

Je trouve ça très pratique... En en faisant un petit peu le matin en se levant...

MOLITOR.

Ou le matin en se couchant.

JOULIN.

On s'entretient les bras...

(Il tire l'appareil à lui.)

ÉDOUARD, *levant la tête.*

Est-ce que vous aviez ce lustre-là?

JOULIN.

Non... J'ai fait mettre l'électricité partout... voyez...

(Il presse une poire qui allume le lustre.)

ÉDOUARD.

Parfait.

JOULIN.

Et puis, j'ai fait ajouter une douche en pluie... Il n'y avait qu'une douche ordinaire, vous vous rappelez?

ÉDOUARD.

Comment donc!...

JOULIN, *le menant à droite et entr'ouvrant la porte du second plan.*

Tenez!

ÉDOUARD.

Épatant!

JOULIN.

Molitor, faites fonctionner l'appareil.

MOLITOR.

Voici...

(Il disparaît un instant, on entend le bruit d'une douche qui tombe en pluie.)

JOULIN.

Hein!...

ÉDOUARD.

C'est l'installation tout à fait chic. Mais vous alliez prendre votre leçon... que je ne vous dérange pas...

MOLITOR.

Vous ne tirez plus, monsieur Edouard?

ÉDOUARD.

Il y a six mois que je n'ai pas touché un fleuret.

MOLITOR.

Nous faisions jeu égal, autrefois... Mais je crois qu'aujourd'hui...

ÉDOUARD.

Il me semble que je n'aurais pas trop perdu...

JOULIN.

Allons donc! Je parie que je vous touche deux fois pour vous une...

ÉDOUARD.

Jamais de la vie!

JOULIN.

Si vous voulez essayer?...

ÉDOUARD.

Ne me tentez pas...

JOULIN.

Trois coups de bouton!...

MOLITOR.

Très bien!... Essayez donc, je suis curieux de voir ça...

JOULIN.

Allons, décidez-vous!

MOLITOR.

Il y a encore votre veste d'escrime, vos gants, vos fleurets... J'ai tout fait nettoyer, je n'ai pas voulu qu'on s'en servît.

JOULIN.

Une fois! deux fois! trois fois!

ÉDOUARD.

Eh bien! ça va... Joulin, garde à vous!...

MOLITOR, *allant au fond.*

Voici vos effets, monsieur Edouard...

ÉDOUARD.

Pas la peine...

JOULIN.

Si! si! Mettez-les donc...

MOLITOR.

Il ne faut jamais tirer en costume de ville... Je vais vous aider.

ÉDOUARD, *tout en se déshabillant et mettant sa veste.*

Hein?... Qu'est-ce que je vous disais?... Vous avez vu, hier?...

JOULIN.

Quoi?...

ÉDOUARD.

La petite... toute la soirée...

JOULIN.

Le fait est qu'elle a été insupportable!... Oui, je commence à croire que vous m'avez rendu un fier service...

ÉDOUARD.

Et cette insistance à parler de Le Hautois!... Avez-vous remarqué comme elle parle de Le Hautois?

JOULIN.

Elle le connaît donc?...

ÉDOUARD.

Elle l'a vu hier pour la première fois... Elle fait semblant d'en être folle...

JOULIN.

C'est pour vous faire enrager...

ÉDOUARD, *qui a fini de s'habiller.*

Là !... je suis prêt... En garde !

MOLITOR.

En garde, messieurs...

(*Joulin et Édouard mettent les masques et se placent vis-à-vis l'un de l'autre sur la bande de linoléum qui remplace la planche.*)

JOULIN, *en garde.*

Je vous attends !

ÉDOUARD *ferraille un instant, puis se fend à fond.*

Hein ! Touché, je crois ?...

JOULIN, *qui a été touché en pleine poitrine.*

Légèrement, au bras.

MOLITOR.

Reprenons.

(*Ils se remettent en garde.*)

ÉDOUARD, *tout en ferraillant.*

Le croyez-vous, vous ?

JOULIN.

Quoi ?

ÉDOUARD.

Qu'elle soit folle de Le Hautois ?

JOULIN.

C'est impossible...

ÉDOUARD.

Quelle petite rosse !... Ah ! si elle ne me tenait pas si bien !...

JOULIN.

Vous auriez du plaisir à la lâcher...

ÉDOUARD.

Malheureusement, elle me tient, et ferme !
(*Il pousse deux ou trois bottes, énergiquement.*) Et puis,

mon cher, c'est comme un fait exprès : depuis que je suis avec elle, je ne vois plus aucune femme... Je n'ai plus une occasion...

JOULIN.

Oui, je crois que si vous aviez une bonne occasion, le naturel reprendrait le dessus.

ÉDOUARD.

Je l'espère...

JOULIN.

Moi, j'en suis sûr... Je le connais, votre naturel.

ÉDOUARD.

Et ce serait avec une joie !... Ah ! oui !... Ça !...

JOULIN, *pendant qu'Édouard cause, complètement découvert, se fendant.*

Hein ! je crois que ça y est. En pleine poitrine !

ÉDOUARD, *riant.*

Touché ! Je ne le nie pas.

JOULIN, *abaissant son fleuret.*

Mais alors, aujourd'hui, dites donc, quand une femme a envie de tromper son mari, ce n'est plus à vous qu'elle s'adresse ?

ÉDOUARD.

Non...

JOULIN.

Ce n'est pas gai.

ÉDOUARD.

Allez expliquer ça !...

JOULIN.

Mais oui, très simplement. C'est parce que vous n'êtes plus vous-même un homme marié.

ÉDOUARD.

C'est possible...

JOULIN, *se remettant en garde.*

La dernière des dernières, voulez-vous?

ÉDOUARD, *se fendant.*

Volontiers. A vous, Joulin.

MOLITOR.

Bravo !

JOULIN.

Quoi, bravo? Ça a passé. Est-il bête !

ÉDOUARD, *se fendant à fond.*

Et celui-ci... a-t-il passé?

JOULIN.

J'en ai un peu... à la cuisse !

ÉDOUARD, *se fendant encore.*

Et celui-là?

JOULIN.

Bigre ! vous allez bien !

MOLITOR.

Superbe ! Quel jarret !...

JOULIN, *enlevant son masque.*

Il n'y a pas à dire, vous êtes encore très solide !...

ÉDOUARD, *enlevant également son masque.*

Seulement, je n'ai plus l'habitude, et je suis en nage.

MOLITOR, *vivement.*

La douche, monsieur Edouard.

ÉDOUARD.

Vous croyez?

MOLITOR.

La belle douche, il n'y a que ça !

JOULIN.

Mais oui. Allez donc prendre une douche.

ÉDOUARD.

Vous permettez? Ma foi, ce n'est pas de refus!

JOULIN.

Molitor... emportez les vêtements.

MOLITOR.

Je vous suis, monsieur Édouard.

JOULIN, à Édouard qui a disparu à droite avec Molitor.

Je vais vous faire préparer une bonne tasse de thé bouillant.

VOIX D'ÉDOUARD.

Merci!...

(Entre Henriette à gauche avec une bouilloire à la main.)

SCÈNE VIII

JOULIN, HENRIETTE.

HENRIETTE.

Voici le thé et les sandwichs... Je vais te servir.

JOULIN.

Ah! ah! très bien...

HENRIETTE.

Combien de morceaux? un ou deux?

JOULIN, en mangeant les sandwichs.

Deux... Est-ce que Le Hautois est venu?

HENRIETTE.

Il est venu et reparti... Je l'ai expédié.

JOULIN.

Tu as bien fait.

(*Bruit de pluie à droite.*)

HENRIETTE, *avec un haut-le-corps.*

Qu'est-ce que c'est que ça?

JOULIN, *tranquillement.*

C'est Edouard. C'est Edouard qui prend une douche.

HENRIETTE, *stupéfaite.*

Edouard?

JOULIN.

Lui-même.

HENRIETTE.

Mon mari?...

JOULIN.

Oui,..

HENRIETTE.

C'est lui qui est là, en train de?...

JOULIN.

Nous avions à parler d'affaires, il est venu me voir. Nous avons fait des armes, et après, je lui ai conseillé de prendre une douche.

HENRIETTE.

Parfaitement... Ça lui faisait beaucoup de bien autrefois.

JOULIN.

Maintenant, je vais lui préparer une bonne tasse de thé.

HENRIETTE.

Je vais la lui préparer moi-même. Du thé bouillant, pour la réaction...

JOULIN.

Tu serais bien gentille... Alors, je peux aller m'habiller?

HENRIETTE.

Mais oui, va t'habiller.

JOULIN.

Je vais m'habiller des pieds à la tête, pour dîner.

HENRIETTE.

C'est ça.

JOULIN.

Tu n'as pas besoin de moi?

HENRIETTE.

Du tout.

JOULIN.

On commence à ne plus y voir beaucoup.

HENRIETTE.

J'allumerai, papa, j'allumerai...

JOULIN.

Bon. *(En sortant, à part.)* Il n'est même pas mauvais qu'il ait pris une douche.

(Il sort à droite, premier plan.)

SCÈNE IX

HENRIETTE, *seule.*

Va-t-il bouillir ce thé... oui ou non?...

(Elle le prépare, vérifie s'il est assez chaud, tout ce petit manège avec une grande sollicitude et un peu d'énervement. Entre Édouard, habillé, le chapeau à la main, prêt à partir.)

27

SCÈNE X

ÉDOUARD, HENRIETTE.

ÉDOUARD, *apercevant Henriette et lui prenant les deux mains très cordialement.*

Vous voilà? Quelle bonne surprise!

HENRIETTE, *riant.*

Il paraît que vous avez pris une petite douche?

ÉDOUARD, *riant aussi.*

Oui, figurez-vous...

HENRIETTE.

C'était bon?

ÉDOUARD.

Excellent... Votre père m'a même invité à revenir.

HENRIETTE.

Mais pourquoi pas?...

ÉDOUARD.

Et je reviendrai... si cela ne vous est pas désagréable, toutefois.

HENRIETTE.

Mais pas du tout! D'abord, je descends ici bien rarement; c'est un hasard que vous m'ayez vue aujourd'hui. Buvez donc ça...

ÉDOUARD.

Qu'est-ce que c'est?

HENRIETTE.

Une tasse de thé très chaud.

ÉDOUARD.

Ah! merci.

HENRIETTE.

Vous aimez toujours le thé?...

ÉDOUARD.

Toujours...

HENRIETTE.

Buvez... buvez...

ÉDOUARD, buvant.

Hein?... dites donc, hier?

HENRIETTE.

Quoi?

ÉDOUARD.

Le Hautois?

HENRIETTE.

Eh bien?

ÉDOUARD.

Il n'était pas content.

HENRIETTE.

Je ne m'en suis pas aperçue.

ÉDOUARD, riant.

Il est très jaloux!

HENRIETTE.

Je l'ignore absolument.

ÉDOUARD.

Si! si! hier il était furieux, autant que Le Hautois peut être furieux, bien entendu. Je suis sûr qu'en sortant il vous a fait une scène?

HENRIETTE.

Il n'a aucun droit à me faire des scènes, je vous prie de le croire.

ÉDOUARD.

A quand le mariage?

HENRIETTE.

Avec Le Hautois?

ÉDOUARD.

Dame !

HENRIETTE.

Ce n'est pas pour demain, vous savez... Vous y tenez beaucoup, à ce mariage-là ?

ÉDOUARD.

Oh !...

HENRIETTE.

Si vous y tenez, dites-le. Je le ferai pour vous être agréable.

ÉDOUARD.

Moi, Henriette, je ne tiens qu'à une chose : c'est que vous soyez heureuse, très heureuse.

HENRIETTE.

Vous avez même fait tout ce qu'il fallait pour ça.

ÉDOUARD.

Tenez, je vais vous paraître probablement bien prétentieux, mais dans les premiers temps de notre divorce, j'étais préoccupé d'une idée.

HENRIETTE.

Et quelle est cette idée qui vous préoccupait si fort ?

ÉDOUARD.

Je craignais que vous ne fussiez, je ne dirai pas malheureuse, non, je n'allais pas si loin... mais enfin, pas heureuse...

HENRIETTE.

Vous ne teniez pas à ce que je fusse malheureuse ?

ÉDOUARD.

Non, par exemple !

HENRIETTE.

Ça, c'est gentil.

ÉDOUARD.

Ça m'aurait navré... Mais enfin, c'était possible...

On ne sait jamais, avec le divorce. Il y en a de bons et de mauvais, comme il y a de bons et de mauvais mariages. Quand on se marie, on ne peut pas prévoir si dans l'intimité du ménage les caractères ne se choqueront pas, si la vie commune sera supportable ; et de même, quand on divorce, peut-on savoir s'il ne restera pas à l'un ou à l'autre, de la colère, de l'amertume, du dégoût, des tas de mauvais sentiments qui vous empoisonnent l'existence ? Cela ne vous est pas arrivé, Dieu merci ! Vous êtes aussi gaie, aussi vivante, aussi charmante qu'autrefois... C'est tout à fait l'impression que j'ai eue hier en vous revoyant... Il y a des hommes qui se seraient dit « Bigre ! elle n'a pas l'air de me regretter beaucoup ! » Eh bien ! moi, de vous retrouver jolie et souriante, ça m'a fait plaisir, très profondément plaisir, je vous jure ; j'ai pensé : « Au moins je n'ai pas gâché sa vie, je n'aurai pas ce remords-là. » C'est peut-être encore une des formes de l'égoïsme ; c'est possible, je ne dis pas non ; mais c'est de l'égoïsme avouable et qui ne vient pas d'une sale nature...

HENRIETTE.

Je n'ai jamais pensé que vous ayez une mauvaise nature, soyez-en sûr.

ÉDOUARD.

Dame ! on peut ne pas être un bon mari, tromper sa femme...

HENRIETTE.

Faire le désespoir de sa famille.

ÉDOUARD.

Et être un bon garçon tout de même. C'est la vie ?

HENRIETTE.

Eh oui !

ÉDOUARD.

Vous qui êtes une femme intelligente et très supérieure à moi, surtout comme caractère, vous devez comprendre cela.

HENRIETTE.

Oh ! oh ! ménagez ma modestie, je vous prie.

ÉDOUARD.

Mais je le dis comme je le pense. Il n'y a aucune comparaison, et vous ne pouvez pas vous figurer quelle estime j'ai pour vous. Je vais même vous dire une chose : vous m'avez toujours un peu intimidé.

HENRIETTE.

Moi ? Et qu'est-ce que je faisais pour cela, grands dieux ?

ÉDOUARD.

Rien. Vous valiez mieux que moi: ça suffisait.

HENRIETTE, *riant.*

Ce n'était pas pour cela que vous me trompiez, au moins, dites ?

ÉDOUARD.

Je vous trompais... Je serais bien embarrassé de dire pourquoi je vous trompais...

HENRIETTE.

Moi, je m'en doute.

ÉDOUARD.

Vraiment ?

HENRIETTE.

Oui.

ÉDOUARD.

Vous allez me le dire, alors ?

HENRIETTE.

C'est tout simplement que je ne vous « plaisais » pas.

ÉDOUARD.

Vous ne me plaisiez pas ! Oh ! ça !...

HENRIETTE.

Non... non... Comprenez bien... je ne vous
« plaisais » pas, je ne vous plaisais pas comme
femme... vous entendez : comme femme.

ÉDOUARD.

J'entends bien... Mais ce n'est pas vrai.

HENRIETTE.

Si, c'est vrai. Je ne vous dirai pas que je m'en
suis aperçue au bout de cinq minutes, mais je
m'en suis aperçue bien vite... Oh! ce n'est pas
un reproche, remarquez... Il est passé, le temps
des reproches... Je vous dis ça parce que ça se
trouve. Je n'en suis pas humiliée le moins du
monde.

ÉDOUARD.

En tout cas, l'humiliation serait pour moi.

HENRIETTE.

Trop galant.

ÉDOUARD.

Seulement, je proteste avec la dernière énergie.
Vous ne vous rendiez pas compte, je vous
assure...

HENRIETTE.

Que si.

ÉDOUARD.

Que non. Quand j'ai demandé votre main, ce
n'était pas par intérêt, je suppose ?... J'ai demandé votre main parce que je vous aimais, et
que je vous désirais, comme femme et comme
maîtresse, parfaitement, et de toutes les façons.
Vous étiez une jeune fille exquise, comme vous
êtes la femme la plus désirable.

HENRIETTE.

Ce qui ne vous empêchait pas de...

ÉDOUARD, *l'interrompant.*

Ça, c'est un autre ordre d'idées. Je vous ai perdue comme un nigaud; c'est bien fait, ça m'apprendra... *(Avec chaleur.)* Mais je ne vous laisserai
pas dire que vous ne me plaisiez pas... Ah! non,
certes, je ne vous le laisserai pas dire! *(La regardant.)*
Je ne suis pas aveugle, vous savez.

HENRIETTE.

Vous êtes distrait.

ÉDOUARD.

Est-ce que vous croyez par hasard qu'il y a
des yeux plus jolis que les vôtres?

HENRIETTE.

Oh!

ÉDOUARD.

Si vous le croyez, détrompez-vous... Pensez-
vous que j'oublie aussi quelle main fine et ferme
vous avez, et que je ne vois pas vos lèvres?

HENRIETTE, *un peu troublée.*

Voilà bien des compliments...

ÉDOUARD, *près d'elle.*

Ce ne sont pas des compliments, ce sont des
souvenirs.

HENRIETTE, *remarquant que l'obscurité commence
à envahir la pièce.*

Il me semble qu'on commence à ne plus y
voir... Tenez, l'électricité est là-bas...

ÉDOUARD.

Je n'ai pas besoin d'y voir pour me rappeler.

HENRIETTE.

J'y vais moi-même, alors...

(Elle fait un pas en hésitant à cause de l'obscurité et rencontre la main d'Édouard.)

ÉDOUARD, *la prenant.*

Henriette!...

HENRIETTE.

Eh bien!... Quoi?... Non! non! non!

ÉDOUARD, *la gardant toujours et l'entrainant vers le divan, non loin duquel ils doivent être depuis quelques répliques.*

Tu avais raison, tout à l'heure... jamais je ne l'avais désirée comme en ce moment... jamais je n'avais eu cette envie brusque de toi...

HENRIETTE, *résistant.*

Voyons... voyons, ce serait insensé...

ÉDOUARD.

Tu es ma femme après tout... Ou plutôt, non... non, tu n'es pas ma femme : tu es une femme que je veux et qui veut. Je te défie de dire que tu ne veux pas! Je t'en défie!

HENRIETTE

Edouard, je t'en prie... Edouard!...

ÉDOUARD.

Dis-moi que tu m'aimes encore! Dis-le-moi...

HENRIETTE.

Non, non...

ÉDOUARD.

Dis-le-moi... dis-le-moi... tout de suite!

HENRIETTE.

Et quand je te l'aurai dit?

ÉDOUARD.

Quand tu me l'auras dit, je me charge du reste.

HENRIETTE.

Alors, tu n'aimes plus cette femme ?

ÉDOUARD.

Mais non, je ne l'aime plus ! Je ne l'ai jamais
aimée ! Il n'y a que toi qui existes.

HENRIETTE.

Et l'autre ?

ÉDOUARD.

Quelle autre ?

HENRIETTE.

Celle de la rue Vignon.

ÉDOUARD.

Rue Vignon...

HENRIETTE.

51 *bis*, rue Vignon. Qu'est-ce qu'elle est devenue, celle-là ?

ÉDOUARD.

Mais je n'en sais rien ! C'était une de ces
femmes qu'on prend on ne sait pourquoi, parce
qu'elles s'offrent à nous et pour n'avoir pas l'air
d'un imbécile.

HENRIETTE, *se levant brusquement.*

Ça, par exemple, c'est admirable !... Comment !
c'est pour n'avoir pas l'air d'un imbécile que tu
me trompais, que tu...

ÉDOUARD.

Mais non... tu ne comprends pas.

HENRIETTE.

Mais si, je comprends ; je comprends que tant
qu'il y aura des femmes qui se laisseront prendre,
tu les prendras. Jamais tu ne voudrais avoir l'air
d'un imbécile !

ÉDOUARD.

Voyons, ne parlons plus de ça. C'est passé !
c'est passé !

HENRIETTE.

C'est passé pour toi, naturellement. Tu as oublié celle-là, comme tu as oublié toutes les autres. Mais, moi, ça ne m'est pas si facile qu'à toi. On n'oublie pas en se disant : « Je ne veux plus y penser. » Ce serait trop commode... Et moi, en ce moment, je me souviens de tout ce que tu m'as fait, de tout! de tout! Je ne peux pas faire autrement.

ÉDOUARD.

Ce n'est plus la même chose, je t'assure que ce n'est plus la même chose! Mon caractère a changé.

HENRIETTE, s'éloignant.

Est-ce que le caractère des hommes change? Est-ce que tu seras jamais un être différent de celui que tu es, que tu as toujours été? Quand tu désires une femme, ton désir l'emporte sur tout. Tu ne sais même plus ce que tu as promis, ce que tu as juré cinq minutes avant. Ce que tu m'as dit il y a un instant, et que j'ai failli croire, c'était pour satisfaire le désir brusque qui t'avait pris... C'est un miracle que j'aie pu me ressaisir et m'échapper. Je ne sais pas encore comment ça s'est fait, j'étais déjà à toi... Heureusement que cette fois-ci, c'est fini!... Ah! oui, c'est fini!... Ah! bigre, oui... Quand j'y pense! Oh! là... là... là... là!... Où allais-je?... où?... Ah! c'était le comble!... Ça, c'était le comble des combles!

ÉDOUARD.

Comment! Comment!... Tu ne veux plus, alors?

HENRIETTE.

Non, je ne veux plus! Si nous recommencions... Veux-tu que je te dise le seul changement qu'il y aurait? Car il y en aurait un, en effet. Eh bien!

c'est que tu n'irais plus rue Vignon; tu irais dans une autre rue. Le seul changement, ce serait un changement d'adresse.

ÉDOUARD.

Mais je te jure...

HENRIETTE.

Maintenant, on n'y voit absolument plus rien; tu serais bien aimable d'allumer.

ÉDOUARD.

En effet, ce n'est pas la peine de rester dans l'obscurité pour nous dire ça. *(Il allume le lustre et revient à Henriette brusquement.)* Et si je t'aime, moi, à présent?...

HENRIETTE.

Toi!

ÉDOUARD.

Oui, moi! Qu'est-ce que je vais faire, si je t'aime? si c'est l'amour, l'amour, pour la première fois de ma vie!... Tu ne le crois pas?... Tu ne le crois pas?...

HENRIETTE.

Non! non! et non!

ÉDOUARD.

Tiens! toi tu n'as fait que de la coquetterie avec moi... Tu es une coquette, une simple coquette, comme les autres.

HENRIETTE.

Et toi, pour oser me dire une chose pareille, il faut que tu n'aies décidément pas de cœur et pas de cervelle... Ah! que j'ai bien fait! que j'ai bien fait!

ÉDOUARD, *furieux.*

Oh! je m'en vais... Oh! je m'en vais!... Et si je regrette une chose, c'est d'être venu.

HENRIETTE.

Oui, va-t'en !... va-t'en !

ÉDOUARD.

Je te préviens que je vais souffrir beaucoup, si
ça peut te faire plaisir...

HENRIETTE.

C'est bien ton tour.

(Sort Édouard.)

SCÈNE XI

HENRIETTE, *seule.*

Il va falloir épouser l'autre, maintenant... Et
bien ! ça va être gai ! ça va être gai !

ACTE IV

La bibliothèque de Le Hautois.

SCÈNE PREMIÈRE

LE HAUTOIS, *seul, décachetant une lettre.*

LE HAUTOIS, *après avoir lu.*

Drôle de lettre!... C'est bien à moi que... Oui, oui, il n'y a pas d'erreur... *(Lisant.)* « Monsieur le conseiller... » Comment sait-elle *(Relisant:)* « Monsieur le conseiller, je m'adresse à vous pour vous demander un conseil, dans une des circonstances les plus importantes de ma vie. Puis-je vous voir aujourd'hui, à trois heures ? En tout cas, j'aurai l'honneur de me présenter chez vous à cette heure-là, parce que je suis libre. Et je signe d'un nom qui vous est inconnu : Estelle. » Post-scriptum. « Je n'ose me flatter de l'espoir que vous vous souviendrez de moi. Néanmoins, je suis la personne à qui vous avez donné un coup de coude, chez Prunier, il y a huit jours. » *(Parlé.)* Chez Prunier ?... Ah ! en effet... je me souviens... Ce doit-être la dame qui m'a appelé « Monsieur le conseiller »... Elle avait l'air fort aimable... Je ne vois aucun inconvénient à la recevoir... *(Regardant*

sa montre.) Deux heures... elle viendra à trois, j'ai
le temps...

(Entre madame Bréneuil.)

SCÈNE II

LE HAUTOIS, MADAME BRÉNEUIL,
Un Domestique.

LE DOMESTIQUE, *annonçant.*

Madame Bréneuil.

MADAME BRÉNEUIL.

Je ne vous dérange pas, cher ami ?

LE HAUTOIS.

Mais jamais, chère madame... Asseyez-vous...

MADAME BRÉNEUIL.

Ne vous imaginez pas que j'ai quelque chose
de particulier à vous dire. Je viens tout simplement vous féliciter.

LE HAUTOIS.

Trop aimable.

MADAME BRÉNEUIL.

J'ai appris la nouvelle hier, chez les Joulin...
C'est dans un mois le mariage ?

LE HAUTOIS.

Dans un mois.

MADAME BRÉNEUIL.

La date est fixée, cette fois-ci ?

LE HAUTOIS.

Irrévocablement,

MADAME BRÉNEUIL.

Combien y a-t-il de temps à peu près que vous aviez demandé la main d'Henriette ? Sept ans, je crois ?

LE HAUTOIS.

Huit ans.

MADAME BRÉNEUIL.

Elle a fini par vous l'accorder. Vous voyez, tout arrive.

LE HAUTOIS.

Tout.

MADAME BRÉNEUIL.

Vous devez être très heureux.

LE HAUTOIS.

Très.

MADAME BRÉNEUIL.

Henriette aussi doit être très heureuse ?

LE HAUTOIS.

Je l'espère.

MADAME BRÉNEUIL.

Et elle le mérite ; elle le mérite. C'est une des femmes les plus intelligentes et les meilleures que je connaisse... Elle est à la fois passionnée et honnête, ce qui est rare... Hein ? vous rappelez-vous ce que je vous disais, il y a quelques mois, du ménage Maubrun ? Avais-je raison ?... J'ai un coup d'œil incroyable pour les ménages, sans me vanter. J'ai fait des pronostics célèbres. Ainsi, votre futur mariage à vous deux ne m'inspire que de la confiance.

LE HAUTOIS.

Ah ! tant mieux.

MADAME BRÉNEUIL.

Un honnête homme et une honnête femme ; âges et fortunes assortis ; mariage raisonnable, sans emballement... C'est ce qu'il faut... Les deux époux ont pu s'étudier à loisir pendant de longues années. Il n'y a pas de surprise possible...

LE HAUTOIS.

Vous êtes bien bonne de vous préoccuper de ces détails.

MADAME BRÉNEUIL.

Et aucun point noir dans l'avenir... (Vivement :) Non... non... je n'admets pas le premier mari comme point noir... Je ne suis pas de votre avis.

LE HAUTOIS.

Mais je ne vous ai rien dit de ça !

MADAME BRÉNEUIL.

Vous alliez me le dire... Vous ne pouviez pas ne pas me le dire... Il s'agirait d'une autre femme qu'Henriette, étant données les circonstances du divorce, je partagerais votre inquiétude.

LE HAUTOIS.

Mais je n'ai pas...

MADAME BRÉNEUIL.

Mais vous n'avez rien à craindre avec Henriette. Elle aimerait encore son premier mari, ce qui n'est pas mon opinion, du reste, que je serais aussi tranquille pour vous... Non, non, mon avis sincère est qu'elle ne regrette rien du passé et qu'elle n'est pas mécontente de devenir votre femme... Ce que lui a fait Maubrun ne peut pas s'oublier, et elle aura beau le revoir... D'ailleurs, il vaudrait mieux qu'elle ne le revît pas... Votre futur beau-père et lui sont très liés aujourd'hui, dit-on... Henriette aura le tact de faire comprendre la situation à son père, n'en doutez pas... Il serait absurde et un peu choquant qu'elle rencontrât continuellement son premier mari ; vous auriez le droit et le devoir de vous en offusquer... Mais tout cela finira par s'arranger, et beaucoup mieux que vous ne le croyez vous-même.

LE HAUTOIS.

Vous ne voyez pas autre chose à me dire?

MADAME BRÉNEUIL.

Pas pour le moment.

(Entre un domestique avec une carte.)

LE DOMESTIQUE.

Ce monsieur demande si monsieur peut le recevoir?

LE HAUTOIS, *prenant la carte.*

Maubrun !... Vous avez fait entrer au salon?

LE DOMESTIQUE.

Oui, monsieur...

LE HAUTOIS.

Priez d'attendre un instant...

LE DOMESTIQUE.

Bien, monsieur.

(Il sort par la droite.)

MADAME BRÉNEUIL.

C'est M. Maubrun qui vient vous voir?...

LE HAUTOIS.

Lui-même...

MADAME BRÉNEUIL.

Je vous laisse parce que vous devez être curieux de savoir ce qu'il a à vous dire.

LE HAUTOIS.

Oh! mon Dieu !...

MADAME BRÉNEUIL.

Si! si! Et je comprends votre curiosité... J'irai même plus loin : je la partage.

LE HAUTOIS.

Au revoir, alors, chère madame.

MADAME BRÉNEUIL.

Au revoir, Le Hautois.

(Elle sort.)

SCÈNE III

LE HAUTOIS, ÉDOUARD.

ÉDOUARD.

Bonjour, mon bon Le Hautois, bonjour.

(Il lui serre la main.)

LE HAUTOIS.

Vous avez à me parler, je vous écoute.

ÉDOUARD.

Le Hautois?...

LE HAUTOIS.

Je vous écoute!

ÉDOUARD.

Vous avez l'intention d'épouser Henriette, n'est-ce pas?

LE HAUTOIS.

Notre mariage est décidé. Il a lieu dans un mois. Vous comprenez le sentiment qui m'empêche de vous envoyer une lettre d'invitation...

ÉDOUARD.

Le Hautois, il ne faut pas que vous épousiez Henriette; ce n'est pas possible!...

LE HAUTOIS.

Mais vous le verrez, si ce n'est pas possible!... Et pourquoi, s'il vous plaît, ne serait-ce pas?...

ÉDOUARD.

Pourquoi ?... Regardez-moi, Le Hautois... Comment me trouvez-vous?...

LE HAUTOIS.

Ordinaire !

ÉDOUARD.

Vous ne me trouvez pas changé?

LE HAUTOIS.

Pas du tout.

ÉDOUARD.

Ça ne se voit pas encore, mais dans quelque temps vous reconnaîtrez vous-même...

LE HAUTOIS.

Vous êtes donc malade?...

ÉDOUARD.

Je suis amoureux !

LE HAUTOIS.

Allons donc!... vous ne me ferez jamais croire que vous aimez encore votre femme !

ÉDOUARD.

Encore?... Mais je ne l'aimais pas autrefois...

LE HAUTOIS.

Vous n'aimiez pas Henriette, quand vous l'avez épousée?

ÉDOUARD.

Était-elle délicieuse, pourtant, le jour de notre mariage !... Vous vous le rappelez?

LE HAUTOIS.

Oui, certes !

ÉDOUARD.

Avait-elle de beaux yeux intelligents! et cette démarche, tantôt hésitante et tantôt hardie, de la jeune fille qui sent qu'elle va être femme dans quelques instants!...

LE HAUTOIS, *impatienté.*

Ah! ça, à la fin!...

ÉDOUARD, *l'interrompant.*

Eh bien! mon ami, à ce moment-là je ne l'aimais pas. Je l'épousais, je l'épousais avec plaisir; j'étais content, j'avais l'air de répondre à tous les compliments qu'on m'adressait : « Mon Dieu! oui, c'est pour moi, vous êtes bien bon! » Mais je ne l'aimais pas!...

LE HAUTOIS.

Et plus tard?

ÉDOUARD.

Et plus tard, je n'ai pas plus aimé Henriette que ce jour-là! C'était pourtant une femme sans pareille, n'est-ce pas? Élégante, souple, gaie et crâne en même temps!... Eh bien! je la trompais sans scrupule... Quand nous avons divorcé, ça m'a été presque égal... Et aujourd'hui, je l'adore... Les années que j'ai vécues avec elle ne comptent pas, je ne m'en souviens plus... Il me semble que j'ai fait la noce, voilà tout... Vous comprenez?

LE HAUTOIS, *en colère.*

Je comprends que c'est indécent de venir me raconter ça, à moi! J'aime Henriette aussi, sacrebleu! autant que vous... mieux que vous surtout!

ÉDOUARD.

Non, Le Hautois, vous ne l'aimez pas avec emportement, avec passion, comme elle mérite d'être aimée... Vous êtes incapable de passion, d'ailleurs.

LE HAUTOIS.

Qu'en savez-vous?

ÉDOUARD.

Depuis sept ans, ça se serait vu... Jamais...
vous n'avez désiré une femme de votre vie,
jamais!

LE HAUTOIS.

Ah çà! monsieur!...

ÉDOUARD.

Jamais vous n'avez fait de bêtises pour une
femme!... Jamais vous n'avez compromis votre
carrière ni gaspillé votre fortune!... ni désolé
votre famille!... Alors?... Je vous dis que vous
seriez insensé d'épouser Henriette avec votre
tempérament! Tenez, vous ne savez pas ce que
vous feriez, si vous étiez raisonnable?

LE HAUTOIS.

Ah! j'ai de la patience...

ÉDOUARD.

Je connais une petite femme qui est folle de
vous... elle est charmante... Eh bien! si vous
étiez raisonnable...

LE HAUTOIS.

C'est trop fort!... Voilà que vous voulez me
procurer des maîtresses, maintenant! Monsieur,
je ne vous retiens plus. J'attends précisément
plusieurs visites, entre autres celle d'Henriette...

ÉDOUARD.

Vous attendez Henriette?

LE HAUTOIS.

Oui, monsieur... On sonne même, ce doit être
elle... Je suppose que vous ne tenez pas à la rencontrer ici...

ÉDOUARD.

Non, monsieur... En effet.

(Entre le valet de chambre qui dit un mot à l'oreille de Le Hautois et sort.)

LE HAUTOIS.

Je vous demande la permission de vous quitter.

ÉDOUARD.

Alors, vous persistez?

LE HAUTOIS.

Oui, monsieur, parfaitement!

ÉDOUARD.

Dans ce cas, monsieur, j'ai l'honneur de vous prévenir loyalement que, dès que vous serez marié, je n'aurai pas d'autre occupation dans la vie que d'essayer de détourner votre femme de ses devoirs.

LE HAUTOIS.

Vous êtes trop bon. Je tâcherai de m'arranger en conséquence.

ÉDOUARD.

Je vous salue.

LE HAUTOIS.

Moi de même.

(Sort Edouard. Le Hautois va à la porte du fond et introduit Henriette.)

SCÈNE IV

LE HAUTOIS, HENRIETTE.

LE HAUTOIS, *attirant Henriette par les deux mains.*

Henriette!... Ma chère Henriette!...

HENRIETTE, *tranquillement.*

Je vous apporte les échantillons de tentures

pour le cabinet de toilette. C'est la seule chose
que nous n'ayons pas encore décidée pour l'appartement.

LE HAUTOIS.

Il n'est pas question d'échantillons... Henriette!
ma chère Henriette!

HENRIETTE.

Mais qu'avez-vous donc, mon ami?

LE HAUTOIS.

Je vous aime, Henriette, je vous adore!

HENRIETTE.

Mais, mon ami, je le sais. Je le sais parfaitement.

LE HAUTOIS.

Non, non, vous ne le savez pas, que je vous
aime... Vous ne savez pas à quel point je vous
aime... Il me semble que, jusqu'à présent, je ne
vous l'avais pas dit.

HENRIETTE.

Mais si, vous me l'aviez dit; mais jamais avec
cette fougue, je le reconnais.

LE HAUTOIS.

Ne riez pas, Henriette, ne riez pas. Je vous jure
que je suis capable d'aimer. Oh! mon Dieu! je
n'ai pas l'air d'un homme qui a eu de grandes
passions dans sa vie, je le sais bien. Je n'ai
jamais fait de bêtises pour les femmes, c'est vrai;
je n'ai jamais gaspillé ma fortune ni compromis
ma carrière, ni désolé ma famille; mais ce n'est
pas une raison pour que je n'aie pas de cœur.

HENRIETTE.

Mais vous avez un cœur excellent, mon ami!

LE HAUTOIS.

Je n'ai pas fait tout cela, parce que l'occasion ne s'en est pas présentée. J'ai toujours vécu dans le travail, moi, au milieu de mes livres. Et quand je ne travaillais plus, c'est à vous que je pensais. Aucune autre femme n'existait pour moi!

HENRIETTE.

Mais vous vous défendez justement de ce qui me plaît en vous! Ne changez pas, mon ami, c'est tout ce que je vous demande.

LE HAUTOIS.

Eh bien! si, Henriette, je change... Je change, je m'aperçois depuis quelque temps qu'il y a autre chose que l'étude, que la vie sérieuse et régulière... Je commence à sentir le besoin d'aimer, de « vous » aimer encore davantage, si c'est possible, et je voudrais être aimé, être aimé de vous, Henriette... Henriette, répondez-moi franchement... M'aimez-vous?

HENRIETTE.

Soyez sûr, mon ami, que si je ne vous aimais pas, il n'y aurait aucune raison pour que je vous épouse. J'ai pour vous mieux que de l'amour.

LE HAUTOIS.

Il n'y a pas mieux que l'amour!

HENRIETTE.

J'ai pour vous de l'affection.

LE HAUTOIS.

Ce n'est pas mieux que l'amour!

HENRIETTE.

J'ai pour vous une estime très tendre et très sincère, qui remonte à bien des années.

LE HAUTOIS.

A sept ans.

HENRIETTE.

Vous êtes pour une femme un compagnon parfait, en qui elle peut avoir une entière confiance.
Vous êtes incapable de trahison, de déloyauté.

LE HAUTOIS.

Tout ça n'est pas l'amour... Henriette, je vous
en supplie, dites-moi que vous m'aimerez un
jour, comme on doit aimer, comme... comme
vous avez aimé votre mari, enfin !

HENRIETTE.

Mais, Dieu merci ! non, je ne vous aimerai
jamais ainsi ! Mais si j'étais capable de vous
aimer ainsi, jamais je ne vous épouserais, vous
entendez, jamais ! Je suis heureuse de devenir
votre femme, justement parce que vous êtes le
contraire de l'autre, et que je ne veux plus mener
la vie folle et enragée que j'ai menée avec lui !
Mais vous y avez assisté, vous, Le Hautois, vous
y avez assisté jour par jour, à la vie que je
menais autrefois !...

LE HAUTOIS.

Ça, c'était l'amour !

HENRIETTE.

Vous m'avez vue énervée, furieuse, trompée
du matin au soir ! Vous savez pourquoi nous nous
sommes séparés, mon mari et moi. Après quelles
scènes ! Vous savez tout ce que j'ai supporté
jusqu'à la fin !

LE HAUTOIS.

C'était l'amour !

HENRIETTE.

Eh bien ! de cet amour-là, j'en ai assez ! Et je
vous le répète afin qu'il n'y ait pas de malen-

tendu entre nous, ce n'est pas de cette façon-là
que je vous aime... Oh! je comprends bien...
Vous préféreriez me voir ardente et passionnée!

LE HAUTOIS.

Oui!

HENRIETTE.

Et vous dire que si je n'étais pas votre femme,
j'en mourrais!

LE HAUTOIS.

Oui!

HENRIETTE.

Eh bien! non. Je trouve qu'il serait indigne de
vous et de moi de nous jouer cette comédie. Si
je n'étais pas votre femme, certes j'en aurais du
chagrin, mais enfin je n'en mourrais pas. D'ailleurs, il n'est jamais nécessaire de mourir; il vaut
bien mieux vivre, vivre avec sécurité, avec
confiance, avec joie, si c'est possible; et je vous
affirme, mon ami, que c'est déjà quelque chose
de pas commode.

LE HAUTOIS.

Evidemment, Henriette, évidemment.

HENRIETTE.

Allez, allez, Le Hautois, tout cela ne m'empêche
pas de vous aimer beaucoup, et si je ne suis pas
follement éprise de vous, vous m'inspirez des
sentiments qui ont leur prix tout de même,
soyez-en sûr, et que l'on rencontre bien rarement
dans le cours de la vie!

LE HAUTOIS.

Evidemment, j'en suis très touché, Henriette,
croyez-le bien. Seulement...

HENRIETTE.

En tout cas, mon ami, je vous offre ce que je
puis offrir et ce que j'ai. Le reste, je ne l'ai pas,

ou plutôt je ne l'ai plus. C'est à vous de voir si cela vous suffit.

LE HAUTOIS, *lui baisant la main.*

Oh! Henriette!...

HENRIETTE.

Alors, on se marie toujours? *(Geste de Le Hautois.)* Eh bien! puisqu'on se marie toujours, examinons donc ces deux échantillons. Il y en a un rose et un vert pâle. Moi, je penche pour le rose.

(Entrent monsieur et madame Joulin.)

SCÈNE V

LES MÊMES, JOULIN, MADAME JOULIN.

MADAME JOULIN.

Nous venons te chercher, Henriette; le tapissier nous attend.

HENRIETTE.

Je suis à vous.

JOULIN, *à Le Hautois.*

Bonjour, cher ami.

LE HAUTOIS.

Bonjour, Joulin... Chère madame...

HENRIETTE, *à Le Hautois.*

Tenez, voyez au jour... s'il n'est pas d'une transparence délicieuse, ce rose-là!

JOULIN, *à madame Joulin pendant que Le Hautois et Henriette sont à la fenêtre.*

Regarde ta fille.

MADAME JOULIN.

Je la regarde. Après ?

JOULIN.

Regarde Le Hautois.

MADAME JOULIN.

Vous m'impatientez.

JOULIN.

Regarde-les tous les deux.

MADAME JOULIN.

Eh bien ?

JOULIN.

Sais-tu de quoi ils ont l'air ?...

MADAME JOULIN.

Ils ont l'air de gens qui vont se marier.

JOULIN.

Non, ils n'ont pas l'air de gens qui se marient.
Ils ont l'air de gens qui déménagent !

MADAME JOULIN.

Oh ! vous n'allez pas recommencer vos histoires?

JOULIN.

Et dire que je n'ai aucune idée pour rompre ce
mariage-là !... J'ai beau m'ingénier, j'ai beau
chercher, je n'ai aucune idée... Et toi ?

MADAME JOULIN.

Mais je ne tiens pas à le rompre, moi, ce
mariage !... Tu as la rage de rompre les mariages!

JOULIN.

Et toi, tu as la manie de les faire... Henriette
ne sera pas heureuse, et Le Hautois non plus...
Le Hautois, ça m'est égal, mais ma fille... Et il n'y
a pas à dire... Il ne me vient aucune idée... Voilà

des êtres qui vont être mariés dans trois semaines
et qui s'apercevront dès le lendemain qu'ils ont
fait une bêtise, et je n'y peux rien !...

MADAME JOULIN.

Ils seront très heureux. Tu ne sais pas ce que
tu dis.

JOULIN.

Et il n'y a pas moyen de les empêcher... Non...
je n'ai pas d'idée... je n'en ai pas !...

LE HAUTOIS, *s'approchant.*

Qu'est-ce que vous n'avez pas ?

JOULIN.

Je n'ai pas d'idée. Et vous, en avez-vous une ?...
Non, pardon.

LE DOMESTIQUE, *bas à Le Hautois.*

Une dame, monsieur.

LE HAUTOIS.

Faites entrer dans le petit salon et priez
d'attendre.

(Sort le domestique.)

HENRIETTE.

Viens-tu, maman ?... *(A Le Hautois :)* Dites donc,
mon ami, vous restez chez vous ? Je vais revenir
vous dire ce que j'ai fait.

LE HAUTOIS.

Oui, je reste... d'autant plus que...

JOULIN, *à Le Hautois.*

Au revoir, mon ami...

LE HAUTOIS.

Au revoir, Joulin... D'autant plus que...

MADAME JOULIN.

Au revoir, Le Hautois.

LE HAUTOIS.

D'autant plus que...

HENRIETTE.

A tout à l'heure. C'est le rose décidément?

LE HAUTOIS.

Décidément, c'est le rose !

(Sortent Joulin, Henriette, madame Joulin.)

SCÈNE VI

LE HAUTOIS, ESTELLE.

LE HAUTOIS, *seul, traversant la scène pour aller ouvrir la porte de droite.*

Voyons un peu qui est cette dame, maintenant...
Par exemple, je suis curieux...

(Il ouvre la porte. Entre Estelle.)

ESTELLE.

Monsieur le conseiller...

LE HAUTOIS.

Entrez, madame, donnez-vous la peine d'entrer...
A quoi dois-je l'honneur de votre visite ?

ESTELLE.

Monsieur, ma démarche va vous paraître bien
audacieuse...

LE HAUTOIS.

Mais non, madame, mais non. Asseyez-vous.

ESTELLE.

Figurez-vous que je viens vous demander...

C'est absurde ce que je viens vous demander; je m'en rends compte à présent que je suis ici...

LE HAUTOIS.

Et que venez-vous me demander?

ESTELLE.

Un conseil.

LE HAUTOIS.

Un conseil?

ESTELLE.

Oui, monsieur, un simple conseil.

LE HAUTOIS.

Mais qui a pu vous donner l'idée de vous adresser à moi?... Je ne crois pas avoir l'avantage de vous connaître, et vous-même...

ESTELLE.

Moi, je ne vous ai vu qu'une fois, en effet.

LE HAUTOIS.

A ce restaurant, n'est-ce pas?

ESTELLE.

C'est cela.

LE HAUTOIS.

Vous ne m'aviez jamais vu avant?

ESTELLE.

Jamais!...

LE HAUTOIS.

Alors?...

ESTELLE.

Que voulez-vous! ces choses-là ne s'expliquent pas... Dès que je vous ai vu, j'ai deviné tout de suite que vous étiez un homme épatant.

LE HAUTOIS.

Oh! oh!

ESTELLE.

J'ai demandé des renseignements sur vous à la

personne qui était avec moi, et qui vous connaît très bien.

LE HAUTOIS.

Quelle est cette personne?

ESTELLE.

M. Maubrun.

LE HAUTOIS.

M. Edouard Maubrun?

ESTELLE.

Oui.

LE HAUTOIS.

Ah! j'y suis... C'est vous qui diniez avec monsieur Maubrun à la table vis-à-vis de...

ESTELLE.

A cette table-là, oui, monsieur le conseiller.

LE HAUTOIS.

Parfaitement... parfaitement... Je ne vous remettais pas, je vous demande pardon... Alors, vous êtes?...

ESTELLE.

Je suis, ou plutôt j'étais, la bonne amie de monsieur Maubrun.

LE HAUTOIS.

Vous ne l'êtes plus?

ESTELLE.

Nous allons nous séparer, c'est convenu depuis hier. Nous ne nous entendons pas, nous avons des caractères trop différents... Si Edouard m'aimait encore, je ne l'aurais peut-être pas quitté, pour ne pas lui faire de la peine : on est si bête!... Mais comme il ne m'aime plus et que moi je ne l'ai jamais aimé, vous comprenez, ça va tout seul. Edouard m'a offert de l'argent; c'est une justice à lui rendre, il est très généreux. J'ai pris juste

29

ce qu'il faut pour avoir le temps de réfléchir, de me décider. Et c'est justement à ce propos-là que je me suis permise de venir vous le demander, le conseil en question.

LE HAUTOIS.

Votre situation m'intéresse beaucoup, chère madame... oui... elle m'intéresse vivement; mais je vous assure que je suis embarrassé... Je n'ai pas l'habitude de ce genre de consultation... D'autant plus que je ne suis pas au courant de votre existence.

ESTELLE.

Oh! mon existence... En deux mots je vous la dirai, si vous voulez. J'ai été mariée avec un relieur qui m'a quittée pour la caissière d'un petit café près de chez nous... Mon mari s'appelait Boivin, Jules Boivin ; moi, je m'appelle Estelle. Quelque temps après, j'ai rencontré monsieur Maubrun, je me suis mise avec lui. J'oublie de vous dire que dans l'intervalle j'avais divorcé. J'ai donc eu en tout, un mari et un amant; ce n'est pas énorme. Aujourd'hui, par exemple, je ne sais plus où je vais. Je crois bien, sans me vanter, qu'il ne tiendrait qu'à moi d'être une femme chic, de me lancer; j'ai songé aussi à prendre un état honorable et à travailler. Je ne suis pas maladroite. Enfin, vous voyez, j'hésite... et il y a de quoi! C'est alors que j'ai pensé à vous... Dites-moi quelque chose, n'importe quoi!... Vous serez bien gentil.

LE HAUTOIS.

Ma chère enfant, ma chère enfant, je suis touché, véritablement touché de votre confiance, de votre sympathie.

ESTELLE.

Oh! oui...

LE HAUTOIS.

Mais tout cela est fort délicat, fort délicat...

ESTELLE.

Avant de venir vous trouver, je suis allée... Je vais vous faire rire... Je suis allée chez une chiromancienne.

LE HAUTOIS.

Ah bah !

ESTELLE.

J'y étais déjà allée une fois dans le temps... elle m'avait dit des choses extraordinaires. Alors, j'y suis retournée.

LE HAUTOIS.

Et que vous a-t-elle dit, la chiromancienne ?

ESTELLE.

Elle m'a regardé dans la main naturellement, c'est son état... et elle m'a dit que j'avais une ligne qui se terminait par trois autres petites lignes qui indiquaient que j'aurais trois enfants avec un magistrat.

LE HAUTOIS, *riant.*

Ah ! ah !

ESTELLE, *se dégantant.*

Tenez... c'est cette ligne-là...

LE HAUTOIS.

Voyons...

ESTELLE.

Cette petite ligne-là, qui va de celle-là à celle-là...

(*Elle montre de l'autre main à Le Hautois.*)

LE HAUTOIS, *se penchant.*

Oui... oui... et voici les trois petites lignes.

ESTELLE.

Qui indiquent les trois enfants...

LE HAUTOIS.

Oui ! oui !

ESTELLE, *prenant la main de Le Hautois.*

Monsieur Le Hautois !... Monsieur Le Hautois !

LE HAUTOIS, *étonné.*

Eh bien, mon enfant... Qu'y a-t-il ?

ESTELLE.

Il n'y a pas moyen, je ne peux pas m'empêcher
de vous dire quelque chose.

LE HAUTOIS.

Et quoi donc ?

ESTELLE.

Je vous aime.

LE HAUTOIS.

Hein ?

ESTELLE.

Je vous aime, et il fallait que je vous le dise. Dès
que je vous ai vu, j'ai été pincée, pincée à fond.
C'est votre air, votre figure grave, votre façon
de vous tenir. Que voulez-vous ! Moi, dans la vie,
jusqu'à présent, je n'ai jamais eu affaire qu'à des
polichinelles... Mon mari était un polichinelle...
Édouard, vous le connaissez bien, n'est-ce pas ?
C'est encore un polichinelle. Tout ça, c'est des
gens qui n'ont rien dans la tête. Rien ! rien ! Vous,
au contraire, il n'y a qu'à vous regarder. Vous
êtes quelqu'un de sérieux, de grave, d'honnête.
Je me suis emballée sur vous, voilà ! Maintenant,
je vous quitte. Vous allez vous marier, je le sais.
Eh bien ! quand vous serez marié, si jamais vous
avez besoin d'une maîtresse, vous n'aurez qu'un
signe à faire... Partout où je serai, je viendrai.

LE HAUTOIS.

Ainsi, vous m'aimez !

ESTELLE.

Oh ! oui...

LE HAUTOIS.

Vous m'aimez vraiment ?

ESTELLE.

Ah !

LE HAUTOIS.

Passionnément ?

ESTELLE.

Passionnément... Allons, je m'en vais...

LE HAUTOIS.

Non... non... ne partez pas tout de suite... Je suis touché... Oh ! je suis touché, je ne m'en cache pas... C'est la première fois qu'on me parle ainsi.

ESTELLE.

On ne vous a jamais aimé !... J'en suis sûre... Les femmes sont si bêtes ! On ne vous a jamais aimé, n'est-ce pas ?

LE HAUTOIS.

Je ne crois pas... En tout cas, on ne me l'a jamais dit comme ça !

ESTELLE.

Et je vous le redirai encore, moi, si vous voulez. Je vous le dirai de toutes les façons, que je vous aime.

LE HAUTOIS.

Ça, c'est l'amour !

ESTELLE.

Oui... Oui...

LE HAUTOIS.

Oui... Oui... Je ne sais que vous répondre, mon enfant... Je suis ému !... je suis très ému. Mais les circonstances nous séparent... et je le regrette presque... oui...

ESTELLE.

Vous le regrettez un peu ?... Tenez, rien que
pour ce mot-là, il faut que je vous embrasse !

(Elle se met sur ses genoux et l'embrasse.)

LE HAUTOIS.

Voyons, mon enfant, voyons !

(Entre Henriette.)

SCÈNE VII

LES MÊMES, HENRIETTE.

HENRIETTE, *stupéfaite.*

Hein ?

ESTELLE, *se levant avec le plus grand sérieux.*

Monsieur...

(Elle s'incline gravement et sort.)

SCÈNE VIII

LE HAUTOIS, HENRIETTE.

HENRIETTE.

Savez-vous ce que vous venez de faire, Le
Hautois ? Vous venez de renverser d'un seul coup
toutes les idées que j'avais sur la vie, ou que je
croyais avoir. Il ne m'en reste plus une d'idée !
A partir de maintenant, je veux être coupée en
petits morceaux, si je réfléchis à quoi que ce soit...

parce que quand on a bien réfléchi, on s'aperçoit que si on n'avait pas réfléchi du tout, ce serait exactement la même chose.

LE HAUTOIS, *très gêné.*

Henriette ! Voilà...

HENRIETTE.

Pardon, mon ami, pardon... Cette petite femme qui était là, en train de vous embrasser, c'est bien la bonne amie de Maubrun ?

LE HAUTOIS.

Oui, en effet.

HENRIETTE.

Je ne me trompe pas ? Je ne suis pas la victime d'une hallucination ?

LE HAUTOIS.

Du tout !

HENRIETTE.

Et à quel propos vous embrassait-elle, si je ne suis pas indiscrète ? Vous lui avez donc sauvé la vie ?

LE HAUTOIS.

C'est la première fois que je lui parle... Elle est venue chez moi tout à l'heure...

HENRIETTE.

Et qu'est-elle venue y faire, je vous prie ?

LE HAUTOIS.

Ce qu'elle est venue y faire ?

HENRIETTE.

Oui...

LE HAUTOIS.

Mais rien...

HENRIETTE.

Comment ! rien ? Elle est venue vous embrasser, tout simplement, alors ?

LE HAUTOIS.

C'est ça. Elle est venue m'embrasser.

HENRIETTE.

. Et pourquoi ?

LE HAUTOIS.

Pourquoi ?

HENRIETTE.

Oui...

LE HAUTOIS.

Parce qu'elle m'aime. Il paraît qu'elle m'adore !

HENRIETTE, *riant*.

Vous ? ah ! ah ! ah !

LE HAUTOIS.

Moi !... Et permettez-moi de vous dire, ma chère Henriette, que vous riez d'une façon qui est plutôt désobligeante pour moi. On ne peut donc pas m'aimer, moi !

HENRIETTE.

Ce n'est pas cela que j'ai voulu dire... Et alors, vous vous laissiez embrasser comme ça, tranquillement.

LE HAUTOIS.

C'était bien difficile à empêcher. Elle s'est jetée sur moi.

HENRIETTE.

Et vous l'avez laissée faire ?

LE HAUTOIS.

Il y a des circonstances où un galant homme, sous peine d'avoir l'air d'un imbécile...

HENRIETTE, *éclatant*.

Qu'est-ce que vous dites ? Comment ! vous aussi ! Vous aussi, alors, il suffit que la première petite femme venue rôde autour de vous et vous regarde d'une certaine façon pour que vous perdiez la tête, pour que vous soyez affolé ! Mais je suis sûre que vous la désirez cette femme, que vous en avez envie. Mais je vois bien votre figure. Jamais vous n'avez eu une figure comme ça ! Ah ! ils sont donc tous pareils... tous ! Eh bien ! puisqu'ils sont tous pareils, ce n'est vraiment pas la peine de changer !

LE HAUTOIS.

Henriette !

(Entre le domestique.)

LE DOMESTIQUE.

Monsieur Maubrun.

HENRIETTE, *se retournant.*

Hein ?

LE HAUTOIS.

Faites attendre dans le salon. Je vais y aller.

LE DOMESTIQUE.

Bien, monsieur.

(Il sort.)

HENRIETTE.

C'est monsieur Maubrun qui veut vous parler ?

LE HAUTOIS.

Oui, madame... c'est lui. D'ailleurs, aujourd'hui, je ne vois que lui ! Ah ! il manque un peu de tact, Maubrun.

HENRIETTE.

Oh ! vous savez... il a bien autant de tact que vous...

LE HAUTOIS.

Faites donc son éloge devant moi, je vous prie.

HENRIETTE.

Mais il vaut mieux que vous, certainement !... Lui, au moins, il a attendu six mois pour me tromper !... Et dire que je l'ai presque mis à la porte ! Mais il mériterait des excuses, vous entendez !

LE HAUTOIS, *allant à la porte du salon.*

Des excuses !... Comment donc ! Mais j'entends parfaitement. (*Ouvrant la porte.*) Monsieur... (*Paraît Édouard.*) Monsieur, madame a quelque chose à vous dire.

ÉDOUARD, *entrant.*

A moi ?

LE HAUTOIS, *très pincé.*

A vous-même...

HENRIETTE.

Le Hautois !...

LE HAUTOIS.

Vous ne direz plus que j'ai un mauvais caractère... Je vous laisse ensemble. Madame, j'ai l'honneur de vous saluer...

(*Henriette lui tourne le dos.*)

ÉDOUARD, *le retenant et à voix basse.*

Le Hautois, Estelle vous attend en bas dans une voiture.

LE HAUTOIS.

Bon !

(*Il sort vivement.*)

SCÈNE IX

ÉDOUARD, HENRIETTE.

ÉDOUARD.

Vous avez à me parler, madame?

HENRIETTE.

Du tout. C'est une plaisanterie de ce monsieur.

ÉDOUARD.

Alors, je peux me retirer. C'était un malentendu.

HENRIETTE.

Un simple malentendu.

ÉDOUARD, *saluant*.

Madame...

HENRIETTE.

Vous savez avec qui je l'ai trouvé tout à l'heure,
Le Hautois ?

ÉDOUARD.

Non.

HENRIETTE.

Avec votre bonne amie.

ÉDOUARD.

Tiens ! Et qu'est-ce qu'il faisait?...

HENRIETTE.

Il l'embrassait.

ÉDOUARD, *ironiquement*.

Bah !

HENRIETTE.

Il l'embrassait ! Elle l'embrassait ! Ils s'em-
brassaient tous les deux.

ÉDOUARD, *souriant*.

C'est impossible !

HENRIETTE.

Je vous dis que je les ai vus...

ÉDOUARD.

Allons donc !

HENRIETTE, *exaspérée*.

Que je les ai vus de mes yeux !

ÉDOUARD.

Jamais vous ne me ferez croire cela.

HENRIETTE.

C'est trop fort, par exemple ! Je les ai vus, vus, vus, là !... tenez... là !...

ÉDOUARD.

N'insistez pas. Jamais vous ne me ferez croire que Le Hautois, au moment de vous épouser, se soit permis d'amener des petites femmes chez lui. Ces manières-là sont bonnes pour des hommes ordinaires, pour des inconscients, comme dit monsieur votre père. Mais Le Hautois... un conseiller d'Etat... un homme sérieux, allons donc ! Ce serait la fin du monde !

HENRIETTE.

Quand vous aurez fini de vous moquer de moi, n'est-ce pas !... Êtes-vous assez content de ce qui m'arrive !

ÉDOUARD, *se levant.*

Voyons, Henriette, parlons sérieusement. Tu as quitté un homme qui te trompait, pour un homme qui était incapable de te tromper ; et il se trouve que l'homme qui était incapable de te tromper t'aurait peut-être plus trompée que le premier !

HENRIETTE.

Il faut donc être trompée toujours et quand même !

ÉDOUARD, *s'agenouillant.*

Alors, autant que ce soit par quelqu'un qui en a l'habitude.

HENRIETTE, *l'embrassant brusquement.*

Sale bête !... va !... Tiens ! je serai comme ma mère maintenant, je ne chercherai plus à savoir. Et quand tu me tromperas, je ne te demanderai qu'une chose, c'est de ne pas me le dire.

TABLE

PARIS — IMPRIMERIE MICHELS FILS
6, 8 et 10, Rue d'Alexandrie.

ARTHÈME FAYARD, Éditeur
Rue du St-Gothard, 18-20, PARIS (xiv')

THÉÂTRE COMPLET
D'ALFRED CAPUS

❧ ❧

1er VOLUME	Brignol et sa Fille ❧ Rosine Les Maris de Léontine
2e VOLUME	Petites Folles ❧ La Bourse ou la Vie La Veine
3e VOLUME	Mariage Bourgeois ❧ La Petite Fonctionnaire Les Deux Ecoles

Pour paraître prochainement :

4e VOLUME	La Châtelaine ❧ L'Adversaire ❧ Notre Jeunesse

THÉATRE COMPLET
DE PAUL HERVIEU
DE L'ACADÉMIE FRANÇAISE

Édition définitive en trois volumes in-18 à **3 fr. 50**

1er VOLUME	Point de Lendemain ❧ Les Paroles restent Les Tenailles ❧ La Loi de l'Homme
2e VOLUME	L'Énigme ❧ La Course du Flambeau Théroigne de Méricourt
3e VOLUME	Le Dédale ❧ Le Réveil ❧ Modestie Connais-toi

CHAQUE VOLUME SE VEND SÉPARÉMENT **3ʳ50**

PARIS. — IMP. MICHELS FILS.

www.ingramcontent.com/pod-product-compliance
Lightning Source LLC
Chambersburg PA
CBHW070750030726
47504CB00003B/502